IDDEW

IDDEW

DYFED EDWARDS

© Dyfed Edwards
© Gwasg y Bwthyn 2016
8
ISBN 978-1-907424-84-7

Cyhoeddwyd gyda chymorth ariannol
Cyngor Llyfrau Cymru

Cynllun clawr: Sion Ilar
Llun yr awdur: Tim Stubbings Photography

Cyhoeddwyd ac argraffwyd gan
Wasg y Bwthyn, Caernarfon
gwasgybwthyn@btconnect.com

Ritual is necessary for us to know anything
Ken Kesey

I, a stranger and afraid,
In a world I never made.
A. E. Housman

Dyma'r darfod. Dyn ar groes. Dyn ar drawst a pholyn. Marw ar groes. Marw ar drawst a pholyn. Pydru ar groes. Pydru ar drawst a pholyn. Yr haul yn rhostio'r dyn. Haul ffyrnig. Haul y prynhawn. Haul sy'n denu pryfed. Y pryfed yn bwydo ar y dyn. Y dyn ar y groes. Y dyn ar y trawst ac ar y polyn. Ac adar, nawr. Adar uwchben. Crawcian, chwyrlïo. Aros ei farw. Marw'r dyn. Y dyn ar y groes. Y dyn ar y trawst ac ar y polyn. Aros ei lygaid. Aros ei berfedd. Pigo arno fo. Pigo ar ei ddarnau fo. Ac yna'r cŵn. Y cŵn yn llechu. Y cŵn yn udo. Y cŵn yn aros. Aros y nos. Aros y cysgodion. Aros yr ysglyfaeth. Aros y dyn. Aros ei garcas. Carcas y dyn. Y dyn ar y groes. Ar y trawst. Ar y polyn.

Dyma'r darfod. Y darfod ar Gûlgaltâ. Fel pob darfod ar Gûlgaltâ. Fel darfod y deuddeg arall sydd ar Gûlgaltâ. Y deuddeg arall ar y polion eraill. Y deuddeg arall ar y trawstiau eraill. Y deuddeg arall yn ddienw, yn neb, yn golledig i hanes. Y deuddeg darfod fel yr un darfod. Fel darfod y dyn. Ei ddarfod mewn hoelion. Hoelion saith modfedd. Saith modfedd o haearn. Haearn o Iberia. Yr hoelion wedi eu trywanu trwy ei arddwrn, trwy ei draed. I'r pren. Pren yr olewydd. Pren y patibulum. Pren y trawst. A gwaed ar y pren. Gwaed ar Ddydd y Paratoi. Paratoi'r Pesach. Aberth y Pesach. Aberth yr oen. Gwaed yr oen. Y gwaed ar gapan a dau bost y drws wrth i'r Adonai wibio trwy wlad Mitsrayim yn dinistrio'i phlant cyntaf-anedig. Yn dinistrio plant Phar-oh. Y gwaed ar y groes. Y gwaed yn tollti. O'i friwiau. O friwiau'r oen. Yr oen, yr aberth. Dyma'r aberth. Dyma'r gwaed. Dyma'r darfod –

Chwe awr ynghynt –

Y sgrechian yn fyddarol. Clang clang clang morthwylion ar yr hoelion yn fyddarol, yn atsain ar draws Gûlgaltâ. Gûlgaltâ ar gyrion dinas Yerusbaláyim. Yerushaláyim yn bererin-dew. Yerushaláyim yn tagu. Yerushaláyim yn sigo. Sigo dan bwysau'r miloedd. Miloedd o bererinion. Pererinion y Pesach. Yma i'r ŵyl. Gŵyl yr achubiaeth. Gŵyl y dod allan. Gŵyl y gwaed ar gapan a dau bost y drws. Gwaed ar y groes. Gwaed ar y trawst ac ar y polyn. A'r hoelion a'r morthwl a'r cnawd a'r esgyrn a'r gewynnau.

Taro taro taro . . . clang clang clang . . .

Haearn trwy'r nerfau. Haearn trwy'r gewynnau. Haearn trwy'r pren.

Clang clang clang a sgrechian sgrechian sgrechian –

Y criwiau croeshoelio'n ddygn ac yn ddi-lol. Chwys ar eu talcenni. Drewdod o dan eu ceseiliau. Meddwl am win a meddwl am butain a meddwl am feibion yn rhywle. Eu plant yn rhywle. Etifedd yn rhywle. Rhywle sy'n gartre yn yr ymerodraeth, o Iberia i Arabia. Pryd gawn ni fynd o 'ma? O'r gwres, o'r gwaed, o'r llwch.

Clang clang clang –

Un arall gyda hoelion trwy ei gnawd a'i ewynnau. Un arall yn sgrechian. Un arall fydd yn rhostio ac yn pydru ac yn fwyd i'r adar ac i'r cŵn.

A'r pryfed. Y pryfed diawl. Yn pardduo'r awyr. Yn fagddu dros bob dim. Yn nos cyn iddi fod yn nos.

Dyma'r darfod –

A'r milwr gyda'i forthwl yn edrych ar y condemniedig ar y polyn.

Job dda, mae o'n ddweud wrtho fo'i hun.

A gwaed a chwys yn tollti o'r condemniedig ar y groes. Gwaed ei gorff yn crasu'r ddaear. Chwys ei gorff yn trochi'r pridd.

Job dda, mae'r milwr yn feddwl.

A'r gwaed a'r chwys yn drip-drip-dripian ar y milwr, a'r milwr yn sychu'r gwaed a'r chwys o'i wyneb.

Diawl!

8

Sychu'r gwaed. Sychu'r chwys. Y chwys a'r gwaed. Y gwaed o'r briwiau. Briwiau'r hoelion.

Job dda . . . tra bod y brain yn crawcian.

Job dda . . . tra bod y gwragedd yn crio.

Job dda . . . tra bod y condemniedig yn griddfan.

Job dda . . . a nawr yr haglo. Haglo dros eiddo'r condemniedig. Y milwr a'i fêts. Criw y croeshoelio. Haglo i diwn y sgrechian a'r crio a'r pryfed a'r adar a'r cŵn. Haglo'n troi'n frwnt. Haglo'n troi'n rhegi. Rhegi dros fân bethau'r Yehud'im sy'n pydru ar bolion ar fryn.

Ffycin hyn a ffycin llall dros fân bethau. Ffycin hyn a ffycin llall dros y ffycin Pesach a'r ffycin tyrfaoedd a ffycin Pilatus yn gadael i'r ffycin Yehud'im redeg reiat. Ffycin hyn a ffycin llall dros Gûlgaltâ.

Gûlgaltâ, dyletswydd ddiflas.

Gûlgaltâ, joban ddiddiolch.

Gûlgaltâ, shifft gont.

Shifft yn darfod, diolch byth.

Dyma'r darfod. Y darfod mewn hoelion a gwaed. Y darfod ar drawst a pholyn. Y darfod –

Ond yna –

Y MISOEDD CYNTA

Rwyt ti wedi dy eni. Rwyt ti wedi dy eni mewn tŷ. Rwyt ti wedi dy eni mewn tŷ ym mhentre Natz'rat, rhanbarth HaGalil. Tŷ cyffredin. Mam gyffredin. Dy eni o'i chroth. Dy eni o'i gwaed. Dy eni o'i hylif. Dy eni o'i phoen. Melltith y mamau. Eu melltith yn ei sgrech. Dy sgrech dithau. Sgrech y geni. Y garw ar y llawr. Dy eni i wraig. Ac ar ôl dy eni, defodau'r geni. Traddodiadau'r geni. Traddodiadau'r Yehud'im. Traddodiadau dy bobl. Defodau dy grefydd. Ac ar ôl dy eni mae dy fam yn niddah. Yn amhur. Ar ôl dy eni mae hi a dy dad ar wahân am saith niwrnod. Saith niwrnod y niddah. Ar ôl dy eni mi aiff dy dad i'r synagog. Mi gaiff dy dad anrhydedd yr aliyah. Yr anrhydedd o fendithio'r darlleniad o'r Torah. Ar ôl dy eni. Ar ôl dy eni a geni pob Yehudi. Ar ôl eich geni. Ac ar ôl eich geni'n fechgyn, y brit milah. Ar ôl eich geni'n fechgyn, yr enwaediad. *Ar yr wythfed dydd enwaeder ar y bachgen.* Y brit milah, arwydd o'r cyfamod. Ar ôl dy eni'n fachgen. Ac ar ôl hyn, dy enw. Dy enw fel pob enw sy'n dilyn yr enwaedu. Ac ar ôl dy enw, rwyt ti'n fab gydag enw. Fel pob mab gydag enw. Rwyt ti'n frawd. Yn frawd i frodyr. Yn frawd i chwiorydd. Rwyt ti ym mreichiau dy fam. Ar fron dy fam. Rwyt ti'n sugno teth dy fam. Rwyt ti'n yfed llaeth dy fam. Mam dy frodyr. Mam dy chwiorydd. Mae hi'n dy dawelu di. Mae hi'n dy fagu di. Mae hi'n canu i ti. Ei chân. Cân dy fam. Dy fam sy'n dy gario di. Ei chefn yn plygu o dan dy bwysau di. O dan y baich. Ond mae hi'n dal i dy gario di. Chdi yw ei mab. Hi yw dy fam. Hi yw dy obaith. Hi yw dy iachawdwriaeth. Hebddi hi rwyt ti'n fwyd i frain ac yn fwyd i gŵn. Rwyt ti'n aberth. Rwyt ti'n farus. Yn farus am ei theth. Yn farus am ei llaeth. Yn gweiddi ac yn sgrechian ac yn swnian ac yn strancio. Mae hi'n dy dawelu di ar y dechrau. A hithau hefyd fydd yn dy dawelu di pan ddaw'r darfod. Ond cyn y darfod, hyn. Cyn y darfod, bywyd. Cyn y darfod, defodau dy fywyd. Traddodiadau dy fywyd. Traddodiadau'r Yehud'im. Traddodiadau dy bobl. Defodau dy grefydd – ac rwyt ti'n dair ar ddeg. Rwyt ti'n fab y gorchymyn. Rwyt ti'n bar mitzvah. Rwyt ti'n mynd gyda dy frodyr. Rwyt ti'n mynd i'r synagog. Mynd i'r beth knesset. Rwyt ti'n mynd ar y Shabbat. Am y tro cynta ar y Shabbat. Am y tro cynta'n cadw'r gorchmynion, yn cadw'r mitzvot. Am y tro cynta fel oedolyn. Am y tro cynta fel dyn. Dyn o dy lwyth. Dyn o'r Yehud'im. Dyn ar ôl bod yn y synagog. Dyn ar ôl dy aliyah cynta. Dyn ar ôl i chdi adrodd y fendith uwch y Dvar Torah. Dyn ar ôl y ddefod. Defod bar mitzvah. Defod y Yehud'im. Defod dy gyfri'n ddyn. Dyn yn dair ar ddeg. Llafurio yn dair ar ddeg. Chwysu yn dair ar ddeg. Gyda dy frodyr yn dair ar ddeg. Ennill dy fara menyn yn dair ar ddeg. Yn dair ar ddeg, mab y gorchymyn. Fel pob mab y gorchymyn o dy flaen, ac ar dy ôl. Fel pob bar mitzvah. Ac ar ôl bar mitzvah, hyn –

YM mhymthegfed blwyddyn teyrnasiad yr ymerawdwr Tiberius Caesar Divi Augusti filius Augustus . . .

Talaith Rufeinig Yehuda. Yr anialwch. Mynyddig, creigiog, crastir go iawn. Chwe milltir i'r gogledd-orllewin o ddinas Yericho. Mae'r haul yn ffyrnig. Mae'r gwres yn llethol. Does dim bywyd yma. Dim bywyd oni bai amdano fo –

Yeshua –

Yeshua bar-Yôsep –

Yeshua bar-Yôsep o Natz'rat –

Yeshua'n gorwedd ar ei gefn yn yr anialwch, ei freichiau fo ar led. Mae o bron â llwgu. Yn ymprydio ar ôl ei fedydd. Ar ôl iddo fo weld be welodd o – y nefoedd yn agor wrth iddo fo gael ei drochi gan y proffwyd Yohannan Mamdana. Y nefoedd yn agor a llais ei dad . . . llais ei dad . . . mi glywodd o . . .

Ond chlywodd neb arall.

Dim ond y fo.

Clywed o dan ddyfroedd afon Nehar haYarden. O dan yr afon sanctaidd. Y dŵr yn ei ffroenau fo. Ei sgyfaint o'n dynn. Methu anadlu. A'r proffwyd Yohannan Mamdana yn gwasgu trwyn Yeshua a dweud geiriau uwchben dyfroedd afon Nehar haYarden.

Geiriau . . . edifarhau . . . Teyrnas ei dduw . . . yr Adonai . . . yr Ha Shem . . . Yr Enw . . . Yr Enw Cudd . . . Yr Enw Cudd sy'n tarddu o YODH-HE-WAW-HE . . . Yr Enw Cudd, YHWH . . . yr Ha Shem . . . yr Adonai . . . ei dad, ei Abba . . . ac yna – codi o'r dŵr. Codi o'r afon. Afon Nehar haYarden. Ei ben o'n ysgafn. Sugno sugno sugno aer. Y byd yn troi. A llais ei dad yn dod o'r nefoedd . . . llais ei Abba . . . y nefoedd yn agor.

Llais ei dad yn ei alw fo. Llais Abba yn ei alw fo.

Mi glywodd o.

Mi welodd o.

A dyma fo – ymprydio, gweddïo. Yn yr anialwch yn nhalaith Rufeinig Yehuda.

Ei anialwch o. Lle nad oes neb. Neb ond Abba.

Ei dad a –

Lleisiau yn ei ben. Llais Ha-Satan. Ha-Satan y gwrthwynebydd. Ha-Satan y drygioni. Ha-Satan y temtiwr. Llais Ha-Satan yn dweud –

Mi rodda i hyn i gyd i ti . . .

Addewidion felly. Temtasiynau felly.

Geiriau'n driphlith draphlith . . .

Lleisiau'n chwyrlïo . . .

Y gwres, y syched, y fwlturiaid . . .

Mae o ar lwgu . . . y syched . . . y syched . . .

Mae o wedi yfed pob diferyn o'i ddŵr, a nawr –

Ar ei gefn. Ei freichiau fo ar led. Yn syllu tua'r nefoedd. Yn agos at farw . . .

Y byd yn troi a throsi. Yr awyr yn chwyrlïo.

Llais Ha-Satan.

Yeshua . . . Yeshua . . . Yeshua . . .

Nid yn ei ben o. Nid tu mewn ond tu allan. Nid yn ei benglog o ond yn y byd. Rhywun yn gweiddi go iawn arno fo –

Yeshua . . . Yeshua . . . Yeshua . . .

Codi ar ei eistedd. Ei wefusau fo'n grin. Ei gorn gwddw fo ar dân. Ei stumog o'n griddfan. Trwy'r gwres, yn y pellter, dyma nhw – dau yn dod. Yn galw –

Yeshua, Yeshua . . .

Mae o'n syrthio'n ôl ar ei gefn. Mae o'n chwerthin ac yn diolch i'w Abba am wrando, am ddanfon y ddau.

Y fo ydi Mab ei Dad. Mab y Dyn. Mab yr Adonai. Y fo.

Y fi, medda fo wrtho'i hun.

Y fi ydi'r un.

Ar ei gefn. Ei freichiau fo ar led.

•

Cyn hynny. Cyn yr anialwch. Cyn y syched. Cyn lledu ei freichiau a gorwedd ar ei gefn, roedd hyn –

Ym mhymthegfed blwyddyn teyrnasiad yr ymerawdwr Tiberius Caesar Divi Augusti filius Augustus . . .

Sepphoris, dinas Hordus Antipater. Y mis ydi Nisan, y mis cynta. Mae'r Yehud'im, y bobl dduwiol, newydd orffen dathlu Gŵyl y Pesach. Miloedd ohonyn nhw wedi heidio'n ôl i'w llafur ers darfod y Pesach. Heidio o'r brifddinas yn y de. O Yerushaláyim yn y de. O'r Pesach yn y de. Miloedd fel Yeshua –

Yeshua'n hanner noeth. Yeshua'n llwch tywodfaen o'i gorun i'w fodiau. Yeshua'n ysbryd mewn stryd. Mewn stryd yn Sepphoris, dinas Hordus Antipater. Mewn stryd yn codi waliau newydd. Mewn stryd a'i ben yn y cymylau.

Tu ôl iddo fo'i frawd Yakov a'i lais llwch brics. Yakov a'i feddwl ar frics. Yakov a'i fyd o frics.

Ond mi ŵyr Yeshua na fydd angen brics pan ddaw'r Deyrnas . . .

Yakov yn hefru –

Yeshua, mi rydan ni yma i weithio, nid i ladd amser.

Tydi Yeshua ddim yn clywed. Neu ella ei fod o'n clywed ac o'r farn nad ydi'r llais llwch brics yn cyfeirio ato fo. Nid at yr Yeshua go iawn. Dim ond at Yeshua'r dyn, nid at Yeshua'r –

Yeshua'r be? Yeshua'r be? Be ydw i?

Ac mae yna lais arall yn ei alw fo . . .

Llais yn ei ben . . .

Llais jest iddo fo . . .

Mae Yeshua'n edrych fel rhywun sydd yn aros tragwyddoldeb. Ei lygaid yn bell ac yn llusgo'i glustiau gyda nhw. Eu llusgo nhw rhag y llais llwch brics. Eu cadw nhw rhag clywed.

Gyda'r llwch ar ei gorff, gyda'r tân yn ei waed, mae o'n gweld y

15

sgotwr o dre Kfar Nahum. Y sgotwr mae o wedi'i weld wrth lan afon Nehar haYarden. Y lan lle'r oedd y proffwyd Yohannan Mamdana'n pregethu. Y lan lle'r oedd o'n pregethu Teyrnas yr Adonai, yr un duw. Y lan lle'r oedd o'n pregethu edifeirwch.

Mae'r sgotwr yn aros tragwyddoldeb hefyd, mi ŵyr Yeshua hynny – yn ei galon, yn ei esgyrn, yn ei enaid.

Mae Yeshua'n mynd at y sgotwr. Mae'r sgotwr yn farf ac yn faint ac yn fôn braich. Mae Yeshua'n rhwbio'i ddwylo llychlyd ar ei gluniau. Mae'r sgotwr yn cario'i bysgod mewn basgedi. Mae oglau'r pysgod yn codi awch bwyd ar Yeshua.

Chdi ydi Kepha, medda Yeshua.

Mae Kepha gyda'i farf a'i faint a'i fôn braich yn culhau ei lygaid fel tasa fo'n ceisio cofio. Neu fel tasa fo'n gweld bod Ha-Satan yn mynd i'w dwyllo. Ei dwyllo wrth fargeinio am y pysgod. Talu'n symol iddo fo am y da. Ei fasgedi'n diferu o shiclau.

Shimon, medda Kepha. Dim ond mêts a theulu sy'n galw Kepha arnaf fi.

Kepha, medda Yeshua. Wyt ti'n mynd i wrando ar Yohannan Mamdana'n pregethu fory?

Kepha a'i lygaid cul.

Pwy wyt ti? yn ei lygaid.

Un o sbeis Antipater? yn ei lygaid.

Hegla hi o 'ma yn ei lygaid.

Cyflwyno ei hun –

Yeshua ydw i. O bentre Natz'rat. Wyddost ti am Natz'rat? Twll braidd. Beth bynnag. Wrthi gyda 'mrawd – dacw fo, yli, yr un swrth acw – wrthi gyda fo'n codi waliau. Rhoi Sepphoris yn ôl at ei gilydd. Ond i be, dywed? I be mae dyn yn gweithio? I be mae dyn yn llafurio a'r Deyrnas yn dod? Be wyt ti'n ddweud, Kepha?

Kepha'n dweud dim. Ei lygaid cul. Ei lygaid *Pwy wyt ti?*

Beth ydi pwrpas llafur? medda Yeshua.

Rhoi bwyd ar y bwrdd, medda'r llais llwch brics o rywle.

Yeshua'n rowlio ei lygaid.

Yakov yn flin –

Yeshua, gwna siâp arni. Rho'r gorau i falu awyr.

Mae o'n troi i wynebu Yakov ac yn dweud, Cau dy geg, Yakov. Dwyt ti ddim yn gwybod bod y Deyrnas yn dod a bod rhaid i chdi edifarhau? Mi fydda'n rheitiach i chdi ddod gyda ni at lannau'r Nehar haYarden, clywed neges y proffwyd Yohannan Mamdana.

Mae Yakov yn graig mewn lliain am ei ganol. Mae ei groen o'n chwys ac yn llwch. Mae briwiau morthwl a briwiau hoelion ar ei ddwylo fo. Briwiau gwaith. Oes o waith. Oes o lafur. Oes o chwys. Oes yn hollti cerrig. Yn crasu brics. Yn codi waliau.

Waliau Antipater, yr Hordus pechadurus.

Yeshua'n geg fawr ac yn dweud, Wastio amser yn codi waliau i Antipater. Mi fydda'n rheitiach i ni godi waliau Teyrnas yr Adonai. Fel mae Yohannan Mamdana yn annog i ni wneud. Fel mae'n Abba ni am i ni wneud, Yakov.

Mae yna dawelwch llethol. Pawb yn edrych. Pawb yn gwrando. Pawb yn aros. Y gornel fach yma o'r stryd fach yma yn Sepphoris yn talu sylw. Y rhan fach yma o'r byd.

Mae Yeshua'n cythru'n y cyfle. Mae Yeshua'n taflu ei hun i'r tawelwch –

Mae'r Deyrnas yn dod, edifarhewch. Tydach chi ddim yn gwrando ar Yohannan Mamdana? Dowch i wrando arno fo. Fory wrth yr afon. Fory wrth y Nehar haYarden.

Yeshua, medda Kepha.

Mae Yeshua'n troi ac yn edrych i fyw llygaid y sgotwr. Mae o'n ei weld o am y tro cynta. Mae o'n gweld i galon y sgotwr ac yn teimlo'r nerth yng nghalon y sgotwr. Yn darganfod cadarnle a lloches yng nghalon y sgotwr.

Nid fan yma ydi'r lle, medda Kepha'n dawel bach. Nid hon ydi'r awr.

Mae Yeshua'n edrych o'i amgylch.

Y stryd yn mynd o gwmpas ei phethau. Y prynwyr a'r gwerthwyr o bedwar ban HaGalil. Y da byw a'r cynnyrch. Pawb am ennill shicl. Pawb ar ôl bargen. Neb yn gweld be sy'n dod.

Mi ddaw amser i wneud hyn, medda Kepha –

Kepha'n llonydd. Kepha'n gry. Kepha'n graig. Y sgotwr gyda'i bysgod.

Cau dy geg, Yeshua, medda Yakov, a ty'd yn ôl at dy waith.

•

Y machlud, ac mae hi'n Yom Shabbat.

Dydd o orffwys. Dydd o ddefodau. Camu o'r nawr, o'r byd. Camu i'r freuddwyd o'r Baradwys a grëwyd gan yr Adonai. Camu i'r perffeithrwydd. Cael blas arno fo. Dyma ydi Yom Shabbat. Dyma sydd wedi ei ddeddfu.

Yom Shabbat ydi –

Diwedd gwaith. Diwedd amddifadedd. Diwedd pryderon. Diwedd diflastod. Diwedd llafur a diwedd chwys.

Ond i Yeshua mae o'n ddydd o ddwrdio, hefyd. Dwrdio Yakov. Dwrdio'i gymdogion. Dwrdio'r Perushim. Dwrdio dros y defodau. Defodau Yom Shabbat. Mae o'n eu gwylio nhw – ei gymdogion, ei deulu. Yn eu gwylio nhw'n paratoi ar gyfer Yom Shabbat, dydd o orffwys. Yn paratoi trwy dorri Cyfraith Moshe Rabbenu. Moshe Rabbenu arweiniodd ei bobl o wlad Mitsrayim. Eu rhyddhau o orthrwm Phar-oh. Dyma nhw yn mynd a dod. Ei gymdogion, ei deulu, ei Yehud'im. Dyma nhw, yn rhydd. Yn rhydd i wneud fel y mynnant. Yn rhydd i racsio Cyfraith Moshe Rabbenu. Mae'i waed o'n berwi. Mae awydd ffrae arno fo. Awydd codi twrw. Awydd dwrdio. Ac mae o wedi dwrdio sawl gwaith dros y blynyddoedd.

Esboniad ei dad oedd –

Haws i ni i gyd fwyta gyda'n gilydd, Yeshua.

Nawr bod ei dad wedi mynd, esboniad Yakov ydi –

Haws i ni i gyd fwyta gyda'n gilydd, Yeshua.

Mae Yeshua'n dweud, Mi ddywedodd yr Adonai wrth y proffwyd Yirmeyahu am i'r bobl beidio â chario llwyth o dŷ i dŷ ar Yom Shabbat.

Mae Yeshua'n sefyll yno a'i freichiau wedi eu plethu. Golwg ar y naw arno fo. Golwg *mi dwi'n barod am rycsiwns* arno fo.

Mi siaradodd yr Adonai trwy'r proffwyd Yirmeyahu, medda fo wrth Yakov –

A Yakov a'r dynion eraill yn gwneud hyn ar Yom Shabbat –

Uno pyst drysau a chapanau drysau sawl tŷ er mwyn gwneud un tŷ. Ac yna maen nhw'n medru cario bwyd o un tŷ i'r llall oherwydd eu bod nhw wedi dyfeisio un tŷ. Cario llwyth heb gario llwyth. Gwyrdroi'r Gyfraith. Haws rhannu'r bwyd. Haws i bawb gael digon ar Yom Shabbat.

Nid Cyfraith mo hyn, medda Yeshua, ond traddodiad y Perushim. Y Perushim sy'n pechu. Y Perushim sy'n plygu'r Gyfraith. Y Perushim sy'n ei thanseilio hi. Y Perushim gyda'u traddodiadau. Nid traddodiad ydi cyfraith.

Ewadd, mae o'n gandryll. O'i go. Am falu'r pyst. Am racsio'r capanau. Am ddinistrio'r tai. Y tai nad ydynt yn dai. Y sawl tŷ sy'n un tŷ. Y tai sy'n twyllo. Mae o'n pwyso ei winedd i'w gledrau. Mae chwys ar ei wegil o. Mae ei nerfau fo'n dynn.

Tydw i ddim isio cael fy nghaethiwo ar Yom Shabbat, medda Yakov –

Geiriau ei dad, gynt. Geiriau'r Perushim –

Rydw i am fynd o dŷ i dŷ, o gymydog i gymydog, Yeshua. Rydw i am fwyta faint fynnir, ac rydw i am i fy nghymydog gael bwyta faint fynnir. Fel hyn mae rhannu. Dyma ydi Yom Shabbat.

Cafodd Yom Shabbat ei roi er lles y bobl, medda Yeshua.

Mae Yakov yn ochneidio ac yn dweud, Mae hyn er lles y bobl, Yeshua. Cael bwyta. Pawb yn rhannu. Yli arnan ni. Chaiff pawb ddim digon os nad ydan ni'n helpu'n gilydd.

Mae'r Adonai yn darparu be sy'n ddigon, medda Yeshua.

Mae Yakov yn rowlio ei lygaid. Rowlio ei lygaid ar roddion yr Adonai. Mae Yeshua'n boeth ei waed. Mae o'n gwylio wrth i'r merched a'r dynion gario potiau o fwyd o dŷ i dŷ, y stêm yn codi o'r potiau bwyd, y stêm yn staen ar Yom Shabbat. Mae o'n gwylio wrth i'r merched a'r dynion gario powlenni o ffrwythau bob lliw o dŷ i dŷ. Cario llysiau mewn olew o dŷ i dŷ. Cario'r challah, bara'r Shabbat. Y bara sydd newydd ei bobi. Oglau'r challah'n codi blys, yr oglau'n ymdreiddio i'r Yom Shabbat.

Y stêm a'r oglau a'r lliwiau a'r pechu . . .

Mae ei stumog o'n cwyno ar ôl diwrnod o lafur yn Sepphoris.

19

Ond mae cwyn ei enaid o'n fwy o beth coblyn.

Mae o'n ysgwyd ei ben. Wedi cael llond bol. Llond bol ar y bobl annuwiol yma. Y bobl annuwiol sy'n anwybyddu'r Gyfraith. Y bobl annuwiol sy'n troi'u cefnau ar y defodau.

Natz'rat, medda fo wrtho fo'i hun. Natz'rat, rwyt ti fel Sodom.

Ty'd 'laen, Yeshua, medda Yakov. Ty'd 'laen i chdi gael bwyta.

Mae Yeshua'n sefyll lle mae o. Fel delw. Fel delw mewn tymer. Delw mewn tymer tu allan i'r tŷ. Ar wahân ac ar y cyrion. Tu allan i'r tai sydd yn un tŷ i dwyllo'r Adonai. Tu allan yn y stryd yn y nos.

Daw Yakov ato fo. Mae Yeshua'n troi ei gefn. Mae Yakov yn rhoi hwyth gyfeillgar iddo fo yn ei ysgwydd. Mae Yakov yn darw o ddyn, felly mae Yeshua'n hercian. Ac yn troi at ei frawd. Ac yn gweld gymaint ohono fo ei hun yn wyneb ei frawd. Ei frawd yn ddrych.

Angen i chdi ddod o hyd i wraig, Yeshua, medda Yakov. Angen i chdi . . .

Mae Yakov yn edrych o'i gwmpas – ar y nos, ar y mynd a'r dod, ar y pyst a'r capanau drysau, ar y tai yn un tŷ.

Mae Yakov yn troi at Yeshua ac yn dweud, Ty'd i Fagdala gyda'r hogia fory i chdi gael hwyl, hwyl yn yr hwrdy. Codi mymryn ar dy galon di. Codi pethau eraill hefyd –

Yeshua'n corddi. Ei wyneb o'n goch. Chwys ar ei wegil –

Dos at Ha-Satan, Yakov, os mai dyna wyt ti eisiau –

Ac mae o'n stompio i lawr y lôn. Stompio mynd. Ond wrth iddo fo stompio mynd mae yna rywbeth yn chwyrnu yn ei geilliau fo. Rhyw awydd. Rhyw syniad o hŵr mewn hwrdy. Rhyw syniad o ferch yn rowlio ar wely. Y ferch yn hanner noeth. Ei choesau hi a'i bronnau hi. Ei gwallt hi'n lliw adain brân. Ei gwefusau hi'n sgarlad. Ei llygaid gwyrdd hi'n llawn terfysg a fflamau a diwedd dyn.

Mae'i galon o'n taranu yn ei frest o ac mae o'n rhedeg. Rhedeg i lawr y lôn. Y lôn trwy Natz'rat. Y lôn o Natz'rat.

O'r twll lle yma.

O'r uffern yma.

O'r Sodom yma.

Rhedeg rhag y tai sydd yn un tŷ. Rhedeg rhag y rheini sy'n cario baich ar Yom Shabbat. Rhedeg rhag ei deulu a'i gymdogion. Rhedeg rhag y ferch o Fagdala. Y ferch sy'n ei ben o. Y ferch hanner noeth. Y gwres rhwng ei chluniau hi. Rhedeg rhagddi hi a'i therfysg a'i fflamau. Rhedeg rhag y goelcerth yn ei lwynau.

Mae o allan o wynt. Wedi ymlâdd. Mae o ar gyrion Natz'rat. Twll o le. Pentre di-ddim. Ar y ymylon. Y ffin â'r fagddu. Mae o'n baglu at ffynnon. Mae o'n taflu ei hun ar y llawr, i'r llwch.

Ac mae o'n sylwi'r eiliad honno ei fod yntau wedi torri Cyfraith Moshe Rabbenu hefyd. Tydi o ddim gwell na'r lleill. Mae o'n griddfan, yn udo. Torri'r Gyfraith trwy redeg ar Yom Shabbat. Trwy dorri chwys. Be ddaeth i'w ben o? Mi dwyllwyd o. Gan Yakov. Gan y pyst a'r capanau. Gan y ferch o Fagdala. Gan ei chroen a'i gwallt a'i llygaid hi. Gan ei therfysg a'i fflamau.

Mae ganddo fo godiad. Mae ganddo fo flys. Y goelcerth yn ei lwynau. Y fflamau oddi wrth y temtiwr. Y temtiwr Ha-Satan. Ha-Satan yn ei dwyllo a'i herio. Mae o'n penlinio. Ei fin o fel pastwn. Ei awch o fel tymestl. Mae o'n ymladd yr awch. Yn gwadu'r codiad. Yn trochi'r goelcerth. Y ffigwr yn y tân. Y ferch yn y tân. Mae o'n rhegi'r ferch. Ei therfysg hi. Ei fflamau hi. Y gwres mae hi'n gynnig. Ei chnawd hi sy'n offrwm.

Mae o'n erfyn ar ei dad yn y nefoedd –

Fy Abba, fy Abba, pwy ydw i? Rho bwrpas i mi. Rho arwydd i mi yn y dyddiau ola 'ma. Rho neges i mi. Pryd daw y Deyrnas i mi gael dengid o'r byd 'ma? Rho ddechrau i mi, a dangos i mi sut i achub Yisra'el, achub y Yehud'im.

Ac mae Yeshua'n aros am ateb. Yn aros yn y nos. Mae o'n aros gyda'i wyneb am y nefoedd. Mae o'n aros, ac aros, ac aros.

Ar y cyrion.

Y ffin â'r fagddu.

•

Y wawr, ac mae hi'n Yom Shabbat. Yr haul wedi codi'n goch. Gwaed o'r nefoedd. Briwiau'r Adonai. Yr anaf ddaw o weld y Yehud'im yn troi cefn ar ei Gyfraith o ac ar ei ffyrdd o.

Yeshua ar ei draed yn gynnar. Yeshua wedi pwdu fel arfer ar fore'r Shabbat. Wedi pwdu ar gownt y dwrdio. Wedi pwdu am nad oes yna neb yn talu sylw. Does yna neb yn gwrando. Does yna neb yn edifarhau –

Teshuvah. Dychwelyd at HaShem. Dychwelyd at yr Enw. Yr Enw Cudd. Enw'r Adonai. Edifarhau am bechodau ddoe er mwyn bod yn rhan o'r Deyrnas fory.

Teshuvah. Neges Yohannan Mamdana. Ei neges o ar lan y Nehar haYarden. Neges y Shabbat. Y neges yn y gorffwys ac yn y pryd. Y neges yn y Dvar Torah – y darllen, y gwrando, y dysgu.

Wyt ti mewn gwell tymer heddiw? medda Yakov.

Mae'r brodyr yn mynd i'r synagog ar gyfer gwasanaeth y bore. Mae dynion Natz'rat i gyd yn heidio i'r synagog. Maen nhw'n sgwrsio. Maen nhw'n trafod. Mae Yeshua'n gwrando ar eu geiriau nhw. Eu geiriau nhw'n ddryslyd. Ei ben o'n troi.

Wyt ti am ateb, 'ta pwdu fyddi di tan ddiwedd y dydd? medda Yakov.

Mae Yeshua'n tuchan. Nid amser i falu awyr ydi'r Shabbat. Pam nad oes yna neb yn gweld? Pam mae'r Yehud'im yn cymryd hyn mor ysgafn? Ei deulu o'i hun, hyd yn oed. Ei frawd . . .

Mae o'n brasgamu, yn gweu trwy'r dyrfa.

Yeshua, medda'r henadur wrth fynedfa'r synagog.

Mae Yeshua'n cyfarch yr henadur. Mae o'n tynnu ei sandalau ac yn mynd i mewn i'r tŷ sydd yn synagog yn Natz'rat. Synagog i'r ddau gant sy'n byw yn y pentre. Synagog i'r dynion. Mae Yeshua'n mynd i'r stafell. Mae meinciau ar hyd y waliau. Ar y meinciau, mae dynion yn eistedd. Dynion Natz'rat. Synagog y dynion. Dynion wedi dod i ddathlu Yom Shabbat. Wedi dod ar gyfer y Dvar Torah – i ddarllen, i wrando, i ddysgu.

Oglau traed ac oglau canhwyllau yn llenwi'r awyr. Oglau dynion yn dew yn yr aer. Oglau pechod, medda Yeshua wrtho fo'i hun.

Mae'r sgrôl fawr ar y bwrdd yn y canol. Sgrôl Yeshayahu. Y proffwyd Yeshayahu.

Mae henadur yn darllen o'r sgrôl. Darllen neges y proffwyd Yeshayahu. Darllen y neges ddaeth o'r Adonai trwy Yeshayahu.

Ac am foment mae Yeshua'n genfigennus o Yeshayahu. Yn genfigennus o'r proffwydi sydd wedi clywed llais yr Adonai. Sydd wedi cael eu dewis i bregethu neges yr Adonai. Mae chwys ar wegil Yeshua. Mae ei ddwylo fo'n ddyrnau. Mae o'n brathu'r tu mewn i'w foch, yn cnoi.

Mae o'n meddwl, Pam nhw ac nid fi?

Mae'r henadur yn llafarganu –

Onid dyma'r dydd ympryd a ddewisais: tynnu ymaith rwymau anghyfiawn, a llacio clymau'r iau, gollwng yn rhydd y rhai a orthrymwyd, a dryllio pob iau?

Mae Yeshua'n cau ei lygaid. Mae Yeshua'n ymdrochi yn y geiriau. Mae Yeshua'n cysidro ympryd yn cysidro iau yn cysidro gorthrwm yn cysidro llacio clymau.

Yr henadur eto –

Y mae ysbryd yr Adonai arnaf fi, oherwydd i'r Adonai fy eneinio i ddwyn newydd da i'r darostyngedig, a chysuro'r toredig o galon; i gyhoeddi rhyddid i'r caethion, a rhoi gollyngdod i'r carcharorion; i gyhoeddi blwyddyn ffafr yr Adonai a dydd dial ein Duw ni; i ddiddanu pawb sy'n galaru.

Eneinia fi, mae Yeshua'n feddwl –

Yn edrych i fyny. To'r synagog. To'r tŷ. Cracia yn y to. Cracia a llwch –

Eneinia fi –

Mae o'n chwys, mae o'n ddagrau.

Eneinia fi –

Yeshua, medda llais yn sibrwd yn ei glust o. Yeshua –

Ac am eiliad mae o'n bendant mai llais yr Adonai sydd yno. Llais yr HaShem. Llais yr Enw. Ac mae o'n cael fflach o rywle yn ei ben. Darlun o dywod. Darlun o wres. Darlun o syched. Darlun o'r anialwch. Yr anialwch yn nhalaith Rufeinig Yehuda. Mae'r fwlturiaid yn crawcian. Mae'r gwres yn llethol. Mae ei groen o a'i gorn gwddw fo'n grin.

Ac mae llais . . .

Yeshua, Yeshua, Yeshua . . .

Y nefoedd yn agor –

Y llais yn dod o'r nefoedd –

Yeshua –

Llais ei Abba. Llais yr Adonai –

Yeshua –

Ac mae o'n cael hwyth ac yn dod ato fo'i hun, ac mae o yn y synagog –

Y meinciau a'r canhwyllau a'r sgrôl a'r Yehud'im a'r oglau traed.

Yeshua, medda Yakov, lle mae dy feddwl di?

Ar yr Adonai a'i Deyrnas sydd yn dod cyn bo hir, mae Yeshua'n bwriadu ei ddweud. Ond mae o'n cau ei geg ac yn ysgwyd ei ben. Mae poenau pob dydd yn sydyn yn taro'i gorff o. Poenau'n ei gefn o o'r plygu yn Sepphoris. Poenau'n ei freichiau fo o'r taro a'r torri, y llifio a'r hoelio. Poenau'n ei frest o o'r diffyg sylw mae'r Yehud'im yn ei roi i'r neges.

Poenau sy'n dweud wrtho fo mai dyn ydi o. Dim ond dyn. Ac mae o'n torri ei galon.

Mae o'n gwyro ei ben, ei lygaid o ar gau.

Eneinia fi. Eneinia fi, Abba.

Mae o am arwain y Yehud'im i'r Deyrnas. Am eu tywys nhw. Am fod yn help llaw i Yohannan Mamdana, proffwyd yr Adonai, llais yr Adonai, mab yr Adonai. Mae o am fod yn was ffyddlon i hwnnw. Mae o am i'r bobl ei ddilyn o at hwnnw. Nid ei dwt-twtio fo o am gadw gorchymyn y proffwyd Yirmeyahu. Nid ei demtio fo gyda phutain o Fagdala. Nid ei bryfocio fo am fod yn sgut am y Gyfraith.

Ei ddilyn o, nid ei watwar o.

Ei ddeall o, nid ei ddirmygu o.

Ei fawrygu o, nid ei fychanu o.

Y Yehud'im i gyd. Pob dyn. Pob gwraig. Pob plentyn. Cannoedd. Miloedd. Yn ei ddilyn o i Yerushaláyim. I'r Deml. I'r Deml lle mae'r Adonai. I'r Deml o ble daw'r Deyrnas.

Ac mae gwaed Yeshua ar dân.

A tasa'i waed o'n tollti o'i gorff o, mi fydda gwaed ei gorff o'n crasu'r ddaear.

NATZ'RAT y noson honno. Y cysgodion yn ymestyn. Y tywyllwch yn dod. Yom Shabbat yn cyrraedd terfyn.

Camu i'r nawr, i'r byd. Camu o'r freuddwyd o'r Baradwys a grëwyd gan yr Adonai. Camu o'r perffeithrwydd.

Dyma sydd wedi ei ddeddfu.

Yom Rishon –

Dychweliad gwaith. Dychweliad amddifadedd. Dychweliad pryderon. Dychweliad diflastod. Dychweliad llafur a dychweliad chwys.

Ond nid i Yeshua. Mae o wedi cael llond ei fol . . .

Mae o wedi ei danio eto. Mae o wedi ufuddhau i bob un o mitzvot y Shabbat – mitzvah'r bwyd, mitzvah'r cysgu, mitzvah'r dysgu. Ufuddhau i bob gorchymyn.

Mae o wedi gwrando ac wedi dwrdio. Mae o wedi ei wylltio'n gacwn gan y gwamalu a'r gwadu. Gan y Yehud'im sy'n gwyrdroi'r Gyfraith.

Dyna ddigon, medda fo wrtho fo'i hun.

Amser gweithredu.

Amser dilyn.

Amser edifarhau.

Amser y teshuvah.

Mae ei waed o'n berwi. Ei waed o fydda'n crasu'r ddaear. Mae Yeshua'n teithio i'r anialwch. Cerdded trwy'r nos. Cerdded trwy'r llwch. Cerdded trwy'r gwres. Diwrnod o daith. Diwrnod o chwys. Yr Adonai'n gwmni iddo fo. Yr Adonai'n gysur.

A be ydi diwrnod?

Mae oes o'i flaen.

Mae Teyrnas yr Adonai yn dod.

Mae o'n mynd i gael ei fedyddio gan Yohannan Mamdana. Mae o'n mynd yn ddisgybl i Yohannan Mamdana. Mae o'n mynd i helpu Yohannan Mamdana i ddod â'r Yehud'im yn ôl at yr Adonai. Uno'r llwythau. Y deuddeg yn un. Y Yehud'im yn uno. Yn un o dan yr Adonai.

Yn un o dan yr un duw.

Ar ôl hyn fydd dim gwaith. Ar ôl hyd fydd dim amddifadedd. Ar ôl hyn fydd dim pryderon. Ar ôl hyn fydd dim diflastod. Ar ôl hyn fydd dim llafur, fydd dim chwys.

Ar ôl yr afon. Ar ôl y Nehar haYarden. Ar ôl y bedydd.

Mi ga i fy eneinio, medda fo wrtho fo'i hun –

Y nos yn hir, y fagddu'n ei lapio.

Mi fydda i fel Yohannan Mamdana o hyn allan, medda fo. Yohannan Mamdana a'i lygaid ar dân, y geiriau'n tollti ohono fo ac yn llosgi'r ddaear, yn tanio ffydd.

Geiriau'r Adonai. Neges yr Adonai. Fel yr hen broffwydi. Fel Yeshayahu. Fel Yirmeyahu. Fel Elisha. Fel Mal'achi.

Mi fydda i fel nhw, medda fo wrtho fo'i hun –

Y nos yn hir, y fagddu'n ei lapio.

Mi fydda i'n broffwyd i'r Yehud'im. Mi fydda i'n fwy na mab saer maen o dwll fel Natz'rat.

Mae o'n meddwl am ddydd dial yr Adonai ac am flwyddyn ffafr yr Adonai ac am hŵr o Fagdala.

Mae'i ben o'n ysgafn. Mae'i chwys o'n powlio. Mae'i waed o'n berwi.

Mae o'n cerdded nes i'r haul godi. Yn cerdded trwy'r gwres. Yn cerdded trwy ffyrnigrwydd y dydd. Mae o'n gorffwys. Mae o'n yfed. Mae o'n bwyta bara sych. Gweddillion pryd Yom Shabbat. Dim byd yn cael ei wastraffu.

Mae o'n cerdded tan bod yr haul yn disgyn eto.

Mae o'n gadael Yom Rishon ar ei ôl. Ac mae Yom Sheni, yr ail ddydd, o fewn cyrraedd.

Mae o'n gwybod y bydd Yakov o'i go. O'i go bod Yeshua wedi diflannu. Wedi hel ei bac. Wedi gadael ei frawd mawr i godi waliau Sepphoris ar ei ben ei hun.

Ond gwaith ydi hynny. Llafur a chwys. Mae yna fwy na llafur a chwys. Cymaint, cymaint mwy. Ac mae o'n dweud –

Mae yna fwy na hyn. Mwy na'r byd yma. Mwy na'r bywyd yma. Mae'n *rhaid* bod yna fwy. Mae'n *rhaid* credu hynny. Credu'r proffwydi, credu eu geiriau nhw.

Mae o'n meddwl am y byd. Meddwl am y Yehud'im. Meddwl am y byd a'r Yehud'im yn talu sylw. Yn gwrando. Yn dilyn.

Y Yehud'im yn ei ddilyn o.

Ond pwy ydi o?

Mab ei dad, mab ei fam, brawd ei frodyr, brawd ei chwiorydd.

Cyn mynd, mi ddwrdiodd o nhw.

Gweiddi hyn –

Gwrandewch ar neges Yohannan Mamdana. Dowch i gael eich bedyddio. Mae hi'n amser edifarhau. Mae'r Deyrnas yn dod. Mae Yohannan Mamdana yn broffwyd. Fel yr hen broffwydi. Peidiwch â'i anwybyddu o, da chi. Ylwch arnoch chi'n mynd o gwmpas eich pethau. Ond cyn bo hir fydd yna ddim pethau i chi fynd o'u cwmpas.

Ond pwy ddaru wrando?

Ddaru neb wrando.

Yakov yn dweud, Ty'd i Fagdala gyda'r hogia.

Nawr yn yr anialwch. Nawr yn y nos. Nawr ar ei ben ei hun. Y geiriau hynny yn eco yn ei ben. Y geiriau hynny'n plethu gyda'i waedd, gyda'i waedd arnyn nhw i wrando, da chi.

Daw cri o'r fagddu. Llais yn galw o'r anialwch.

Mae o'n stopio'n stond. Ei anadl o'n fyr. Ei galon o'n taranu. Ei ben o'n curo.

Y gri eto.

Y llais o'r anialwch –

Yeshua . . . Yeshua . . . Yeshua . . .

Dal ei wynt. Ei bledren yn drwm. Troi o gwmpas. Edrych i'r gogledd, i'r gorllewin, i'r de, i'r dwyrain. Edrych am y llais o'r anialwch –

Yeshua . . . Yeshua . . . Yeshua . . .

Edrych i'r fagddu.

Mae o'n drysu. Y syched yn dweud arno fo. Y gwres. Y diffyg bwyd. Y tywyllwch diderfyn.

Yeshua . . . Yeshua . . . Yeshua . . .

Ac mae o'n crychu ei dalcen, yn adnabod y llais, yn dweud, Kepha?

Y sgotwr o Kfar Nahum.

Y sgotwr gyda'i farf a'i faint a'i fôn braich.

Y sgotwr gyda'i lygaid yn gul, ei lygaid sy'n dweud, *Pwy wyt ti?*

Rhyw dro, Kepha, mae Yeshua'n feddwl, mi fyddi di'n gwybod pwy ydw i.

Mae o'n dechrau cerdded eto. Cerdded trwy'r nos. Brasgamu. I gyfeiriad yr afon. I gyfeiriad y bedyddiwr. I gyfeiriad Kepha. Mi fydd y sgotwr yno, bownd o fod. Yno wrth yr afon. Yno'n aros y Deyrnas. Yno'n aros y darfod.

Dilyn fi, Kepha, mae o'n feddwl. Ty'd gyda fi ac mi awn ni'n dau i'r Deyrnas fel brodyr. Mi gawn ni le yno. Lle wrth ochr yr Adonai. Chdi gyda dy farf a dy faint a dy fôn braich a finnau gyda fy –

Y llais o'r anialwch.

Yeshua'n dod i stop eto.

Y llais yn atsain.

Y llais, a sisial lleisiau eraill.

Y proffwyd a'i ddilynwyr.

Yohannan Mamdana a'r Yehud'im.

Y llais –

Edifarhewch oherwydd mae Teyrnas yr Adonai yn dod. Mae hi'n agos ar y naw. Fel y dywedodd y proffwyd mawr Yeshayahu, Paratowch ffordd yr Adonai, unionwch y llwybrau iddo fo.

Ac mae'r neges yn gwibio trwy'r anialwch. Yn hyrddio trwy'r fagddu. Yn cyrraedd pedwar ban y byd.

Ac mae'r llais yn rhoi egni yng nghymalau blinedig Yeshua.

28

Mae o'n rhedeg.

Yn y pellter, goleuni ffaglau yn disgleirio. Goleuni'r lleuad ar wyneb yr afon. Afon Nehar haYarden.

Mae'r llais yn denu Yeshua. Mae'r afon yn ei ddenu o. Mae'r ffaglau yn ei ddenu o. Mae'n gweld tyrfa ar y llethrau. Mae chwys yn powlio, mae gwaed yn berwi.

Y gwaed fydda'n crasu'r ddaear.

Mae o'n cael yr un teimlad ag a gafodd o pan oedd Yakov yn sôn am hŵr o Fagdala. Yr hŵr yn lledu ei chluniau. Ei therfysg a'i fflamau. Yr un teimlad. Yr un cyffro. Yr un chwant. Yr un goelcerth. Ond mae un gwahaniaeth –

Mae'r hyn mae o'n ei deimlo nawr yn bur.

Daw'r hyn mae o'n ei deimlo nawr o'r Adonai.

Nid o gont putain.

●

Ac roedd aelodau o'r Perushim a'r Tseduqim ymysg y dyrfa. Y sectau gwleidyddol. Enwadau'r Yehud'im. Yno'n gwylio. Yno'n gwrando.

Yno i gael eu bedyddio gan y proffwyd Yohannan Mamdana.

Yno i edifarhau.

Teshuvah.

Mae'r afon yn rhuo. Mae Yohannan Mamdana'n rhuo. Ei lais a'r dŵr yn llifo. Yn trochi'r dyrfa. Yn swcwr i'r sychedig. Ac mae'r llethrau'n dew o'r sychedig. Yno'n gwylio, yno'n gwrando.

Mae Yohannan Mamdana'n dweud, Edifarhewch! Mae'r dydd yn dod!

Daw dau o'r Perushim a thri Tseduqim i lawr o'r llethrau. I lawr at yr afon. At lan y Nehar haYarden. Dod i lawr i gael eu trochi. I olchi eu beiau. I buro eu pechodau. I edifarhau mewn dŵr.

Mae Yeshua'n gwylio, mae Yeshua'n gwrando. Mae o yng nghrombil y dyrfa. Am fynd i'r blaen. Am gael ei fedyddio. Am i'r dŵr ei drochi, am i'r afon ei olchi. Pechadur am edifarhau.

Mae'r ddau Perushim a'r tri Tseduqim yn edrych yn awyddus.

Mae golwg o ddifri arnyn nhw. Golwg fel tasan nhw'n barod i edifarhau.

Ond mae Yohannan Mamdana yn pwyntio atyn nhw ac yn dweud –

Rydach chi fel nyth o nadroedd! Pwy sydd wedi'ch rhybuddio chi i ddengid rhag y gosb sy'n dod? Rhaid i chi ddangos yn y ffordd rydach chi'n byw eich bod chi wedi newid go iawn. A pheidiwch â meddwl eich bod chi'n ddiogel drwy ddweud, Abraham ydi'n tad ni. Mi all yr Adonai droi'r cerrig yma sydd ar y llawr yn blant i Abraham!

Mae Yohannan Mamdana yn codi cerrig ac yn gadael iddyn nhw syrthio trwy ei fysedd o. Mae Yohannan Mamdana yn rhythu ar y pump sydd wedi dod i gael eu bedyddio. Mae'r pump yn stond, braw ar wep pob un. Mae Yohannan Mamdana'n dweud –

Mae bwyell barn yr Adonai yn barod i dorri'r gwreiddiau i ffwrdd! Mi fydd pob coeden heb ffrwyth da yn tyfu arni yn cael ei thorri i lawr a'i thaflu i'r tân!

Mae o'n sgrechian go iawn. Fel tasa fo o'i go. Ond tydi o ddim o'i go. Yr Adonai sydd yn ei galon o. Wedi cythru ynddo fo. Wedi ei ddewis o. Wedi ei eneinio fo.

Ac Yeshua'n meddwl, Taswn i fel Yohannan Mamdana, taswn i'n broffwyd, mi faswn i'n galw nyth o nadroedd ar y Perushim hefyd, y Perushim gyda'u traddodiadau sydd yn groes i'r Gyfraith. Pe bawn i'n broffwyd mi faswn i'n rhythu arnyn nhw ac yn eu melltithio nhw.

Mae'i groen o'n binnau mân a'i waed o'n berwi . . . y gwaed . . . y gwaed sydd yn crasu . . . y gwaed fydd yn –

Mae Yohannan Mamdana yn troi ei lid tuag at Antipater.

•

Tiberias ar lannau'r llyn. Llyn Tiberias i rai. Môr HaGalil i eraill. Neu Kinneret. Sawl enw i'r dŵr. Y dŵr wrth ddinas Tiberias. Dinas Hordus Antipater, y tetrarch boliog. Y tetrarch gwan. Un o'r tri ddaeth ar ôl eu tad. Eu tad Hordus Ha-Melekh. Y brenin mawr.

Hordus Ha-Melekh hyn, Hordus Ha-Melekh llall, pe bai ti'n debycach i dy dad, yn debycach i Hordus Ha-Melekh . . .

Dyna'r ansicrwydd, y gwendid, sy'n dweud ar Antipater.

Antipater sydd yn mynd trwyddi braidd ar hyn o bryd. Antipater a baich y brenin ar ei sgwyddau fo. Baich grym.

Antipater yn brasgamu. 'Nôl a blaen yn y stafell ymgynghori. Cwpanaid o win ganddo fo. Ei farf o'n waedlyd o win. Mae o braidd yn benysgafn. Gormod o'r ddiod feddwol. Gormod o bryderu am fân broffwydi.

Be mae o'n ddweud amdanaf fi? medda Antipater.

Mae ymgynghorwyr yn y stafell. Y prif weinidiog, y canghellor. Mae dau filwr yno hefyd. Dau filwr oedd neithiwr ar lan y Nehar haYarden yn gwrando ar Yohannan Mamdana'n hefru. Dau filwr oedd yn ysbïo ar ran Antipater. Mae'r ddau filwr oedd yn ysbïo yn edrych ar ei gilydd fel tasa'r naill yn disgwyl i'r llall siarad gynta.

Mae ei fawrhydi wedi gofyn cwestiwn, medda'r prif weinidog wrth y ddau filwr.

Mae un milwr yn tagu ac yn dweud –

Rydach chi'n odinebwr . . .

Mae Antipater yn sefyll yn stond. Mae Antipater yn syllu ar y milwr. Mae'r milwr fel tasa fo am lewygu. Fel tasa'r Adonai ar fin ei ddifa. Mae'r milwr yn llyncu, ei gorn gwddw'n grin. Mae Antipater yn gwneud ystum i'r milwr barhau gyda'i adroddiad.

Mae'r milwr yn baglu dros ei eiriau –

. . . ac . . . ac . . . mae'n rhaid i chi edifarhau . . . mae'r Deyrnas yn dod –

Teyrnas pwy? medda Antipater.

Ac mae Anitpater yn meddwl hyn –

Y fi ydi'r tetrarch. Y brenin sydd wedi ei ddewis gan yr Adonai. O linach sydd wedi ei dewis gan yr Adonai. Ond mae yna rym mwy nerthol na'r Adonai ar y ddaear, mae gen i ofn. Cabledd, mi wn, ac ni feiddiwn ddatgan y geiriau'n gyhoeddus. Ond dyna'r gwir. A'r grym hwnnw ydi Rhufain. Ac mi all Rhufain gael gwared arnaf fi mewn chwinciad. Mi gawsant fadael â 'mrawd Archelaus yn nhalaith Yehuda. Archelaus wnaeth lanast ar fod yn frenin. Os

31

gwna i lanast, mi fydda inna allan ar fy nhin hefyd. Ac archoffeiriad yn cymryd fy lle. Fel y cymerodd archoffeiriad le fy mrawd. Archoffeiriad yn arglwyddiaethu yn Yerushaláyim, yn y brifddinas, archoffeiriad lle dylai fod 'na frenin. Archoffeiriad – mynd yn ôl at yr hen drefn o reoli. Nid brenhinoedd. Fuo yna erioed frenin gwerth chweil ers fy nhad, ers Hordus Ha-Melekh. Ond mi fydda i –

Teyrnas pwy? medda fo eto.

Teyrnas yr Adonai, medda'r milwr.

Nid cam ydi honni hynny, medda'r prif weinidog.

Antipater yn gofyn, Be arall mae o'n ddweud amdana i?

Eich bod chi wedi torri'r Gyfraith, fawrhydi.

Y Gyfraith?

Cyfraith Moshe Rabbenu. Cyfraith yr Adonai. Y deddfau roddwyd i'r Yehud'im gan HaShem, gan yr Enw, pan achubwyd ni o'n caethiwed ym Mitsrayim. Moshe Rabbenu yn arwain ein cyndeidiau i'r anialwch, i wlad –

Rhuodd Antipater –

Wn i hanes fy mhobl! Be arall?

Mae'r milwr yn oedi cyn dweud, Rydach chi . . . rydach chi wedi gwneud godinebwraig o'r arglwyddes.

Mae pwysau trwm ar frest Antipater. Mae Antipater yn gwingo. Mae Antipater yn gweld sêr.

Mae'r prif weinidog yn sgrialu'n ei flaen –

Fawrhydi. Yr Yohannan Mamdana yma. Dim ond proffwyd arall yn parablu, wyddoch chi. Pymtheg y dwsin. Malu awyr. Siarad rwtsh. Ceg fawr. Nid oes angen bod ofn y ffasiwn rafin.

Mae gan bawb ofn proffwyd, medda Antipater.

Tawelwch yn y stafell. Tawelwch wrth i bawb drochi yn eu meddyliau. Antipater yn yfed ei win. Mwy o win yn gwaedu i'w farf o. Mae'i feddyliau fo'n bell. Mae'i feddyliau fo'n y stafell wely lle mae Herodias yn aros. Yn noeth oni bai am rubanau o sidan. Yn noeth oni bai am y gemau am ei gwddw hi. Yr olew ar ei chroen hi. Yn noeth oni bai am ei choron. Ei goron o. Mae o'n cael codiad wrth feddwl amdani hi. Gwraig ei frawd cyn iddi ysgaru â Philip. Ei wraig o bellach. A'r proffwyd yma'n hefru. Yn galw hŵr ar Herodias. Beth fydda'i dad wedi ei wneud? Ei dad a ddienyddiodd ei fab ei hun. Sut y bydda'r Hordus mawr wedi delio â'r proffwyd yma? Pa fath o ddyn sy'n gadael i ddyn arall alw hŵr ar ei wraig o? Pa fath o ddyn? Pa fath o frenin?

Faint oedd yno yn gwrando arno fo? medda Antipater.

Dwsinau, fawrhydi, medda'r milwr.

O ble, HaGalil?

HaGalil. Talaith Yehuda. Rhai o Suryiah.

Pa fath o bobl?

Tlodion, sgotwyr, crefftwyr . . . y boblogaeth, y dyn cyffredin.

Wedi dod o bell i glywed y rafin yma'n galw hŵr ar fy ngwraig!

Tawelwch eto. Y dynion i gyd yn meddwl am Herodias yn ei sidan, yn ei gemau, yr olew ar ei chroen hi. Herodias yn noeth iddyn nhw. Herodias yn noeth er mwyn rhanbarth HaGalil, y cyfoethog a'r tlawd. Pawb yn galw hŵr ar Herodias. Mae'r dynion i gyd yn gwingo. Maen nhw'n wan yn wyneb Herodias. Mae Antipater yn gwybod hyn. Mae o'n adnabod dynion. Mae o'n ddyn. Yn ddyn sydd yn fwy na dyn. Yn ddyn sydd yn frenin. Ac mae o'n cael pleser o'r ffaith bod dynion yn awchu am ei wraig. Ond gwae nhw tasan nhw'n mynd yn bellach na breuddwydio amdani hi. Rhoi dwylo arni hi. Rhoi plentyn ynddi hi. Galw hŵr arni hi.

Be wna i gyda'r proffwyd yma? mae o'n feddwl. Mae o'n yfed mwy o win.

Be wna i gyda'r proffwyd yma? mae o'n gofyn.

Ar y naill law, fawrhydi, medda'r prif weinidog, gadael llonydd iddo fo. Mae'r rhain fel chwain, y proffwydi yma. Cant a mil ohonyn nhw. Maen nhw ym mhob man. Tydyn nhw ddim yn gwneud drwg mawr i neb.

Antipater yn dweud, Nac ydyn?

Ond ar y llaw arall, fawrhydi . . .

Ar y llaw arall, brif weinidog?

Mae ganddo fo genfogaeth, yn amlwg. Dilynwyr.

Cefnogaeth . . . oes . . . dilynwyr . . .

33

Ac mae peryg y gall ei eiriau fo danio terfysg. Yn hytrach na darogan, mi all o droi'n darfwr.

Mae pawb yn meddwl nad oes gen i galon, medda Antipater. Nad ydw i'n caru Herodias. Ond cariad ddaeth â ni at ein gilydd. Nid fy mai i oedd fy mod i wedi syrthio mewn cariad gyda gwraig fy mrawd, hithau gyda fi. Ein bai ni ydi hynny, brif weinidog?

Mae'r prif weinidog yn ysgwyd ei ben. Mae'r prif weinidog yn dweud, Ond dyna mae'r proffwyd yma'n ddweud, dyna mae'r bobl yn gredu.

Antipater yn ffrwydro –

Credu beth? Mai dim ond hen ddyn budur ydw i, yn mynd â pheth siapus i'r gwely? Rydw i'n ei charu hi. Ac mae hithau yn fy ngharu innau. Rydw i'n Yehudi triw . . . eitha triw. Rydw i'n cadw'r Gyfraith . . . i raddau. Rydw i'n gwneud fy ngorau glas i blesio pawb. Plesio'r Yehud'im, yr offeiriaid, Rhufain. A dyma ydi fy ngwobr? Sarhad?

Mae'n ysgwyd ei ben, yfed ei win, teimlo'n chwil, ailofyn –

Be wna i gyda'r proffwyd yma?

•

Yom Sheni, yr ail ddydd. Goleuni ffaglau yn disgleirio. Goleuni'r lleuad ar wyneb yr afon. Afon Nehar haYarden.

Calon Yeshua'n straenio. Mae o yng nghwmni'r proffwyd. Yng nghwmni'r bedyddiwr. Yng nghwmni Yohannan Mamdana ar lan yr afon. Neb arall ar lan yr afon. Neb arall yn yr anialwch. Neb arall yn y byd. Y byd ydi Yeshua a Yohannan Mamdana. Yohannan Mamdana sy'n frigyn o ddyn. Yohannan Mamdana sy'n drewi fel ffoes. Lliain a elwir 'ezor am ei ganol. 'Ezor a dim dilledyn arall. Noeth ond am yr 'ezor. A'i groen o'n fudur. A'i geg o heb ddant ynddi. A'i farf o'n glawdd drain.

Mêl? medda Yohannan Mamdana.

Mae Yeshua'n cymryd potyn ac yn blasu'r mêl.

Da? medda Yohannan Mamdana.

Mae Yeshua'n nodio ei ben.

Pam wyt ti yma? medda Yohannan Mamdana.

Dwi am gael fy medyddio.

Pam aros tan heddiw?

Mae Yeshua'n methu ateb.

Dwi wedi dy weld di yma o'r blaen, medda Yohannan Mamdana. Droeon, mewn gwirionedd. Rwyt ti'n frwd. Rwyt ti'n awchu am y neges.

Mae Yohannan Mamdana'n stwffio locustiaid i'w geg. Mae o'n cnoi gyda chig ei ddannedd. Cig ei ddannedd yn crensian trwy'r pryfed.

Mae Yeshua'n dweud, Mae gen i awch, mwy o awch na'r un dyn. Mae'r Deyrnas yn dod, rwyt ti'n proffwydo hynny, ac mi dwi am fod yno, gyda'r Adonai, fy nhad, gyda chdi, Yohannan Mamdana.

Wyt ti'n gyfiawn? medda'r proffwyd.

Ydw.

Wyt ti'n dduwiol?

Ydw, ydw.

Wyt ti'n cadw'r Gyfraith?

Yn fwy na'r un dyn yn Natz'rat.

Paid ti â bod yn hy. Wyt ti'n meddwl dy fod ti'n well na gweddill y Yehud'im?

Mae Yeshua'n gwrido –

N-na, na, nid yn well. Ond . . . ond dwi'n gwneud fy ngorau glas. Dwi'n cadw'r Gyfraith. Dwi wedi edifarhau. Dwi'n addoli. Dwi'n aros y Deyrnas. A dwi am i'r Yehud'im i gyd ddod i'r Deyrnas. Dwi am i'r deuddeg llwyth ddod at ei gilydd eto. Mi fydd hynny'n digwydd, yn bydd?

Bydd, medda Yohannan Mamdana, mi fydd hynny'n digwydd. Dyna fydd y Deyrnas. Y llwythau wedi eu huno o dan yr Adonai. Yn un eto. Ond mae'n allweddol bod y Yehud'im yn edifarhau.

Tasan nhw'n dy ddilyn di, Yohannan Mamdana, mi fyddan nhw'n gweld synnwyr, mi fydda rheswm yn ennill y dydd –

Na! –

Mae llygaid Yohannan Mamdana'n llydan. Mae gên Yohannan

Mamdana'n syrthio. Mêl yn diferu o'i weflau. Darnau o'r locustiaid yn poeri o'i geg.

Na! –

Mae Yohannan Mamdana'n rhoi clustan i Yeshua.

Mae Yohannan Mamdana'n dweud, Na! Nid rheswm, nid synnwyr. Mae rheswm a synnwyr yn difa'r enaid. Dechrau doethineb ydi ofn yr Adonai, medda llyfr y Tehillim. Nid rheswm, nid synnwyr. Rheswm ydi gelyn ffydd, wyt ti'n deall hynny? Wyt ti?

Mae Yeshua'n nodio, yn rhwbio'i foch.

Mae Yohannan Mamdana'n dweud, Ofn ydi dechrau ffydd. Ofn yr Adonai. Wyt ti'n deall?

Mae Yeshua'n nodio, yn rhwbio'i foch.

Mae Yohannan Mamdana'n dweud, O'r galon y daw edifarhad. O'r galon y daw doethineb. Wyt ti'n deall?

Mae Yeshua'n nodio, yn rhwbio'i foch.

Mae Yohannan Mamdana'n dweud, Dyna pam mae Antipater yn bechadurus. Am ei fod o wedi meddwl yn hytrach na charu'r Adonai'n ddigwestiwn. Am ei fod o wedi rhesymu ac wedi gwyrdroi'r Gyfraith ar gownt ei awch, ei flys am wraig, am ferch, am gont! Paid â phriodi, Yeshua. Paid â gwyro i bechodau'r cnawd. Rwyt ti wedi edifarhau, medda ti. Da o beth. Ond rhaid i ti ddilyn yr Adonai bob awr o bob dydd. Bod yn bur. Wyt ti'n deall?

Mae Yeshua'n deall.

Wyt ti'n barod i gael dy fedyddio, fab Natz'rat?

Mae Yeshua'n barod.

Mae'r ddau yn cerdded at y dŵr. At lan y Nehar haYarden. Yr afon sanctaidd.

Mae'r Shabbat diweddara yma wedi dy gynddeiriogi di, medda Yohannan Mamdana. Dwed wrtha i pam, gyfaill.

Nid y Yehud'im sy'n cadw'r Shabbat, y Shabbat sy'n cadw'r Yehud'im, medda Yeshua. Ond heb iddyn nhw edifarhau, heb iddyn nhw ddilyn y Gyfraith i'r llythyren, tydi'r Yehud'im ddim yn ddigon glân i hynny. Rhyw Shabbat hanner pan, eu Shabbat nhw eu hunain, sydd yn cael ei gadw. Ac ni fedar y *gwir* Shabbat, y Shabbat ddaeth o'r Adonai, eu cyrraedd nhw a'u cadw nhw. Mae hynny wedi fy nghorddi fi erioed. Ond mae dy neges di, Yohannan Mamdana, wedi dangos y ffordd i mi, wedi tanio fy ysbryd i.

Mae dynion yn meddwl eu bod nhw cystal â'r Adonai, medda'r bedyddiwr.

Maen nhw wrth lan y Nehar haYarden. Mae'r lleuad yn llafn ar wyneb dŵr y Nehar haYarden. Mae'r Adonai yn nyfroedd y Nehar haYarden. Yr HaShem o dan y dŵr. Yr Enw Cudd yn y crychdonnau. Mae Yohannan Mamdana'n arwain Yeshua i'r afon. Mae Yeshua'n dal ei wynt. Yn teimlo'r Adonai'n rhuthro o'i gwmpas o. Grym yr Adonai yn llif y Nehar haYarden.

Plyga, medda Yohannan Mamdana.

Mae Yeshua'n plygu. Mae'r dŵr yn rhuo. Mae'r Adonai'n galw. Mae Yohannan Mamdana yn rhoi ei law ar dalcen Yeshua. Mae grym yng nghyffyrddiad y proffwyd. Mae'r Adonai yn ei gyffyrddiad o. Mae gwaed Yeshua'n berwi. A tasa'i waed o'n tollti o'i gorff o, mi fydda gwaed ei gorff o'n crasu'r ddaear. Mi fydda'i waed o'n tanio dynion. Mi fydda'i waed o'n boddi gwledydd. Mi fydda'i waed o'n achub y byd.

Mae Yohannan Mamdana yn gwthio Yeshua o dan y dŵr.

TALAITH Rufeinig Yehuda. Yr anialwch. Mynyddig, creigiog, crastir go iawn. Chwe milltir i'r gogledd-orllewin o ddinas Yericho. Mae'r haul yn ffyrnig. Mae'r gwres yn llethol. Does dim bywyd yma. Dim bywyd oni bai amdano fo –

Yeshua –

Yeshua bar-Yôsep –

Yeshua bar-Yôsep o Natz'rat –

Yeshua'n gorwedd ar ei gefn yn yr anialwch, ei freichiau fo ar led . . .

Daeth yma. Daeth i'r diffeithwch. Daeth i'r lle anial hwn i gael ymgom gyda'r Adonai. Y fo a'r Abba, y Tad, ei dad, yn yr anialwch. Dim bwyd. Ei stumog o'n griddfan. Dŵr mewn ffiol. Mymryn o ddŵr. Syched arno fo. Awydd bwyd arno fo. Ond ei dad gyda fo. Ei dad o'n ei gadw fo rhag pob cam, rhag pob drwg.

Abba ddywedodd, Ti ydi fy Mab.

TI YDI FY MAB ANNWYL.

Llais Abba. Llais yr Adonai. Ond nawr mae lleisiau eraill. Lleisiau yn llenwi pen Yeshua. Llais Ha-Satan ym mhen Yeshua. Llais Ha-Satan yn dweud –

Mi rodda i hyn i gyd i chdi . . .

Addewidion, temtasiynau, syched.

Dŵr . . . dŵr . . . ei ffiol yn sych. Dim dropyn ar ôl. Mae o ar ei gefn, y tywod yn ferwedig. Ei waed o'n crasu'r ddaear. Ar ei gefn.

Ei freichiau fo ar led. Ei lygaid o tua'r nefoedd. Ei farw fo'n dod.

Y byd yn troi a throsi. Yr awyr yn chwyrlïo. Llais Ha-Satan. Llais HaShem.

Yeshua . . . Yeshua . . . Yeshua . . .

O bell. Ond nid yn ei ben o. Nid tu mewn ond tu allan. Nid yn ei benglog o ond yn y byd. Rhywun yn gweiddi go iawn arno fo –

Yeshua . . . Yeshua . . . Yeshua . . .

Codi ar ei eistedd. Ei wefusau fo'n bapeirws. Ei gorn gwddw fo'n gras. Ei stumog o'n corddi. Trwy'r gwres, yn y pellter, dyma nhw. Dau yn dod. Yn galw –

Yeshua . . . Yeshua . . . Yeshua . . .

Yeshua, mab ei dad. Yeshua, Mab yr Abba . . . Yeshua, Mab y . . . Yeshua, Mab y . . .

Dyn . . . Dyn . . .

Yeshua.

Yeshua . . . Yeshua . . . Yeshua . . .

Eu lleisiau –

Yeshua . . . Yeshua . . . Yeshua . . .

A dyma nhw. Dau. Dau o'r diffeithwch. Un yn farf ac yn faint ac yn fôn braich. Un yn Kepha. Kepha'n un. Kepha'r sgotwr o Kfar Nahum. Kepha'n gwerthu cynnwys ei rwyd yn Sepphoris. Kepha ar y llethrau wrth lannau'r Nehar haYarden. Kepha a'i lygaid *Pwy wyt ti?* Kepha'n gwylio. Kepha'n gwrando. Kepha'n galw arno fo . . .

A'r llall. Y llall sy'n dod o'r diffeithwch ydi Avram, brawd Kepha.

A'r ddau yn dod. Y ddau yn rhedeg. Y ddau yn chwys ac yn dywod drostynt.

Dyma nhw –

Chdi ydi Yeshua o Natz'rat? medda Kepha.

Mae Yeshua yn gwneud ei orau glas i sefyll ond mae ei goesau fo'n blu. Faint sydd ers iddo fo ddod i'r anialwch? Ei feddyliau fo fel haid o locustiaid, amhosib eu rhwydo. Ei synnwyr o fel haig o benwaig, amhosib eu bachu. Ond nid synnwyr mae o'i angen. Ffydd mae o'i angen. Ffydd ei fod o wedi bod yma – am ba hyd? Deugain mlynedd fel y Yehud'im? Na. Deugain niwrnod, felly.

Deugain niwrnod yn yr anialwch. Un Yehudi. Nid miloedd. Un Yehudi bach mewn ymgom gyda'r Adonai am ddeugain niwrnod. Deugain niwrnod? Na. Amhosib. Ond nid oes amhosib gyda'r Adonai. Nid gyda'r Abba. Nid oes amhosib. Mi fedra fo rwydo locustiaid. Mi fedra fo fachu penwaig. Mi fedra fo bysgota dynion.

TI YDI FY MAB ANNWYL.

Ei ben o'n nofio. Ei ben o'n curo. Mae o'n edrych i fyny ar Kepha. Yr haul tu ôl i Kepha. Kepha'n gawr ac yn angel.

Be? medda Yeshua.

Chdi ydi Yeshua o Natz'rat? Yr un gafodd ei fedyddio gan Yohannan Mamdana dri diwrnod yn ôl? Roeddan ni yno. Yn gwylio ac yn gwrando. Chdi ydi Yeshua?

Tri diwrnod? Nid deugain felly. Nid fel y proffwyd Moshe Rabbenu a'r Yehud'im. Miloedd ohonyn nhw yr anialwch. Nid fel nhw.

Kepha eto –

Chdi ydi o?

Roeddach chi yno? medda Yeshua –

Yn cofio neb. Yn meddwl mai dim ond y fo a Yohannan Mamdana oedd yno. Y ddau ddyn ac Abba. Yn ddynion ac yn dduw. Tri fel un. Tri yn uno.

Roeddan ni yno'n gwylio ac yn gwrando ar y llethrau, medda Kepha. Chdi oedd o, yn te? Mi gafodd criw ohonoch chi eich bedyddio. Rydan ni'n mynd ati i ddod â phawb at ei gilydd, pawb sydd wedi cael eu bedyddio gan Yohannan Mamdana.

Mae Yeshua'n rhwbio'i foch, yn cofio'r glustan. Mae o'n gofyn, P . . . pam?

Ac mae Kepha'n dweud, Mae Antipater wedi arestio Yohannan Mamdana.

Mae Yeshua'n neidio ar ei draed. Mae o'n benysgafn. Ei goesau'n simsan. Mae o'n estyn ei law a Kepha'n dal ei law. Ac mae Kepha'n ei sadio fo. Kepha'r cadarnle a'r lloches. Kepha'n dweud –

Mi ddywedodd Yohannan Mamdana fod hyn yn arwydd, yn arwydd bod y Deyrnas yn agos. Rydan ni'n dod â phawb at ei gilydd, pawb sydd wedi cael eu bedyddio. Rhaid i ni fod yn barod, dyna mae Yohannan Mamdana yn ddweud. A dyma'r arwydd.

Dyma'r arwydd, mae Yeshua'n feddwl. Dyma'r arwydd. Abba'n siarad gyda fo –

TI YDI FY MAB ANNWYL.

Abba'n addo. Abba'n dangos. Abba'n ei garu o. Yn ei garu o uwch pob dyn.

Mae o'n dweud wrth Kepha ac Avram, Dowch gyda fi, dilynwch fi.

•

Fi ydi'r un . . . Fi ydi'r un . . . Fi ydi'r un . . . Fi ydi'r un . . .

Mi ddaeth o'r anialwch. Mi ddaeth o gyda Kepha a gydag Avram. Y ddau yn ei ddilyn o. Y tri yn rhuthro. Y tri yn yfed dŵr o ffiolau Kepha ac Avram. Y tri yn bwyta bara a chnau.

Yeshua wedi ei sgytio. Antipater wedi arestio Yohannan Mamdana. Arwydd bod y Deyrnas yn agos. Arwydd bod y diwedd yn dechrau. Bod yr Adonai am ymyrryd eto. Fel yr ymyrrodd o pan oedd y Yehud'im mewn caethiwed ym Mitsrayim. Wedi eu cadwyno gan Phar-oh. A'r Adonai'n danfon Moshe Rabbenu i arwain y Yehud'im o'u gorthrwm. A'r gwaed ar gapan a dau bost y drws wrth i'r Adonai wibio trwy strydoedd Mitsrayim yn lladd plant Phar-oh. Y gwaed a grasodd y ddaear. Y gwaed sy'n rhyddhau. Y gwaed sy'n achub. Y gwaed mae'n rhaid ei dollti. Yr aberth ar y pren. Yohannan Mamdana ar y pren. Yn crogi o bren Antipater. Yn arwydd i'r Yehud'im. Yohannan Mamdana, y cynta i gamu trwy borth y Deyrnas.

Fo'r cynta a finnau'r ail, medda Yeshua wrtho fo'i hun.

Fi ydi'r un . . . Fi ydi'r un . . . Fi ydi'r un . . . Fi ydi'r un . . .

O fewn oriau, maen nhw'n ôl wrth y Nehar haYarden eto. Nid deugain mlynedd o daith. Nid deugain niwrnod. Nid tri diwrnod. Mae mintai yno. Mintai yno fel defaid coll. Defaid coll ar ôl i Antipater arestio Yohannan Mamdana. Defaid coll heb gyfeiriad nac arweiniad. Defaid coll wrth lan y Nehar haYarden. Ac wrth ymyl y Nehar haYarden, wrth ochr y dŵr, mae Kepha'n gofyn –

Be ar wyneb daear ydan ni i fod i'w wneud? Aros yn fan yma? Disgwyl y Deyrnas wrth y dŵr, fel hyn?

Does yna neb yn dweud gair. Mae Yeshua'n crafu ei ben. Mae o'n crychu ei dalcen. Cyn hir, bydd y Deyrnas yn dod. Mi fydd yr Adonai yn dewis a dethol. Mi fydd y rhai oedd wedi clywed neges yr Adonai trwy Yohannan Mamdana yn ennill eu lle yn y Deyrnas. Y Deyrnas fydd yn dod i'r ddaear. Y Deyrnas fydd yn dod i Yisra'el. Y Deyrnas fydd yn uno'r Yehud'im. Y Deyrnas fydd yn dod â'r deuddeg llwyth ynghyd. Ac er mwyn i hynny ddigwydd, rhaid i Yisra'el i gyd glywed y neges. Nid un neu ddau wrth ymyl y dŵr. Ond pawb. Pob un Yehudi. Mae'r Deyrnas yn dod, ac mae gofyn uno Yisra'el o dan Gyfraith yr Adonai.

Mae Yeshua'n neidio ar ei draed ac yn dweud –

Rhaid i ni bregethu'r neges, mynd i'r trefi, i'r pentrefi, pregethu'r neges bod y Deyrnas yn dod. Rhaid i'r Yehud'im ddilyn y neges. Ei dilyn i Yerushaláyim. Fan'no fydd geni'r Deyrnas. Yn y Deml. Lle mae'r Adonai'n trigo. O'r Deml y daw'r Deyrnas. Dilynwch fi i'r trefi ac i'r pentrefi. Dowch i bregethu neges yr Adonai, neges Yohannan Mamdana. Y neges ydi, Dilynwch fi.

Mae rhywun o fysg y defaid coll yn dweud, Edifarhau ydi'r neges. Rhaid i'r Yehud'im edifarhau. Dod at y dŵr, cael eu bedyddio gan y proffwyd, eu bedyddio ac edifarhau –

Na, medda Yeshua, does yna ddim amser. Mae'r Deyrnas yn agos. Rhaid i bob Yehudi glywed hyn. Dilynwch ydi'r neges. Dilynwch. Pwy sydd am ddilyn?

Eistedd i lawr, medda un arall o'r defaid coll. Pwy sydd wedi datgan mai chdi ydi'r bòs?

Pan oeddwn i yn yr anialwch, medda Yeshua, mi glywais i lais Ha-Satan –

Mae murmur yn mynd trwy'r defaid coll wrth y dŵr –

Mi glywais i lais Ha-Satan yn fy nhemtio i, yn dangos dinasoedd y byd i mi, ac yn addo'r dinasoedd i mi dim ond i mi ei ddilyn o. Pam y bydda Ha-Satan am fy nhemtio i? Am fod yr Adonai wedi rhoi'r cyfrifoldeb oedd ar sgwyddau Yohannan Mamdana ar fy sgwyddau i o'r awr yma. Dilynwch fi. Dowch gyda fi i'r trefi, i'r

42

pentrefi. Dowch i bregethu'r neges. Dowch i achub Yisra'el.

Beth am Yohannan Mamdana? medda rhywun.

Mi fydd yr Adonai'n ei ryddhau o, medda Yeshua. Yohannan Mamdana fydd y cynta i mewn pan fydd porth y Deyrnas yn agor. Mi aiff Yohannan Mamdana i blith y proffwydi. Dowch, dilynwch fi. Mi awn ni. Wnawn ni'm aros yn yr anialwch. Wnawn ni'm aros wrth yr afon. Wnawn ni'm aros i Yisra'el ddod aton ni, mi awn ni at Yisra'el. Mi awn ni ar ôl y defaid coll. Defaid coll Tŷ Yisra'el.

Fi ydi'r un . . . Fi ydi'r un . . . Fi ydi'r un . . . Fi ydi'r un . . .

•

Roedd neges Yohannan Mamdana yn yr anialwch, medda Yeshua wrthyn nhw, ond mae fy neges i yn y pentrefi. Mi oedd Yohannan Mamdana yn disgwyl i'r Yehud'im ddod ato fo. Mi a' i at y Yehud'im. Mynd atyn nhw a'u rhybuddio nhw i gadw'r Gyfraith. Dim ond trwy'r Gyfraith y down ni at yr Adonai.

A thrwy edifarhau, medda Kepha. Dyna roedd Yohannan Mamdana yn ei ddweud. Rhaid i'r Yehud'im edifarhau.

Mae Yeshua'n meddwl – teshuvah. Dychwelyd at HaShem. Dychwelyd at yr Enw. Enw'r Adonai. Edifarhau am bechodau ddoe er mwyn bod yn rhan o'r Deyrnas fory.

Mae o'n dweud, Mi ddown ni â'r Yehud'im at ei gilydd trwy bregethu neges Yohannan Mamdana, a phan fydd yr Adonai'n rhyddhau Yohannan Mamdana o gelloedd Antipater, mi fydd Yisra'el yn barod am y Deyrnas. Mi fyddan ni i gyd yn barod.

Maen nhw ar lannau gogleddol Môr HaGalil. Ar gyrion Kfar Nahum, tre Kepha ac Avram. Tre sgotwyr a ffermwyr. Tre llafur a chwys. Kfar Nahum, ddeugain milltir o Natz'rat. Ddeugain milltir o dre Yeshua. Tre llafur a chwys. Tre teulu. Teulu Yeshua. Yeshua'n gwingo. Yeshua'n ymrafael â'i feddyliau am deulu. Mae yna fwy pethau na theulu.

Mae hi'n brynhawn, y seithfed awr. Gwres llethol. Criw bach. Yeshua ac ambell un o ddilynwyr Yohannan Mamdana. Ambell i ddafad goll. Anogodd Yeshua'r defaid coll i'w ddilyn o –

43

Dilynwch fi.

Mi ddaeth rhai ond mi aeth eraill. Mi aeth eraill i Tiberias. Tiberias, dinas Antipater. Dinas Antipater lle'r oedd Yohannan Mamdana mewn cell. Dinas Antipater i gadw gwylnos lle'r oedd Yohannan Mamdana mewn cell. Yohannan Mamdana mewn cell yn Tiberias fel Yisra'el mewn caethiwed ym Mitsrayim. Yohannan Mamdana oedd Yisra'el. Yisra'el oedd Yohannan Mamdana. Gweld ystyr yng nghharchariad eu proffwyd. Gweld arwydd o'r Adonai. Gweld dyfodiad y Deyrnas.

Yeshua'n meddwl, Defaid dall. Dilynwch fi . . . dilynwch fi . . .

Ar y dŵr, ar ddŵr Môr HaGalil, mae sgiffiau. Sgiffiau'r sgotwyr. Y sgotwyr yn taflu eu rhwydi. Y sgotwyr yn aros i'r pysgod gael eu dal yn eu rhwydi. Yeshua'n sylwi bod Kepha ac Avram yn synfyfyrio ar y sgiffiau. Hiraeth yn eu llygaid. Hiraeth am y dŵr, y rhwyd, y sgiff, y pysgod. Hiraeth am Yohannan Mamdana. Am ei neges.

Mae Yeshua'n sefyll –

Dilynwch fi, bois.

Mae ganddon ni blant i'w bwydo, medda Kepha.

Ta waeth am hynny, medda Yeshua. Mi gân nhw eu bwydo. Mi fydd yr Adonai yn eu bwydo nhw. Mi fydd o'n gofalu am bob dim. Ydach chi'n credu neges Yohannan Mamdana?

Mae Kepha ac Avram yn nodio.

Felly dowch gyda fi i ledaenu'r neges, medda Yeshua.

Maen nhw'n oedi. Maen nhw'n drysu. Maen nhw'n ofnus. Wedi eu sgytio. Wedi eu tanseilio a'u taflu oddi ar eu hechel. Mae Yeshua'n edrych ar Kepha. Ei faint, ei farf, ei fôn braich. Mae o'n gweld i feddwl Kepha. I galon Kepha. Mae o'n gweld bod y dŵr yn galw ar Kepha. Bod y rhwyd a'r sgiff yn ei ddenu. Mae o'n gweld bod teulu'n dynfa i Kepha. Gwraig yn dynfa. Plant yn dynfa. Mae Yeshua'n gweld hyn. Ond mae gan Yeshua dynfa gryfach na theulu. Mae gan Yeshua dynfa'r Adonai –

TI YDI FY MAB ANNWYL.

Mi oedd yna ystyr yn hynny. Mi oedd yna rym yn hynny.

Fi ydi'r un . . .

Mae Yeshua'n dweud, Gwrandewch, bois. Wn i'ch bod chi am fwydo'ch teuluoedd. Wn i'ch bod chi am fynd yn ôl atyn nhw. Ond be ddaw ohonyn nhw os na fyddan nhw'n dilyn neges Yohannan Mamdana? Be ddaw o Yisra'el? Be ddaw o'r Yehud'im? Bois, ylwch, mi gafodd Yohannan Mamdana ei arestio am reswm. Mae'r Adonai'n rheoli pob dim, rydach chi'n gwybod hynny.

Be oedd y rheswm? medda Kepha.

Y rheswm oedd i'w neges o fynd ymhellach na glannau'r Nehar haYarden.

Ond pam na fydda Yohannan Mamdana yn mynd â'r neges?

Yn yr anialwch roedd ei neges o. Dowch. Dowch, dilynwch fi ac mi ddaw'r Deyrnas i'r ddaear. Mi fydd Yisra'el yn ddeuddeg llwyth eto.

Mae dau sgotwr sy'n trwsio'u rhwydi yn gwrando arno fo. Yn gwrando ac yn gwylio.

Pwy ydach chi? medda fo wrth y ddau sgotwr.

Yah'kob, medda un.

Wyt ti am ddilyn? Chdi a dy fêt?

Ei frawd o ydw i, medda'r llall. Yokam 'di f'enw i. Meibion Zebadyah.

Meibion yr Adonai, medda Yeshua. Dowch i fod yn ddeuddeg gyda fi. Chi'ch dau. A Kepha ac Avram, dowch. Chi, y pedwar cynta. Pedwar sgotwr. Sgota dynion o hyn allan, ia?

Oeddat ti'n dilyn Yohannan Mamdana? medda Yah'kob.

Oeddwn.

Ninnau hefyd.

Mi awn ni â'i neges o i Yisra'el. Dyna ydi dymuniad yr Adonai. Credwch chi fi.

Mae yna fymryn bach o oedi. Dynion yn edrych ar ei gilydd. Dynion yn cysidro, yn pwyso a mesur. Dynion yn meddwl am deuluoedd. Dynion yn meddwl am fywyd gwell yn y Deyrnas. Dynion yn credu.

Ac mae Yah'kob a Yokam yn taflu eu rhwydi, codi eu sgwyddau, a rhodio draw at lle mae Yeshua a Kepha ac Avram.

Lle rydach chi'n mynd, y cythreuliad? medda llais.

Mae hen ŵr yn hercian ar ôl Yah'kob a Yokam. Hen ŵr wedi ei blygu, wedi ei grasu gan yr haul –

Dowch i drwsio'r rhwydi 'ma.

Mae Yah'kob a Yokam yn edrych ar yr hen ŵr ac ar Yeshua, ac mae Yeshua'n gwenu. Mae'r Adonai gyda fo. Mae o'n teimlo hynny go iawn.

Fi ydi'r un . . . Fi ydi'r un . . .

Pwy ydi hwn? medda'r hen ŵr.

Dad, medda Yah'kob. Yeshua ydi hwn. Un o ddilynwyr Yohannan Mamdana'r proffwyd.

O nefi, nid un arall, medda'r hen ŵr –

Yr hen ŵr sy'n dad i'r sgotwyr. Tad gyda'r enw Zebadyah. Ac mae Zebadyah'n dweud –

Mi fuo ond y dim i'r Yohannan Mamdana hwnnw ddwyn fy meibion i. A nawr dyma un arall. Rydach chi'n bla, chi'r proffwydi. Gadewch lonydd i ni. Mae hi'n ddigon anodd fel mae hi. Anodd bwydo, anodd dal. Heglwch hi i'r anialwch gyda'ch parablu, wir.

Mae Yeshua'n gwenu o hyd. Mae o'n rhoi llaw ar ysgwydd Zebadyah. Mae o'n teimlo esgyrn Zebadyah. Mae Yeshua'n dweud –

Mi fydd y Deyrnas yn dod cyn bo hir, Zebadyah. Fydd dim rhaid i chdi boeni am fwyd, wedyn. Mi fydd yna faint fynnir i bawb. Ond rhaid i'r Yehud'im glywed y neges, ac mae'r Adonai wedi dewis dy feibion di i ddilyn. Fydd dim rhaid i chdi lafurio, Zebadyah. Fydd dim rhaid i chdi sgota.

Mae Zebadyah'n taro llaw Yeshua o'i ysgwydd –

Dwi *eisiau* sgota'r llo gwirion! Dwi'n mwynhau llafur a gwaith! Y chwys a'r cric'mala. Dyna sy'n fy nghadw fi'n fyw. Dyna sy'n cynnal dyn.

Mae Zebadyah'n troi ac yn mynd ac yn dweud dros ei ysgwydd, Dowch gyda fi, neu ewch gyda hwn. Uffar ots gen i.

Mae Yah'kob a Yokam yn aros lle maen nhw.

•

Daeth Yom Shabbat eto. Dydd o orffwys. Dydd o ddefodau. Camu o'r nawr, o'r byd. Camu i'r freuddwyd o'r Baradwys a grëwyd gan yr Adonai. Camu i'r perffeithrwydd. Cael blas arno fo. Dyma ydi Yom Shabbat. Dyma sydd wedi ei ddeddfu.

Yom Shabbat ydi –

Diwedd gwaith. Diwedd amddifadedd. Diwedd pryderon. Diwedd diflastod. Diwedd llafur a diwedd chwys.

Ac yna fe ddaeth y cysgodion i ymestyn. Fe ddaeth y tywyllwch. Yom Shabbat yn cyrraedd terfyn.

Camu i'r nawr, i'r byd. Camu o'r freuddwyd o'r Baradwys a grëwyd gan yr Adonai. Camu o'r perffeithrwydd.

Dyma sydd wedi ei ddeddfu.

Yom Rishon –

Dychweliad gwaith. Dychweliad amddifadedd. Dychweliad pryderon. Dychweliad diflastod. Dychweliad llafur a dychweliad chwys.

Ond nid i Yeshua. Nid i'w gyfeillion o. Iddyn nhw, crwydro. Iddyn nhw, pregethu. Iddyn nhw, mynd â'r neges. Neges Yohannan Mamdana. Neges y Deyrnas. Ond mae Yeshua'n gofyn iddo fo'i hun –

Ydi'r Yehud'im yn clywed y neges?

Ydi'r Yehud'im yn deall y neges?

Ydi'r Yehud'im yn glir ar gownt cynllun yr Adonai?

Ydi'r Yehud'im yn gwybod bod yr Adonai wedi galw'r proffwyd Abraham a'i linach?

Ydi'r Yehud'im yn gwybod bod yr Adonai wedi rhoi'r Gyfraith trwy'r proffwyd Moshe Rabbenu?

Ydi'r Yehud'im yn gwybod bod yr Adonai wedi sefydlu Yisra'el fel teyrnas o dan y brenhinoedd Dav'id a Sha'ul?

Ydi'r Yehud'im yn gwybod bod yr Adonai wedi cosbi Yisra'el am fod yn anufudd?

Ydi'r Yehud'im yn gwybod bod yr Adonai wedi danfon Yisra'el i alltudiaeth ym Mitsrayim?

Ydi'r Yehud'im yn gwybod bod yr Adonai wedi codi Yisra'el o'i chaethiwed ym Mitsrayim?

Ydi'r Yehud'im yn gwybod bod yr Adonai am wneud yr un peth – codi Yisra'el – cyn bo hir – ei chodi o dan Fab y Dyn – o dan broffwyd – o dan Yohannan Mamdana?

Ydi'r Yehud'im yn gwybod hynny go iawn? Ydi hyn yn eu calonnau nhw? Ydi hyn ym mêr eu hesgyrn nhw?

Mae Yeshua a'i gyfeillion yn Kfar Nahum. Kfar Nahum, tre Kepha ac Avram. Tre sgotwyr a ffermwyr. Tre llafur a chwys. Kfar Nahum, ddeugain milltir o Natz'rat. Ddeugain milltir o dre Yeshua. Tre llafur a chwys. Tre teulu. Teulu Yeshua. Yeshua'n gwingo. Yeshua'n ymrafael â'i feddyliau am deulu. Mae yna fwy pethau na theulu.

Mae Yeshua a'i gyfeillion yn mynd i'r synagog. Mae hi'n fwy o synagog na honno yn Natz'rat. Yn well beth knesset, yn grandiach tŷ ymgynnull. Cwt ydi synagog Natz'rat. Twll ydi Natz'rat. Twll sydd ddim yn haeddu'r neges –

Na! Na! Mae pob Yehudi yn haeddu'r neges.

Yeshua'n dwrdio fo'i hun. Ond cyn iddo fo gosbi ei hun yn ormodol, daw pennaeth y synagog i'w cyfarch wrth y drws. Mae'r pennaeth yn adnabod Kepha ac Avram. Yn eu croesawu. Yn holi am eu teuluoedd. Yn dymuno bendithion yr Adonai ar eu teuluoedd. Yn croesawu eu cyfeillion . . . yn croesawu Yeshua.

Croeso, croeso, medda pennaeth y synagog –

Fel y maen nhw'n dweud bob tro. Croeso bob tro. Croeso i weddïo. Croeso i addoli. Croeso i sgwrsio. Croeso i wrando ar y Dvar Torah.

Tu mewn i'r synagog –

Meinciau o gwmpas y waliau. Pileri cadarn. Mae Yeshua'n edrych o'i gwmpas. Mae ei stumog o'n corddi. Mae ei groen o'n cosi. Mae o'n chwys doman dail.

TI YDI FY MAB ANNWYL.

Llais yn ei ben o. Llais Abba. Ydi'r lleill yn clywed? Mae o'n edrych o un i'r llall. O Kepha i Avram i Yah'kob i Yokam . . .

Na, neb yn clywed. Dim ond y fo sy'n clywed.

Fi ydi'r un . . . Fi ydi'r un . . . Fi –

A dyma nhw, y dynion yma, heb glywed. Heb glywed y neges.

Neges Yohannan Mamdana. Y neges o'r anialwch. Y neges o ddyfroedd y Nehar haYarden. Y neges i edifarhau a dilyn. Y neges sy'n gyfrinair i'r Deyrnas. Y neges sy'n cynnull y defaid coll at ei gilydd. A'r rhain ydi'r defaid coll. Defaid coll Tŷ Yisra'el. Ac y fo ydi'r bugail.

Mae Yeshua'n gwylio, mae Yeshua'n gwrando –

Kepha ac Avram, hogiau lleol. Yr hogiau'n cael croeso. Ysgwyd llaw. Cofleidio –

Mae Yeshua'n gwylio, mae Yeshua'n gwrando. Mae o ar bigau'r drain. Cynrhon o dan ei groen. Ei ddwylo'n cau ac yn agor. Ei gledrau'n cosi. Pinnau mân trwy ei freichiau. Ei stumog yn troi a throsi –

Ysgwyd llaw. Cofleidio –

Mae Yeshua'n gwylio, mae Yeshua'n gwrando –

Mae dyn yn dysgu o'r Torah. Mae o'n llafarganu'r geiriau. Y geiriau sanctaidd. Geiriau'r proffwydi.

Mae Yeshua'n sefyll ac yn torri ar draws –

Gwrandewch arnaf fi!

Mae Kepha'n edrych arno fo, ac mae Avram yn edrych arno fo. Mae Yah'kob yn edrych arno fo, ac mae Yokam yn edrych arno fo. A'r darllenydd hefyd. A phennaeth y synagog. Ac maen nhw i gyd yn edrych arno fo. Ac mae eu cegau nhw fel ogofâu a'u llygaid nhw'n llydan ac mae drysau eu calonnau nhw ar agor –

Gwrandewch, wŷr Kfar Nahum. Gwrandewch ar y neges sydd gen i. Neges o'r anialwch. Neges o enau'r Adonai. Mae'r amser yn brin. Mae'r Adonai wedi danfon arwydd. Mae Yohannan Mamdana wedi ei garcharu gan Antipater –

Mae yna dwt-dwtio a ballu yn mynd trwy'r synagog. Mae yna fân sgwrsio a sisial siarad, a rhai yn troi eu cefnau –

Gwrandewch! medda Yeshua eto. Roeddwn i'n ddisgybl i Yohannan Mamdana. Roedd Kepha hefyd, ac Avram. A Yah'kob a Yokam. Dynion o Kfar Nahum. Fel chi. Mae'r dynion yma o Kfar Nahum yn dod â neges Yohannan Mamdana i chi. Yn dod â'r neges o'r anialwch. O ddyfroedd y Nehar haYarden –

Mae yna ochneidio a griddfan. Mae yna duchan a thagu. Mae

yna gwyno a melltithio. Mae Yeshua'n chwilboeth. Chwys doman dail. Yn cosi drosto. Fel tasa 'na bryfed yn cripian dros ei gnawd o. Ac mae syched arno fo. Syched fel oedd yn yr anialwch. Ond nid am ddŵr. Nid syched am ddŵr. Syched am iachawdwriaeth. Syched am Deyrnas yr Adonai. Syched am Yisra'el a'i deuddeg llwyth yn un eto, a'r Deml yn balas, a'r Adonai'n ben. Mae o'n edrych ar Kepha ac mae o'n edrych ar Avram. Mae o'n edrych ar Yah'kob ac mae o'n edrych ar Yokam. Mae o'n edrych ar y dynion o Kfar Nahum. Ac mae'r dynion o Kfar Nahum yn gwylio ac maen nhw'n gwrando. Ac maen nhw'n aros. Aros ei neges o. Aros ei eiriau fo. Aros ei bregeth o. A dyma'i neges o –

Mae'r Deyrnas yn dod. Does yna fawr o amser –

Mae yna grafu barfau a chrychu talcenni yn y synagog –

Rhaid i chi gadw'r Gyfraith, medda Yeshua. Rhaid i chi fod yn dduwiol. Mi fydd y rhai bach yn fawr yn y Deyrnas. Mi fydd y tlawd yn gyfoethog. Mi fydd yr ola'n gynta. Mi wyddoch chi'r Shema. Mi wyddoch chi'r gorchymyn pwysicaf. Mi wyddoch chi, Gwranda, O Yisra'el! Yr YODH-HE-WAW-HE, yr Enw Cudd, yr Yehovah ydi'n duw. Mae'r Yehovah yn un duw. Câr yr Yehovah gyda'th holl galon, gyda'th holl enaid, gyda'th holl nerth. Dylai'r geiriau hyn fod yn dy galon, Yisra'el. Dysga'r geiriau hyn i dy feibion. Adrodd nhw pan fyddi di'n eistedd yn dy dŷ, pan wyt ti'n cerdded ar y ffordd, pan wyt ti ar fin cysgu, a phan wyt ti'n deffro. Rhwyma nhw yn arwydd ar dy law, ac mi fyddant yn rhactalau rhwng dy lygaid. Sgrifenna nhw ar byst ac ar byrth dy dŷ –

Mae Yeshua'n anadlu. Yn oedi. Yn edrych ar ddynion Kfar Nahum. Dynion Yisra'el. O un i'r llall. Yr holl ddynion. Ac yna'n dweud –

Gwnewch yn siŵr eich bod chi'n barod.

Sut mae bod yn barod? medda rhywun.

Mae Yeshua'n anwybyddu'r mân chwerthin –

Chlywsoch chi ddim? Trwy gadw'r Gyfraith. Trwy drin pob dydd fel Yom Shabbat. Trwy . . . trwy . . .

Mae o'n chwilio am y geiriau ac yna, yn rhodd gan yr Adonai, yn rhodd gan Abba, maen nhw'n dod –

Trwy fy nilyn i, medda fo.

Mae yna ochenaid. Mae yna chwythu. Mae yna chwerthin.

Gad lonydd i ni, Yeshua, medda llais o'r drws –

Llais gwyllt. Ac mae'r llais gwyllt yn dod eto –

Rafin o Natz'rat ydi hwn. Yeshua'r Natz'rïaid. Peidiwch â gwrando arno fo. Gad lonydd i ni, Yeshua.

Mae yna stŵr wrth y drws. Mae yna wthio ac mae yna, *Hei, be wyt ti'n wneud,* ac mae yna ymrafael a hercio, a dipyn o lanast.

A dyma yna ddyn â lliain am ei ganol yn baglu i'r stafell. Dyn ag 'ezor am ei gluniau. Ac mae'r dyn mewn 'ezor yn dod â'i ddrewdod gyda fo. Mae yna grychu trwynau a chyfogi.

Mae pennaeth y synagog yn dweud wrth y dyn, Dwyt ti heb folchi, ac rwyt ti'n dod i'r synagog.

Mae saim a baw ym marf y cardotyn. Ac mae Baal yn ei lygaid. Baal y cythraul.

Rwyt ti yma i'n dinistrio ni, medda'r gwallgofddyn wrth Yeshua –

A chdithau, medda fo wrth Kepha –

A chditha, medda fo wrth bennaeth y synagog –

Y cwbl lot ohonoch chi, medda fo wrth y cwbl lot ohonyn nhw.

Cau dy geg, medda Yeshua –

Ac mae o'n camu ymlaen –

Cau dy geg a ty'd allan ohono fo.

Mae Yeshua'n rhuo. Mae'r gwallgofddyn yn gwingo. Mae Yeshua'n cythru yn sgwyddau'r gwallgofddyn. Mae'r gwallgofddyn yn griddfan. Mae Yeshua'n ei ysgwyd o ac yn dweud –

Ty'd allan ohono fo, ddiawl!

Ac mae o'n sgytio'r gwallgofddyn. Yn ei sgytio fo er mwyn i Baal ddod ohono fo. Mae Yeshua'n gweld Baal yn llygaid yn gwallgofddyn. Mae o'n gweld yr ofn ar Baal. Baal ei ofn o. Baal ofn Yeshua, mab saer maen o Natz'rat . . .

Fi ydi'r un . . . Fi ydi'r un . . . Fi ydi'r un . . .

Ty'd allan ohono fo, ddiawl!

Ac mae'r gwallgofddyn fel cadach yng ngafael Yeshua. Yn cael ei sgytio. Ac mae'r cadach yn llawn drygioni. Mae Yeshua'n sgytio'r diafol o'r cadach. Mae'r gwallgofddyn yn llipa wrth iddo fo gael ei ysgwyd. Mae o'n griddfan, yn cwyno, yn udo. Mae poer yn tollti o'i enau fo. Mae Baal yn tollti o'i enaid o. Mae Yeshua'n dyst i hyn. Mae o'n dyst i'r allfwriad. Mae o'n dyst i'r erthyliad. Mae'r gwallgofddyn yn sgrechian. Mae Yeshua'n ei hyrddio fo i'r llawr. Mae Baal yn chwyrlïo o gwmpas y synagog ac mae Yeshua'n ei wylio fo ac yn pwyntio ac yn dweud –

Dyna fo, dyna'r diafol! Allan â thi, ddiafol!

Mae'r gwallgofddyn ar y llawr, yn llipa, wedi ei sgytio.

Ac mae tawelwch.

Ac mae Yeshua'n syllu ar y gwallgofddyn. Ac mae o'n syllu ar ddynion Kfar Nahum. Ac mae dynion Kfar Nahum yn syllu'n ôl, pob un ohonyn nhw. Eu llygaid nhw ar Yeshua. Eu cegau nhw'n ogofâu. Eu calonnau nhw ar agor. Mae Kepha ar ei draed. Mae Avram ar ei draed, ac mae Yah'kob a Yokam ar eu traed. Mae dynion Kfar Nahum ar eu traed. Pawb ond am y dyn gwallgo. Mae o ar y llawr. Mae o'n griddfan. Mae o wedi ei lanhau. Mae Baal wedi ei drechu.

Fi ydi'r un . . .

•

Be ddigwyddodd? medda Kepha.

Cerdded trwy Kfar Nahum. Cerdded trwy'r brif stryd. Cerdded trwy'r bobl sydd yn gwrando, sydd yn gwylio.

Yeshua, be ddigwyddodd?

Yeshua ddim yn ateb. Yeshua'n benwan. Yeshua'n allfwrw. Yeshua'n erlid diafoliaid. Yeshua'n trechu drygioni. Rhodd gan yr Adonai.

TI YDI FY MAB ANNWYL.

Rhodd i fab gan dad. Rhodd o ddawn.

Yeshua, medda Kepha eto, be ddigwyddodd?

Mae o'n cythru'n Yeshua, yn ei wthio fo'n erbyn wal. Y lleill o gwmpas. Y lleill yn edrych ar Yeshua hefyd. Yn aros am ateb.

Be ddigwyddodd? medda Kepha. Yeshua, ein pobl ni ydi'r rhain. Mi anwyd Avram a fi yma. Mae'n teuluoedd ni yma. Ac mi rwyt ti'n creu helynt –

Creu helynt? medda Yeshua. Nid creu helynt ydi neges yr Adonai, Kepha. Nid creu helynt ydi allfwrw yn enw yr Enw. Yn enw HaShem. Ty'd. Lle gawn ni fwyd? Ty'd. Dowch, bois.

Ac mae o'n brasgamu. Trwy stryd Kfar Nahum. Kfar Nahum, ar lwybr masnach pwysig trwy HaGalil. Da byw, bwyd a diod a newyddion da yn mynd a dod ar hyd y llwybr. Newydd da yn gwibio trwy HaGalil. Neges Yohannan Mamdana'n gwibio trwy HaGalil. Neges Yeshua'n gwibio trwy HaGalil. Y neges . . .

Fi ydi'r un . . . Fi ydi'r un –

Maen nhw'n cerdded. Heibio i adeiladau sydd wedi eu plastro gyda graffiti. Geiriau anweddus. Rhywun wedi ffwcio rhywun. Twll tin rhywun yn futrach na thwll tin rhywun arall. Mae Yeshua'n anwybyddu'r ffieidd-dra. Anwybyddu geiriau dynion. Mi fydd geiriau dynion yn cael eu golchi o'r waliau ymhen dim. Y drwg yn cael ei olchi o galonnau dynion gan y Deyrnas. Mae yna rywbeth ynddo fo wrth iddo fo gerdded. Cerdded ymysg y bobl. Cerdded ymysg defaid coll Tŷ Yisra'el. Mae yna rywbeth ynddo fo. Rhyw awch. Rhyw wefr. Rhyw angerdd. Ac mae llais. Llais yn ei ben o. Llais yn hollti trwy'r lleisiau eraill yn ei ben o. Y llais yn holi. Y llais yn awgrymu. Y llais yn amau. Y llais –

Ai ti ydi'r un?

Fi ydi'r un . . .

Ai ti ydi hwnnw?

Fi yw . . .

Ai ti ydi Mab y Dyn?

Fi . . .

Ai ti ydi'r Mashiach?

Mae o'n stopio'n stond. Mae o'n ddelw. Mae o'n llonydd. Fel tasa'i galon o wedi gorffen curo. Ac mae gwres aruthrol yn rhuthro trwyddo fo, tân yn llifo'n ei wythiennau fo. Ei waed o'n crasu'r ddaear. Ei neges o'n hollti'r Yehud'im. Y terfysg a'r fflamau. Y Deyrnas yn codi o'r llwch. Y deuddeg llwyth yn asio o'r anhrefn.

Rwyt ti'n crynu fel deilen, medda Kepha –

Gosod ei law solat ar ysgwydd Yeshua a dweud –

Ty'd, frawd.

I gartre Kepha. I'r tŷ lle mae gwraig a phlant y sgotwr. Yeshua a'r lleill yn gorfod aros tu allan am fymryn bach. Gweiddi o'r tu mewn. Dwrdio o'r tu mewn. Ac yna Kepha'n dod ac yn eu gwahodd nhw i'r tŷ. A gwraig Kepha yno. Dagrau gwraig Kepha yno. Dagrau wedi cochi ei llygaid hi. Gwraig Kepha'n gwneud ei gorau glas i wenu a chroesawu'r dynion. Cofleidio Avram. Cyfarch Yeshua. Cyfarch Yah'kob a Yokam. Mae oglau bwyd yn llenwi'r tŷ. Bwyd sydd wedi ei baratoi ar gyfer Yom Shabbat. Bwyd sydd wedi ei baratoi drwy'r wythnos. Ac mae'r machlud yn agos a Yom Shabbat arall yn agos a'r canhwyllau'n barod i'w goleuo a'r perffeithrwydd o fewn cyrraedd . . .

MAE Yakov o'i go –

Mae'r wythnos yn cychwyn. Mae'r wythnos yn mynd. Y dyddiau'n llifo. O un i'r llall. Y dyddiau'n cael eu mesur o fachlud i fachlud. Machlud ydi cychwyn y dydd. Machlud ydi diwedd y dydd. Ac mae sawl machlud yn mynd. Ac mae sawl wythnos yn mynd. Wythnos o lafur. Wythnos o chwys. Wythnos o faich. Ac wrth i'r wythnosau fynd, o ddydd i ddydd, o fachlud i fachlud, o Yom Sh'lishi i Yom Revi'i i Yom Chamishi i Yom Shishi, mae mwy a mwy yn clywed am Yeshua. Mae'r neges yn gwibio ar hyd y llwybr masnach. Kfar Nahum ar y llwybr masnach. Da byw, bwyd a diod, neges Yohannan Mamdana – neges yr Adonai – neges Yeshua. Mae teithwyr yn teithio. Mae straeon yn hadu ac yn blaguro. Mae chwedlau'n tyfu. Mae clecs yn cael eu hel. Yn hel o dre i dre. O bentre i bentre. Ar draws HaGalil. Ar hyd y llwybr masnach. Chwyn yn chwalu'r gwir. Ac mae'r chwyn yn ymestyn i Natz'rat. Ac yn lapio'n dynn am Yakov. Ac mae Yakov yn gadael ei chwys ac yn gadael ei lafur ac yn dod i chwilio am ei frawd . . .

Yeshua'n ddeg, ei dad o'n marw. Yeshua'n ddeg, Yakov yn cymryd yr awenau. Awenau'r teulu. Awenau'r busnes.

Ac yna –

Yeshua'n dair ar ddeg. Yeshua'n fab y gorchymyn. Yeshua'n bar mitzvah. Yakov yn llusgo Yeshua o'i addysg. Yakov yn llusgo Yeshua i'r llafur a'r chwys. Ei lusgo fo i'r clai ac i'r brics. Yeshua'n methu dygymod â'r llafur a'r chwys, y clai a'r brics. Yeshua a'i ben yn y cymylau. Yeshua'n gwrando ar yr henaduriaid yn y synagog. Yeshua'n darllen y Torah. Yeshua'n dysgu'r Torah. Dim ond yn llanc. Yn fymryn dyn. Yn bar mitzvah. Llanc yn dysgu'r Gyfraith. Llanc yn deall y Gyfraith. Pob llythyren. Pob manylyn. Roedd o'n gweld lle'r oedd y Yehud'im yn methu. Lle'r oeddan nhw'n mynd yn groes i'r Gyfraith. Ac roedd o'n cywiro. Ac roeddan nhw'n gwenu arno fo. Y Perushim yn gwenu ar y llanc. Y Perushim gyda'u traddodiadau oedd yn gwyrdroi'r Gyfraith. A Yakov yn dweud –

Gwranda ar y Perushim, parcha'r Perushim. Maen nhw'n ddynion deallus, wedi astudio'r Torah. Chdithau'n ddim ond llanc. Ty'd yn ôl at dy waith!

A nawr, yn Kfar Nahum, mae Yakov yn dweud yr un peth – Ty'd yn ôl at dy waith!

Mae trigolion Kfar Nahum yn symud o'r neilltu. O'r neilltu i'r arth o Natz'rat. Symud o'r neilltu i'r dyn o'i go. Y dyn clai. Y dyn sy'n llwch o'i gorun at ei draed. Y dyn gyda'r llais llwch brics – Yeshua! Ty'd yn ôl at dy waith!

Mae o'n cario morthwl. Mae chwys ar ei dalcen o. Chwys o'r llafur. Y llafur o'r cerrig. Y cerrig mae o'n eu hollti. Y cerrig mae o'n eu cario. Y cerrig o Sepphoris.

Yeshua'n eistedd tu allan i'r synagog yn Kfar Nahum. Eistedd heb chwysu. Eistedd heb lafurio. Eistedd heb glai ar ei groen. Yn bell o gerrig Sepphoris. Eistedd a gweld Yakov. Yeshua'n codi'n ara deg bach ac yn gwylio. Yn gwylio ac yn gwrando ar ei frawd – Ty'd yn ôl at dy waith, ty'd i weld dy fam!

Mae hi'n fin nos. Mae hi'n oeri. Mae'r fagddu'n dod â Yom Chamisi, y pumed dydd. Mae Yeshua wedi treulio'r dydd yn dweud, Mae Teyrnas yr Adonai'n agos. Gwrandewch arnaf fi, dilynwch fi.

Mae o wedi iacháu'r aflan. Mae o wedi allfwrw ysbrydion drwg. Mae o wedi trafod y Gyfraith gyda'r Perushim. Mae o fel pob Yehudi da yn dadlau'n dda, yn trafod, yn sgwrsio'n ôl a blaen. Fel hyn mae'r Yehud'im yn byw. Maen nhw'n byw'r Gyfraith. Maen nhw'n trafod a dadlau am y Gyfraith. Mae'r Gyfraith yn eu gwaed nhw. Y Gyfraith ydi pob dim iddyn nhw.

Mae Yakov o fewn deg llath, ac mae Kepha ac Avram ar eu traed. Maen nhw'n wal o flaen Yakov. Yn wal i amddiffyn Yeshua rhag ei frawd. A dyma'r tri arth nawr yn sgwario. Wyneb yn wyneb. Sgwyddau'n llydan. Brest yn erbyn brest. Trwyn wrth drwyn.

Os wyt ti isio twrw, mi gei di dwrw, medda Kepha.

Am gweir wyt ti, sgotwr? medda Yakov. Chdi a dy frawd bach. Y brawd bach Avram. Nid bach go iawn. Mawr go iawn. Fyntau gyda'i farf a'i faint a'i fôn braich.

Mae Yeshua'n cyffwrdd ysgwydd Yakov ac yn dweud, Eistedd, frawd.

Mae Yakov yn edrych ar law Yeshua ac yn edrych i lygaid Yeshua, ac yn dweud –

Eistedd? Wyt ti am i mi eistedd? Mae ganddon ni waith, Yeshua. Gwaith yn Sepphoris, ac rydw i a dy frodyr wedi gorfod gweithio'n saith gwaith cletach ar gownt dy ddiogi di.

Mae Yakov â golwg ar y diân arno fo. Stêm yn dod o glustiau'r creadur. Mae yna dyrfa. Dwsin yn gwylio ac yn gwrando. Mae'r gwylio a'r gwrando'n dod â chryndod i berfedd Yeshua. Awch i'w lwynau fo. Mae o'n ysu am y sylw. Y sylw ydi ei ddiod feddwol o. Y sylw ydi ei eli o. Y sylw ydi ei hŵr o Fagdala. Y sylw ydi'r terfysg a'r fflamau.

Mae Yakov yn dweud, Dwyt ti heb fod adre ers wythnosau. Be am ein mam? Tydi hi ddim yn dda, hithau yn ei hoed a'i hamser. Gofyn amdana chdi. Gofyn am ei mab fenga. A lle'r wyt ti, Yeshua? Lle'r wyt ti?

Mae gwegil Yeshua'n poethi. Mae'i ben o'n troi. Mae'n gwrthod edrych ar ei frawd. Yn troi ac yn syllu ar y llawr. Yn meddwl –

Be ydi brawd? Dim ond o'r un groth y daethon ni. O'r un fam. O'r un tad – er, nid yn ôl y clecs. Be ydi brawd?

Mae o'n codi ei ben ac yn edrych o'i gwmpas. Mae o'n edrych ar Kepha ac ar y lleill. Ar ei gyfeillion newydd. Ar ei frodyr newydd. Ar yr wynebau newydd. Ar ei ddilynwyr –

Ac roedd Kepha ac Avram, ac roedd Yah'kob a Yokam, ac roedd Judah, ac roedd Bar-Talmai, ac roedd Tau'ma, ac roedd Mattiyah,

57

ac roedd Taddai, ac roedd Ya'kov bar Hilfài, ac roedd Shimon Kanai.

Llwyth Yisra'el yn dod at ei gilydd yn ara deg bach. Gwireddu'r proffwydoliaethau. Y llwyth o'r newydd. Yisra'el yn adfywio. Yisra'el yn aileni. Mae o'n chwysu. Mae'r Adonai'n siarad gyda fo. Llais yr Adonai mae o'n ei glywed. Llais Abba sydd yn ei ben o. Mae o'n gwybod hynny. Ni ŵyr o sut y gŵyr o, ond mi ŵyr o. Mae o ar lwybr. Y llwybr i'r Deyrnas. Beth ydi mam a brodyr a chwiorydd? Yn y Deyrnas mi fydd pob Yehudi yn frawd. Mi fydd y gwragedd i gyd yn famau ac yn chwiorydd.

Mae Yakov yn dweud, Mae gen ti gyfrifoldebau yn Natz'rat. Cyfrifoldebau yn dy gartre di dy hun, Yeshua. Mae gen ti waith! Mae gen ti deulu!

Mae Yeshua'n edrych i fyw llygaid Yakov ac am eiliad mae o'n teimlo fel tasa fo'n syllu ar ddieithryn. Mae Yeshua'n troi ei gefn. Yn cerdded i ffwrdd. Yn gwrando ar Yakov yn hefru. Yakov yn melltithio. Yakov yn bygwth.

Daw Kepha o rywle, rhoi braw i Yeshua, dweud –

Wyt ti'n iawn?

Mae Yeshua'n nodio. Dwi am fynd i weddïo, Kepha.

Cer i weddïo, medda Kepha. Mi gadwa i lygad ar bethau.

•

Prin mae o'n cysgu. Mae o'n rhannu stafell yn nhŷ Kepha gyda rhai o'i gyfeillion. Maen nhw'n chwyrnu'n braf. Tydi o ddim. Breuddwydion a lleisiau a delweddau'n gwibio trwy ei ben o. Neges Yohannan Mamdana'n swnllyd. Neges yr Adonai.

Fy neges i . . .

TI YDI FY MAB ANNWYL.

Mae o'n gweddïo. Mae o'n gweddïo ar yr Adonai i arwain y Yehud'im ato fo. A thrwyddo fo, yn ôl at yr Adonai. Eu paratoi nhw ar gyfer y Deyrnas. Be ddaw o Yisra'el os na ddaw hi'n ôl at yr Adonai? Os na fydd hi'n barod?

Fydd pawb ddim yn fy nilyn i, medda fo wrtho fo'i hun.

Mi fydd yn rhaid i gymaint o'r Yehud'im ag sy'n bosib glywed a derbyn y neges. Rhaid i Yakov glywed a derbyn y neges. Rhaid i'w fam glywed a derbyn y neges. Rhaid i'w frodyr a'i chwiorydd. Rhaid i Natz'rat a phob pentre a thref yn HaGalil glywed a derbyn y neges. Hyd yn oed y trefi a'r pentrefi yn nhalaith Rufeinig Yehuda, hyd at Yerushaláyim. Mi fydd yn rhaid i'r neges fynd i ganol y Rhufeiniaid. Ond neges i'r Yehud'im ydi hon. Neges i Yisra'el. Nid i'r byd.

Dwi'n barod i roi pob dim er mwyn hyn, Abba, medda fo wrth yr Adonai.

Mae'r nos yn mynd o'r neilltu. Mae'r wawr yn stribyn o waed ar y gorwel. Dyma ddiwrnod arall. Diwrnod yn agosach at y diwrnod. Diwrnod cyrraedd y Deyrnas.

Mae cymaint i'w gwblhau, a chael a chael fydd hi.

•

Maen nhw i gyd ar eu traed. Maen nhw'n bwyta bara a ffrwythau. Mae llygaid gwraig Kepha'n goch. Dagrau eto. Dagrau'r wraig sydd ddim yn deall. Sy'n methu mesur maint hyn. Mae Yeshua'n cnoi darn o fara ac yn edrych ar ei gyfeillion –

Fel hyn y byddan ni fyw, medda fo wrtho fo'i hun. O dŷ i dŷ, yn bwyta lle medrwn ni, yn cael gorffwys lle medrwn ni. Mi fydd yr Adonai'n ein cynnal ni, yn darparu. Ond fel hyn fydd pethau o hyn ymlaen. Crwydro, cenhadu, derbyn croeso lle mae croeso, derbyn sarhad lle bydd sarhad. Mynd heb ddim. Heb ffon. Heb bwrs. Heb sandalau. Mynd fel dyn yn noeth o flaen yr Adonai. Mynd gyda neges yr Adonai.

Mae o'n stwytho. Mae poen yn ei gefn o. Y boen a ddaw o blygu dros y brics. Y boen a ddaw o lafur caled. Mae o'n dweud wrth y lleill sut y bydd pethau o hyn ymlaen –

Heb ffon. Heb bwrs. Heb sandalau . . .

Dwi'n barod i roi pob dim er mwyn hyn, medda fo wrthyn nhw. Ydach chi?

Maen nhw'n nodio wrth gnoi, maen nhw'n addo.

Rhaid bod yn fwy dyn na dyn, medda fo wrthyn nhw. Rhaid dilyn y Gyfraith ond ei dilyn yn well. Rhaid gofyn mwy gan bawb. Peidiwch â lladd, ond hefyd peidiwch â bod yn flin. Peidiwch â godinebu, ond hefyd peidiwch ag edrych ar wraig gyda nwyd yn eich calon. Carwch eich cymdogion, ond carwch eich gelynion hefyd. Rhaid i'r Yehud'im roi mwy os ydyn nhw am gael lle yn y Deyrnas. Cofiwch y prif orchymyn. Gwranda, O Yisra'el! Câr yr Yehovah gyda'th holl galon, gyda'th holl enaid, gyda'th holl nerth. Cofiwch hynny, bois! Hynny sydd yn gynta. Mi rydan ni'n codi pac heddiw, gadael Kfar Nahum. Mae Kfar Nahum wedi clywed y neges. Rhaid i weddill HaGalil glywed y neges nawr. Neges yr Adonai –

Neges Yohannan Mamdana, medda Avram.

Mae Yeshua'n dweud, Neges y Deyrnas. Rydan ni'n mynd i gyhoeddi'r neges. Dyna pam dwi yma. I gyhoeddi'r neges.

A dyna pam roedd Yohannan Mamdana yma, medda Kepha.

Mae Yeshua'n edrych i fyw llygaid Kepha ac mae llygaid Kepha'n llydan. Mae llygaid Kepha'n hela atebion. Mae llygaid Kepha am weld mawreddau. Ac mae Yeshua'n bendant y medar o ddangos mawreddau iddo fo.

•

Mynd. Mynd trwy HaGalil. Mynd trwy'r gwres. Mynd trwy'r oerni. Mynd ar droed. Trwy HaGalil. Chwe deg milltir o'r gogledd i'r de. Pum milltir ar hugain o'r dwyrain i'r gorllewin. Mynd o dre i dre. O bentre i bentre. Mynd â'r neges. Mynd trwy ddau gant o drefi a phentrefi'r rhanbarth. Mynd i Na'in a Ka'na. Mynd i bentrefi dyffryn Emek Yizra'el. Mynd i'r tiroedd ffrwythlon. Mynd i'r tiroedd gwyrdd. Mynd i iacháu. Mynd i allfwrw. Mynd i bregethu. Mynd nes bod Yeshua'n colli cyfri ar y dyddiau. Yn colli cyfri ar y trefi a'r pentrefi. Mynd â'r neges. Y neges am y Deyrnas. Y neges ddaeth o'r anialwch. Neges Yohannan Mamdana – na . . .

Fy neges i, medda fo wrtho fo'i hun. Nid geiriau Yohannan

Mamdana sy'n dod o 'ngenau i. Fy ngeiriau i sy'n dod o 'ngenau i. Geiriau'r Adonai. Neges yr Adonai.

TI YDI FY MAB ANNWYL.

Mynd. Kepha'n mynd. Avram yn mynd. Yah'kob yn mynd. Yokam yn mynd. Judah'n mynd. Bar-Talmai'n mynd. Tau'ma'n mynd. Mattiyah'n mynd. Taddai'n mynd. Ya'kov bar Hilfài'n mynd. Shimon Kanai'n mynd. Ac Yeshua'n arwain. Ar y blaen. Heb stopio. Grym o rywle'n ei nerthu o. Grym o'i Abba. Grym o'r Adonai. Grym yn megino'i waed o. Ei waed o fydda'n crasu'r ddaear.

Mynd. Mynd ar eu traed. Mynd nes bod eu traed nhw'n blorod. Mynd nes bod eu croen nhw'n llwch. Mynd nes bod eu dillad nhw'n darnio. Mynd gyda chwys ar eu cefnau. Mynd heb fwyd. Mynd heb ddŵr. Mynd tan y machlud –

Gyda'r nos –

Maen nhw'n cysgu ar ochr y lôn, yn oer. Maen nhw'n cysgu mewn beudy neu mewn stabl. Neu yn nhŷ rhywun sydd wedi derbyn y neges. Tŷ rhywun sydd yn dilyn. Mae cysgu mewn tŷ yn braf ac yn gynnes, ac mae Yeshua'n gorfod brwydro yn erbyn yr awydd i aros mewn tai, i aros yn gynnes, i aros yn braf. Nid braf a chynnes ydi'i neges o. Nid haul i gyd. Nid anwyldeb. Nid *mi gaiff hyn aros tan fory*. Heddiw ydi'i neges o. Nid fory. Heddiw. Nawr.

Y FUNUD YMA, YEHU'DIM!

A'r funud yma maen nhw ar lan Môr HaGalil. Mae cychod yn dod at y tollborth. Cychod gyda physgod. Cychod gyda da o'r dwyrain. Swyddogion y tollau'n pwyso a mesur. Swyddogion y tollau'n ffraeo gyda'r morwyr a'r sgotwyr. Swyddogion y tollau'n crafu am bob shicl.

Mae Yeshua a'i gyfeillion yn gorffwys wrth y dŵr. Ar gyrion Tiberias. Dinas Antipater. Y ddinas lle mae Yohannan Mamdana'n garcharor. Mae Yeshua'n meddwl am Yohannan Mamdana. Mae o'n meddwl am Yohannan Mamdana mewn cell. Yn pydru mewn cell. Yn llwgu mewn cell. Yn marw mewn cell. Mae Yeshua'n meddwl am farwolaeth Yohannan Mamdana, ac yn cysidro –

Pwy ddaw ar ôl Yohannan Mamdana? At bwy fydd dilynwyr y

bedyddiwr yn troi? Pa broffwyd fydd ei ddisgyblion yn ei ddilyn?

Ar lan y môr mae harbwr. Ar yr harbwr mae byrddau. Wrth y byrddau, swyddogion y tollau. Swyddogion y tollau'n mynnu trethi. Swyddogion y tollau'n codi gwrychyn y sgotwyr a'r llongwyr. Milwyr Antipater yn barod i ymyrryd. Milwyr Antipater gyda'u harfau. Mae un swyddog yn swnllyd ar y naw. Dyn bach gyda barf goch. Mae o'n mynnu tâl gan longwr, a'r llongwr yn dweud –

Twll dy din di'r lleidr. Mae hynny'n fwy na dalodd fy mrawd yr wythnos ddwetha.

Yr wythnos ddwetha oedd yr wythnos ddwetha, raca, medda'r swyddog. Tala, neu mi gei di fynd â dy gwch yn ôl ar draws y dŵr ar dy ben.

Mae'r llongwr yn rhegi. Mae'r llongwr yn hefru. Ddim yn rhy hoff o gael ei alw'n raca, yn ffŵl. Ddim yn rhy hoff o gael ei dwyllo gan fiwrocrat. Mae ei griw o'n ei lusgo fo i ffwrdd cyn iddo fo gael ei arestio gan filwyr Antipater.

Mae'r swyddog tollau'n eistedd yn ôl yn ei gadair. Gwên ar ei wyneb o. Fel tasa fo'n cael pleser yn herio llongwyr.

Mae Yeshua'n codi ar ei draed ac yn cerdded at yr harbwr.

Be ydi dy enw di, frawd? medda Yeshua wrth y swyddog.

Mae'r swyddog yn edrych i fyny ac i lawr ar y dyn blêr gyda'r llygaid llydan. Mae'r swyddog yn crychu ei drwyn. Fel tasa 'na ddrewdod ar yr awyr. Fel tasa rhywun wedi taro rhech.

Wyt ti am ddweud wrtha i, frawd? medda Yeshua.

Levi, medda fo ar ôl meddwl.

Levi, saf ar dy draed a dilyn fi.

Be? chwardd Levi.

Dilyn fi.

I be?

I ti gael dy achub.

Rhag be?

Rhag y llongwyr blin, medda Yeshua –

Yeshua'n gwenu. Levi'n gwenu. Levi'n gofyn –

Ydw i'n dy nabod di?

Yeshua'n dweud –
Dim eto, frawd.

•

Y noson honno, tŷ Levi. Tŷ Levi yn Tiberias. Tŷ Levi am swper.
Swper go helaeth. Bwyd a diod. Faint fynnir o fwyd a diod. Bara a
ffrwythau a llysiau a physgod a gwin. Y lle'n llawn. Levi'n gefnog.
Digon yn ei goffrau fo fel swyddog tollau. Wedi llenwi ei bwrs dros
y blynyddoedd. Swyddogion tollau eraill yno hefyd. Cyfeillion
Levi. Ei unig gyfeillion. Neb yn caru swyddog tollau ond swyddog
tollau arall. A hyd yn oed wedyn, nid oedd yna fawr o gariad
rhyngddyn nhw. Ond heno yn nhŷ Levi, mae pla o'r diawliaid. Pla
o swyddogion tollau. Gelynion y sgotwyr, mae Yeshua'n feddwl
wrth weld wynebau blin Kepha ac Avram a'r lleill. Ond mae'n
rhaid dod i fysg gelynion. Mae'n rhaid i elynion glywed am y
Deyrnas hefyd. Mae Yeshua'n cael cysur o weld y chwerwder yng
ngwynebau ei gyfeillion. Mae o'n gwthio crystyn o fara i'w geg ac
yn diolch i'w Abba. Mae Yeshua'n cnoi. Mae o'n glafoerio. Mae o'n
cofio pa mor hoff ydi o o'i fwyd ac o'i ddiod. Ni fwytaodd fel hyn
ers wythnosau. Mae Levi'n edrych i'w gyfeiriad ac yn cynnig
llwncdestun tawel. Mae Yeshua'n dychwelyd yr ystum. Yn blasu'r
gwin. Ac mae'r gwin yn mynd i'w ben o. Ac mae llais yn ei ben o.
Yr un llais sydd yno bob tro. Yr un llais sydd yn rhoi'r hyder iddo
fo ei fod o ar y llwybr cyfiawn –
Llais yr Adonai.
TI YDI FY MAB ANNWYL.
Hynny ydi'r gwir. Hynny glywodd o wrth gyfodi o ddyfroedd
y Nehar haYarden. Mae o'n amau nawr, wrth yfed. Amau ymysg y
swyddogion tollau. Amau ymysg ei gyfeillion. Ymysg y twrw a'r
miri. Amau fu iddo fo glywed. Amau fu iddo fo weld y nefoedd yn
agor wrth iddo fo ddod i'r fei ar ôl ei fedyddio. Mae o'n amau. Ond
Ha-Satan ydi amau. Ha-Satan a'i rhaffodd o yn yr anialwch ar ôl ei
fedydd. Ha-Satan yn ei demtio fo. Ha-Satan yn addo'r byd iddo fo.
Llais Ha-Satan. Llais yr Adonai. Llais Ha-Satan. Llais yr Adonai.

Lleisiau . . . lleisiau . . . fesul un . . . yn plethu . . . yn gweu . . . yn gwibio a chwyrlïo . . .

Llais Ha-Satan. Llais yr Adonai. Llais Ha-Satan. Llais yr Adonai. Llais Ha-Satan. Llais yr Adonai. Llais Ha-Satan. Llais yr Adonai. Llais Ha-Satan. Llais yr Adonai. Llais Ha-Satan. Llais yr Adonai. Llais –

Mae un o'r swyddogion yn galw ar Yeshua ac yn pwyntio bawd at Levi –

Hei, Natz'rat, dwyt ti ddim yn dweud bod y rafin yma'n cael mynd i'r Deyrnas, nac wyt?

Mae gwên Levi'n un swil.

Mae Yeshua'n dweud, Paid â chymryd yn ganiataol bod dyn yn medru darogan be fydd yr Adonai'n ei wneud.

Yna tawelwch. Yna pawb yn cau eu cegau. Yna pob llygad ar Yeshua. Yeshua'n dweud –

Mae'r Adonai'n hael ond mae o'n ddiwahaniaeth hefyd. Allwch chi ddim cyfri neb i mewn na chyfri neb allan. Mae yna le i'r da ac i'r drwg yn y wledd. Ond mae'n rhaid i bawb, y da a'r drwg sydd yn dod i'r wledd, sydd yn cael gwahoddiad, ddod wedi eu paratoi. Mae dyn sy'n dod i wledd heb ei wisgo'n iawn yn haeddu cael ei rwymo gerfydd ei ddwylo a'i draed, a'i daflu allan i'r fagddu. Oherwydd dyna sy'n aros y rheini ohonoch chi sydd ddim yn barod i dderbyn y gwahoddiad – mi gewch chi'ch taflu ar eich pen i'r fagddu lle bydd y gwrthodedig yn gweiddi ac yn sgrechian ac yn diodde artaith.

Mae'r cegau ar gau. Mae'r llygaid yn gwylio. Mae'r clustiau yn gwrando. Mae Yeshua'n edrych i wyneb pob dyn sydd yno. Pob swyddog, pob dilynwr. Mae o'n gweld pob calon. Mae o'n gweld y da ac mae o'n gweld y drwg. Ac nid oes amheuaeth yn y foment honno.

Fi ydi'r un . . .

•

Be mae o'n bregethu? medda Yohannan Mamdana.

Mae Yohannan Mamdana yn ei gell yng ngharchar Antipater. Mae drewdod ei gachu yn llenwi'r gell. Mae drewdod ei biso a drewdod ei friwiau yn mwydo'r aer. Mae cnawd yn pydru ar y llawr. Mae llygod yn sgrialu ac yn chwilio am fanion. Mae'r carcharorion eraill mewn artaith. Maen nhw'n gweiddi, yn sgrechian, nifer wedi colli eu synnwyr. Ond nid Yohannan Mamdana. Mae'r Adonai'n cynnal Yohannan Mamdana. Yohannan Mamdana ydi proffwyd yr Adonai. Ohono fo y daw geiriau'r Adonai. O'i enau fo y daw neges yr Adonai. Fel o enau'r hen broffwydi. Fel Yeshayahu. Fel Yirmeyahu. Fel Elisha. Fel Mal'achi.

Mae o'n pregethu'r Deyrnas, medda'r disgybl sydd wedi dod i ymweld â Yohannan Mamdana.

Enw'r disgybl ydi Yehudah. Yehudah wedi dod i weld ei feistr yn y carchar. Yehudah'n eistedd tu allan i'r gell, yn y coridor. Y coridor yn drewi o gachu a chwd a phiso hefyd. Yehudah wedi cael caniatâd i ddod â bara i'w feistr. Bara sych. Dim ond bara sych a dim byd arall. Ei feistr, heb ddant yn ei ben, yn cnoi ar y bara. Ei feistr, heb ddant yn ei ben, yn cael fawr o hwyl.

Be mae'r bobl yn ddweud? medda Yohannan Mamdana.

Yehudah'n esbonio –

Mae ganddo fo ddilynwyr. Dwsinau. Mae yna fintai sydd yn reit agos ato fo. Wyt ti'n cofio Kepha'r sgotwr o Kfar Nahum a'i frawd Avram? Y ddau ohonyn nhw. Mae ganddo fo gefnogwyr yn y pentrefi, ac maen nhw'n ei fwydo fo ac yn rhoi to dros ei ben o. Mae o'n mynd i'r synagogau ac yn dysgu, ac mae o'n dwrdio'r Perushim. Mae o'n pregethu'r Gyfraith, yn rhybuddio'r Yehud'im bod yn rhaid iddyn nhw gadw'r Gyfraith.

Yohannan Mamdana wedi gwrando. Yohannan Mamdana wedi pwyso a mesur. Yohannan Mamdana yn eistedd yn erbyn wal damp ei gell. Alla fo ddim sefyll bellach. Mae to'r gell yn rhy isel. A beth bynnag, nid oes nerth yn ei goesau fo. Maen nhw'n frigau brau. Mae o'n griciau drosto. Tydi o ddim yn bwyta rhyw lawer am nad oes yna fwyd ar gael. Mae sawl carcharor wedi llwgu i farwolaeth yng nghelloedd Antipater. A'u cyrff wedi mynd yn fwyd i'r pryfed ac i'r llygod – ac i'r carcharorion eraill. Mae

Yohannan Mamdana yn ysu am y mêl roedd o'n ei fwynhau yn yr anialwch. Mae o'n glafoerio nawr wrth feddwl am y mêl. Ond mae'r swyddogion yn dwyn y mêl y mae Yehudah'n ceisio ei smyglo i'r carchar. Ei unig gysur ydi'r Adonai. Mae o'n gweddïo'n ddygn. Mae o'n siarad gyda'i Abba. Ac mae o'n gwybod bod ei Abba'n gwrando, ac yn ateb. Mae ei Abba'n addo ei ryddhau o. Ei ryddhau o er mwyn iddo ddychwelyd i'r anialwch i bregethu a bedyddio. Mae'r Deyrnas yn agosach nag erioed. Dy garcharu di oedd yr arwydd, meddai'r Adonai wrtho fo.

Ydi o'n pregethu fy neges i, Yehudah? medda Yohannan Mamdana.

Mi ddechreuodd o trwy sôn amdana chdi, rabboni. Am dy neges di. Am edifarhau. Ond mae o'n mynd o dre i dre, o bentre i bentre, trwy gydol HaGalil, a tydi o ddim yn dweud fawr ddim amdana chdi, bellach. Ac mae'r gorchymyn i edifarhau wedi diflannu braidd, hefyd. Mae o'n mynnu bod y Yehud'im yn ei ddilyn o. Dyna ydi ei neges o, rabboni.

Yli be sydd wedi digwydd, Yehudah.

Be sydd wedi digwydd, rabboni?

Be sydd wedi digwydd, Yehudah, ydi ei fod o wedi gorfod mynd at y Yehud'im. Roedd y Yehud'im yn dod ataf fi. Yn dod at lannau'r Nehar haYarden i wrando arnaf fi. I'r anialwch. Ond ddôn nhw ddim at hwn. Mae o'n gorfod mynd atyn nhw. Mae o'n pregethu'n ffals. Mae yna un i ddod sy'n fwy na fi, Yehudah. Ac yn fwy na hwn. Ydi o'n broffwyd, yr Yeshua yma?

Mae o'n proffwydo'r Deyrnas. Mae o'n allfwrw hefyd. Ac yn iacháu. Ac mae yna sôn ei fod o wedi atgyfodi'r meirw.

Triciau consuriwr, medda Yohannan Mamdana'n sarhaus. Mae pawb yn iacháu, mae unrhyw ffŵl yn gallu allfwrw.

Ond mae o'n dweud *Dilynwch fi*, rabboni.

Mae Yohannan Mamdana'n meddwl.

Dilynwch fi.

Ni fynnodd Yohannan Mamdana fod neb yn ei ddilyn o. Dilyn y neges, dyna oedd ei bregeth o. Dilyn y neges. Derbyn y neges. Y neges ydi teshuvah. Dychwelyd at HaShem. Dychwelyd at yr Enw.

Yr Enw Cudd. Enw'r Adonai. Edifarhau am bechodau ddoe er mwyn bod yn rhan o'r Deyrnas fory. Edifarhau neu gael eu dinistrio. Proffwyd yn yr anialwch oedd o. I ble fydda'r Yehud'im yn ei ddilyn o? I'w ogof? I biso yn yr afon? Nid dynion y dylid eu dilyn. Ond ydi'r Yeshua yma'n honni y gall o arwain y Yehud'im i'r Deyrnas? Yohannan Mamdana fedyddiodd y consuriwr yma'n y lle cynta. Ydi o nawr yn dweud ei fod o'n fwy proffwyd na Yohannan Mamdana? Mae proffwyd yr anialwch yn cnoi ei ddwrn –

Yehudah?

Ia, rabboni?

Dos gyda dy frawd i weld yr Yeshua yma, a hola fo. Gofyn ai aros i mi ddod o'r carchar y mae o. Neu gofyn ydi o'n taeru mai fo ydi'r dyn, bellach.

•

Un arall? medda Antipater. Dwi wedi taflu Yohannan Mamdana i'r gell waethaf yn y carchar ac rydach chi'n dweud wrtha i bod yna broffwyd arall wedi codi o fysg ei ddilynwyr? Ro'n i'n meddwl y byddan nhw wedi sgrialu. Dyna ddywedoch chi. Be mae brenin i fod i'w wneud gyda'r ffasiwn ymgynghorwyr?

Mae Antipater yn mynd yn ôl a blaen, yn ôl a blaen, yn ei stafell ymgynghori. Mae ei ymgynghorwyr yn gwylio'r brenin yn mynd yn ôl a blaen, yn ôl a blaen. Mae'u stumogau nhw'n corddi. Mae un neu ddau eisiau piso. Mae'r brenin o'i go. Ac mae gyddfau rhai o'r ymgynghorwyr dan gysgod bwyell y dienyddiwr. Mae gan Antipater afal yn ei law. Ac mae o'n chwarae gyda'r afal wrth fynd yn ôl a blaen, yn ôl a blaen ar draws y stafell. Mae ganddo gyllell yn ei law arall. Mae'r haul sy'n llafn trwy'r ffenest yn fflachio oddi ar y min.

Mae'r prif weinidog yn siarad –

Dyna mae swyddogion y carchar yn ddweud, fawrhydi. Mae un o'i ddilynwyr o wedi bod yno'r bore 'ma. Roedd y swyddogion yn gwrando ar eu sgwrs nhw. Mae yna broffwyd arall, mae'n debyg, ac mae Yohannan Mamdana yn amheus ohono fo.

Be ydi enw'r proffwyd yma?

Yeshua. Crefftwr o Natz'rat.

Natz'rat? Lle mae Natz'rat?

Pentre bach ryw chwe deg milltir o Kfar Nahum.

Erioed wedi clywed am y lle. Nac am yr Yeshua yma chwaith.

Mae yna sawl proffwyd yn weithredol yn HaGalil, wyddoch chi, fawrhydi, medda'r prif weinidog.

Wn i hynny. Ydw i'n ffŵl?

N . . . na, fawrhydi, dim ond dweud ydw i.

Waeth gen i amdanyn nhw, cyn belled â'u bod nhw'n parchu fy ngwraig i a ddim yn galw hŵr arni hi. Ydi'r llo yma o Natz'rat wedi galw hŵr arni hi?

Nid hyd yn hyn, fawrhydi.

Be mae o'n ddweud felly, be ydi neges hwn?

Dilynwch fi, fawrhydi.

O, a be mae o'n wneud?

Allfwrw, iacháu, atgyfodi, pregethu.

Dim byd newydd felly.

Dim byd newydd, fawrhydi.

Mae Antipater yn stopio mynd yn ôl a blaen, yn ôl a blaen. Mae o'n taflu'r afal i fyny ac i lawr, i fyny ac i lawr. Mae o'n dweud –

Dilynwch fi? Hmm . . . Ydi o'n cymryd arno ei fod o'n frenin?

Dwn i ddim ai dyna ydi ei neges o, medda'r prif weinidog.

Fydd o'n codi twrw fel Yohannan Mamdana?

Anodd dweud, fawrhydi, ond nid oes bygythiad ar hyn o bryd.

Mae'r bygythiad mwyaf yn eich cell waethaf, yn pydru. A fan'no y bydd o nes eich bod chi'n pennu ei ffawd o.

Mae Antipater yn mynd yn ôl a blaen, yn ôl a blaen, eto. Mae Antipater yn meddwl. Mae Antipater am fod yn frenin. Am gael ei addoli. Am gael ei ofni. Am gael ei barchu. Am wneud yn sicr nad oes neb yn galw hŵr ar ei wraig o byth eto. Mae Antipater am ddangos i Rufain ei fod o cystal â'i dad.

Blydi proffwydi, medda fo.

Ydach chi am bennu ffawd Yohannan Mamdana, fawrhydi? medda'r prif weinidog.

Mae Antipater yn meddwl o hyd. Mae gwaed Antipater yn berwi. Mae Antipater yn cofio'r pethau brwnt roedd Yohannan Mamdana wedi eu dweud am Herodias. Galw hŵr arni hi. Galw hŵr ar ei wraig.

A hefyd dweud fy mod i'n bechadur, mae Antipater yn feddwl. Hidia befo amdanat ti dy hun. Ond does yna neb yn galw hŵr ar fy ngwraig. Ni ddylai'r un enaid byw feiddio galw hŵr ar fy Herodias i.

Mae Antipater yn edrych ar y prif weinidog. Mae Antipater yn torri'r afal yn ei hanner gyda'i gyllell. Mae'r prif weinidog yn darogan ffawd Yohannan Mamdana cystal ag y bydda unrhyw broffwyd yn ei darogan.

•

Nos wrth y dŵr. Yom Shishi, y chweched dydd. Pedair awr ar hugain tan Yom Shabbat. Pedair awr ar hugain tan i'r Yehud'im allu blasu perffeithrwydd yr Adonai. Pedair awr ar hugain. Ond lle bydd Yeshua a'i gyfeillion yn bwyta pryd y Shabbat?

Mae o'n eistedd ar lan Môr HaGalil gyda dau ddyn. Dau o ddisgyblion Yohannan Mamdana. Mae'r tri yn pigo ar bysgodyn sydd wedi ei rostio. Pysgodyn ddaliodd Kepha'n gynharach. Y sgotwr mawr. Y sgotwr gyda'i farf a'i faint a'i fôn braich. Y sgotwr sy'n gefn i Yeshua. Y sgotwr sy'n fwy o frawd iddo fo na'i frodyr gwaed. Y sgotwr sy'n gadarnle ac yn lloches.

Mae Yeshua'n edrych dros ei ysgwydd. Mae Kepha yno'n cadw llygad. Mae Kepha'n nodio ar Yeshua, ac yn yr ystum mae'r addewid y bydd o yno am byth. Mae'r cyfeillion eraill yn sgwrsio. Yn trafod y dydd y daw y Deyrnas. Pa ddydd fydd o? Oes ganddyn nhw amser hir i aros? Maen nhw'n trafod eu lle yn y Deyrnas. Maen nhw'n trafod statws. Maen nhw'n trafod defodau.

Yehudah ac Achan ydi enwau disgyblion Yohannan Mamdana. Brodyr o'r un groth. Ond nid brodyr o'r un ysbryd fel Yeshua a Kepha, fel Yeshua ac Avram. Mae Yeshua'n edrych ar Yehudah ac Achan –

69

Ewch yn ôl at Yohannan Mamdana a dywedwch wrtho fo eich bod chi wedi fy ngweld i. Dywedwch wrtho fo fod y dall yn gweld. Bod y byddar yn clywed. Bod y gwahanglwyfus yn cael eu hiacháu. Dywedwch wrtho fo fod y meirw'n dod yn ôl yn fyw. Dywedwch fod y tlawd yn clywed y newyddion da.

Mae yna saib. Mae Yeshua'n cymryd darn o'r pysgodyn ac yn ei roi o yn ei geg ac yn cnoi ar y darn pysgodyn. Mae o wedi bwyta'r rhan fwyaf o'r pysgodyn ond mae awydd bwyd yn dal i fod arno fo. Mae o'n llwglyd trwy'r amser. Tydi o ddim yn bwyta hanner cymaint ag yr oedd o'n arfer ei fwyta. Mae bwyd yn fwy prin. Mae bwyd yn fwy gwerthfawr. Mae diffyg bwyd yn ei wanhau. Mae'r cerdded a'r crwydro a'r cysgu mewn caeau yn ei wanhau. Ond dyma ydi dymuniad yr Adonai. Neu mi fydda'r Adonai'n paratoi gwledd iddo fo. Ac mae ympryd yn dod â fo'n agosach at yr Adonai.

TI YDI FY MAB ANNWYL.

Ac mae Mab y Dyn yn bwyta ac yn yfed. Ac maen nhw'n dweud *Bolgi* a *Meddwyn*. Ond tydi o'n hidio dim am eu sarhad nhw. Tydi o'n hidio dim am eu hatgasedd nhw. Tydi o'n hidio dim am eu cenfigen nhw.

TI YDI FY MAB ANNWYL.

Dyna sydd wedi ei argraffu ar ei galon o. Yr addewid. Yr addewid mai fo sy'n arwain. O leia nes bydd Yohannan Mamdana'n dod o'r carchar. Mae Yeshua'n crynu. Mae o'n lapio ei hun mewn simlah, clogyn gwlân. Arfwsig yn erbyn oerni'r nos. Mae o'n teimlo'n chwithig bod Yohannan Mamdana'n y carchar. Mae o'n teimlo ym mhwll ei stumog y bydda'n well ganddo fo tasa Yohannan Mamdana'n aros yn y carchar. Mae o'n sugno anadl trwy ei ddannedd ac yn gwneud sŵn fel sarff. Ac yna mae o'n sgytio'i hun, ac yn rhuo er mwyn erlid y sarff.

Wyt ti'n iawn, frawd? medda Yehudah.

Siort ora, gyfaill, medda Yeshua –

Ddim eisiau rhoi awgrym bod Ha-Satan yn ei herio fo o hyd. Ha-Satan yn ei adnabod o fel Mab y Dyn. Ha-Satan yn ei lygadu o fel gelyn.

Mae Yohannan Mamdana yn falch iawn dy fod ti wedi cymryd yr awenau, medda Yehudah. Mae o'n ddiolchgar i chdi am fynd â'r neges – ei neges o – i'r tlodion, i'r trefi.

Dw innau'n falch iawn hefyd, medda Yeshua, o gael y cyfle, o gael fy newis.

Mae o'n falch bod cymaint yn dy ddilyn di, ond mae o am bwysleisio mai nid –

Nid be?

Nid dy ddilyn di maen nhw, ond dilyn yr Adonai a'r neges.

Mae Yeshua'n edrych i fyw llygaid Yehudah ac mae o'n bendant ei fod o'n gweld Ha-Satan yn llygaid y disgybl.

Ha-Satan yn fy herio i, mae o'n feddwl.

Ha-Satan yn fy adnabod i fel Mab y Dyn.

Ha-Satan yn fy llygadu i fel gelyn.

Mae Yeshua'n neidio ar ei draed –

Ewch i ddweud hyn i gyd wrth Yohannan Mamdana, medda Yeshua. Ewch i ddweud wrtho fo y daw bendith fawr i'r rheini sydd ddim yn colli hyder yndda i.

Mae Yehudah ac Achan ar eu traed, Yehudah'n gofyn, Be wyt ti'n ddweud?

Mae Yeshua'n codi ei lais. Ei lais o'n cario dros y môr. Kepha a'r cyfeillion yn clywed ei lais o. Swyddogion a milwyr a thlodion yn clywed ei lais o. Y mynyddoedd a'r anialwch yn clywed ei lais o –

Pan oedd Yohannan Mamdana yn eich galw chi, yn galw arnoch chi i edifarhau, i glywed y newyddion, be aethoch chi i'r anialwch i'w weld? Be? Brwynen welsoch chi? Brwynen o ddyn yn cael ei siglo gan y gwynt? Naci, siŵr iawn. Wel, pam yr aethoch chi felly? I weld dyn crand yn ei ddillad drud? Dyna'r aethoch chi i'r anialwch i'w weld? Naci! Naci! Oherwydd mai mewn palas y cewch chi'r ffasiwn ddyn. Felly pam aethoch chi allan? Be oeddach chi'n disgwyl ei weld? Mi ddyweda i be oeddach chi'n disgwyl ei weld. Proffwyd! A be oedd Yohannan Mamdana? Be oedd o? Mwy na phroffwyd! Mwy na phroffwyd! Yr un rydach chi wedi darllen amdano fo: Dwi'n anfon fy negesydd o dy flaen di i baratoi'r ffordd ar dy gyfer di. I baratoi'r ffordd ar eich cyfer chi. Pob un wan jac

71

ohonoch chi. Dyna pwy oedd o. Dyna be oedd o'n wneud. Paratoi'r ffordd ar eich cyfer chi. Roedd Yohannan Mamdana yn fwy na'r un dyn sydd wedi byw o'i flaen o. Y fo oedd yr Elisha newydd oedd i ddod. Y fo gafodd ei ddarogan gan y Gyfraith. Gan y proffwydi. Mi ddaeth Yohannan Mamdana i'r golwg fel arwydd bod y dyddiau'n agos. A nawr mae'r dyddiau yma. Maen nhw wedi cyrraedd. Roeddach chi'n gwrando arno fo, felly gwrandewch arnaf fi. Gwrandewch ar yr un ddaeth ar ôl Elisha.

Tra'i fod o'n siarad, ei lais o'n cario dros y môr, y mynyddoedd yn clywed ei lais o, mae Yehudah ac Achan yn gwrando. Maen nhw'n clywed be mae o am iddyn nhw'i glywed. Maen nhw'n clywed ei fawl i Yohannan Mamdana. Ei fawl i broffwyd yr anialwch. Ac mi aeth y ddau. Mi aeth Yehudah ac Achan. Mynd i'r anialwch. Mynd am Tiberias. Mynd am y gell. Ac maen nhw wedi mynd. Ac mae Yeshua wedi ymlâdd. Mae o'n llipa i gyd ar ôl ei araith. Fel tasa'r grym yn mynd ohono fo. Mae o'n eistedd. Mae o'n gorffwys. Mae o'n paratoi. Paratoi am y darfod.

·

Natz'rat, ac mae hi bron yn Yom Shabbat. Natz'rat, twll tin byd. Natz'rat, a'r tro cynta i Yeshua fod yn ôl ers iddo fo gychwyn pregethu. Mi oedd yn rhaid iddo fo ddod yn ôl ryw ben. Mi oedd yn rhaid iddo fo ddod â'r neges i Natz'rat. Mae'i stumog o'n chwyrnu ac mae chwys ar ei wegil o. Mae Yeshua a'i gyfeillion yn cerdded i mewn i'r pentre. Mae Yeshua'n cael ias.

Ddaeth yna ddim byd o werth erioed o Natz'rat, medda Bar-Talmai.

Mae Yeshua'n syllu arno fo. Mae Bar-Talmai'n cau ei geg – ac mae hynny'n andros o straen ar Bar-Talmai.

Mae Yom Shabbat yn agos. Mae Yeshua ar bigau'r drain. Mae o'n mynd i'r synagog ac mae o a'i gyfeillion yn molchi yn y miqvah, y bath defodol. Mae o'n cael croeso yn y synagog –

Yeshua, braf dy weld di.

Yeshua, lle'r wyt ti wedi bod?

Yeshua, rwyt ti wedi bod yn ddiarth.

Yeshua, sut mae dy fam? –

Mae blys arno fo amdani hi. Blys am ei breichiau hi'n dynn amdano fo. Ei chorff bach bregus yn nerth iddo fo. Mae o'n sgytio ac yn dweud wrtho'i hun –

Na, Yeshua, peth ffug ydi teulu gwaed. Y Yehud'im ydi dy deulu di. Y dynion yma ydi dy frodyr di. A'r Adonai ydi dy dad di.

Mae o'n edrych ar ei gyfeillion. Y deuddeg sydd gyda fo trwy'r amser. Y deuddeg sy'n ei ddilyn o. Y deuddeg sydd wedi ildio pob dim er mwyn bod gyda fo. Levi a roddodd ei drysorau i'r tlawd. Yah'kob a roddodd ei rwydi a'i gychod i sgotwyr eraill. A Kepha sydd wedi gadael ei wraig a'i blant i'w ddilyn o. Mi griodd gwraig Kepha. Mi daflodd hi bethau at Kepha'r diwrnod hwnnw. Mi regodd hi Kepha. Cwilydd o beth. Gwraig yn amharchu ei gŵr. Mi sgrechiodd hi arno fo –

Wyt ti am adael i dy blant lwgu?

Dywedodd Kepha wrthi, Mae rhywbeth mwy na bwyd yn dod, Hasna. A hwn, Yeshua, hwn sy'n mynd i'n harwain ni yno. Rydan ni wedi aros blynyddoedd am rywbeth gwell. Blynyddoedd o broffwydi. A'r un ohonyn nhw'n cynnig dim. Ond mae hwn yn wir, Hasna. Mae hwn wedi ei eneinio. Dwi'n bendant o hynny.

Ond roedd hi'n dal i grio. Ac roedd ei phlant yn crio. Ac roeddan nhw wedi eu lapio o'i hamgylch hi. Roedd un o'r meibion wedi erfyn ar ei dad, ar Kepha –

Peidiwch â mynd, abba!

Mi addawodd Kepha y bydda fo'n dod â nhw i'r Deyrnas –

Mae Yeshua'n dweud bod plant bach yn mynd i gael mynd i'r Deyrnas, medda Kepha wrth ei fab. Wyt ti am ddod i'r Deyrnas?

A'r bychan yn nodio. A'r fam yn beichio crio. A Kepha'n troi ei gefn arnyn nhw. Kepha'n dilyn Yeshua. Dilyn Yeshua o'r tŷ. Dilyn Yeshua o wely ei wraig. Dilyn Yeshua o galon ei wraig. Dilyn Yeshua o fywyd ei blant. Dilyn Yeshua o Kfar Nahum.

Fy nilyn i, medda fo wrtho fo'i hun wrth deimlo'r baich yn fwy nag erioed. Wrth deimlo'r cwilydd. Ei deimlo fo yma'n fwy nag yn unlle. Ei deimlo fo'n Natz'rat. Ei deimlo fo ar ei sgwyddau. Ei deimlo fo ym mhwll ei stumog. Gwthiodd y teimladau o'r neilltu. Brwydrodd yn erbyn y teimladau. Brwydrodd yn erbyn Ha-Satan. Ha-Satan oedd yn gwneud ei orau glas i ymdreiddio i'w galon o. Dan ei groen o. I'w enaid o. Ei wenwyno fo.

Ty'd ti, Ha-Satan, feddyliodd o. Ty'd ti. Mi drecha i di.

A nawr yn y synagog. Y canhwyllau'n cael eu goleuo. A nawr y machlud. A nawr Yom Shabbat. A nawr y gorffwys. A chamu o'r nawr, o'r byd. Camu i'r freuddwyd o'r Baradwys a grëwyd gan yr Adonai. Camu i'r perffeithrwydd. Cael blas arno fo. Dyma ydi Yom Shabbat. Dyma sydd wedi ei ddeddfu.

Yom Shabbat ydi –

Diwedd gwaith. Diwedd amddifadedd. Diwedd pryderon. Diwedd diflastod. Diwedd llafur a diwedd chwys.

A nawr yn y synagog –

Mae Yeshua'n gwrando, mae Yeshua'n gwylio. Mae o'n clywed sibrwd y Yehud'im. Mae o'n gweld amheuaeth y Yehud'im –

Hwn ydi'r saer maen?

Hwn ydi brawd Yakov?

Hwn ydi'r proffwyd?

Hwn ydi'r cableddwr?

Ac mae straeon amdano fo'n blaguro ac yn tyfu ac yn ymestyn . . .

•

Ar ôl y Dvar Torah – y darllen, y gwrando, y dysgu. Ar ôl y synagog –

Mae Perushim o'r enw Shimon yn dod at Yeshua ac yn ei wahodd i'w gartre am bryd Yom Shabbat.

Ar ôl y pryd mae Shimon yn dweud, Mi glywais i dy fod ti wedi iacháu dyn oedd wedi ei barlysu yn y synagog yn Kfar Nahum.

Dwi wedi iacháu sawl dyn sydd wedi ei barlysu, medda Yeshua –

Yeshua'n tyrchu i'w go i gofio'r achlysur. Yn gwybod y bydd yna gwestiwn. Yn gwybod y bydd yna holi. Ei wegil o'n cosi. Ei ddwylo fo'n brifo. Ei fol wedi chwyddo ar ôl y bwyd.

74

Mi ddywedaist ti wrth y dyn fod ei bechodau fo wedi cael eu maddau, medda Shimon –

Shimon yn wên i gyd.

Shimon yn sarff i gyd.

Mae Yeshua'n sychu ei farf ac yn dweud –

Do, ar gownt y ffaith bod ei bechodau fo *wedi* cael eu maddau.

Shimon yn wên i gyd.

Shimon yn sarff i gyd.

Mae Yeshua'n gweld Ha-Satan yn edrychiad y Perushim. Mae o'n gweld Ha-Satan ym mhob man. Mae Ha-Satan ar ei sawdl o. Mae Ha-Satan yn ei hela fo.

Ty'd, Ha-Satan.

Pwy wyt ti i faddau pechodau? medda Shimon. Dim ond yr Adonai all faddau pechodau.

Mae Yeshua'n ateb –

Nid fi faddeuodd ei bechodau.

Mae wyneb Shimon/Ha-Satan yn newid. Y wên yn plygu. Y talcen yn crychu. Y geg yn agor. Y geg yn agor i ddweud rhywbeth. Rhyw anwiredd. Ond cyn i'r anwiredd dollti o'i enau fo mae Yeshua'n torri ar ei draws o –

Yr Adonai faddeuodd bechodau'r dyn. Dim ond *dweud* eu bod nhw wedi cael eu maddau wnes i. Nid yr Adonai ydw i. Wyt ti wedi dweud wrth rywun erioed bod eu pechodau nhw wedi eu maddau?

Mae Shimon/Ha-Satan yn gwingo.

Gwinga, Ha-Satan.

Fel hyn maen nhw i gyd. Gyda'u cwestiynau. Gyda'u honiadau. Gyda'u holi. Tasan nhw ond yn gwrando arno fo. Tasan nhw ond yn derbyn ei neges o. Tasan nhw ond yn dilyn heb amau. Yna mi fydda'r Deyrnas ar agor iddyn nhw. Ond na – maen nhw'n gwyrdroi, yn maeddu, yn plygu. Maen nhw'n poeri ac yn piso ar y Gyfraith. Mae'i waed o'n berwi. Ei waed o fydda'n crasu'r ddaear. Mae o ar fin dwrdio Shimon/Ha-Satan. Ond daw cyffro o'r tu allan. Mae Shimon/Ha-Satan ar ei draed. Mae o'n sychu ei geg. Mae ei farf yn goch o win.

Mae llais o'r tu allan yn dweud, Mae o'n wallgo! –
Llais dyn. Llais sy'n mynd â ias i lawr asgwrn cefn Yeshua. Llais
Yakov –

Mae o'n wallgo, gadewch i ni fynd â fo adra! medda Yakov.

Mae Yeshua ar ei draed. Mae o'n gwthio heibio i'r disgyblion.
Mae o tu allan i'r tŷ. Stŵr ar y Shabbat. Mae o'n gynddeiriog. Yakov
yn torri'r Gyfraith. Yakov –

a'i fam . . .

Mae Yeshua'n rhewi. Mae'i galon o'n hollti. Mae dagrau'n
dygyfor. Mae emosiwn yn ffrydio yn ei frest, a'i reddf ydi rhuthro
at ei fam, ei chofleidio hi. Ond mi ŵyr o mai o'r Ha-Satan y daw'r
twyll-deimladau hynny. Ha-Satan am ei wanhau o. Ac mae o'n erlid
y teimladau. Mae o'n eu trechu nhw. Ac mae o'n gweld yn glir-wyn.

Mae o wedi ei feddiannu, medda Yakov. Wedi ei feddiannu gan
Baal'tsebub, gan arglwydd y pryfed, mae o wedi ei feddiannu,
rhowch o i ni –

Mae yna dyrfa yno. Mae'r dyrfa'n dal Yakov yn ôl. Mae mam
Yakov a Yeshua yn crio. Mae yna olwg ar y naw arni hi. Golwg saith
o blant a baich gweddw. Mae hi'n edrych i fyw llygaid ei mab –

Yeshua . . . Yeshua, ty'd adra, neno'r tad. Ty'd i weithio gyda dy
frodyr. Ty'd i ni gael byw fel teulu eto. Be fydda dy dad wedi ei
ddweud?

Mae o'n edrych arni hi fel tasa hi'n neb. Fel tasa fo heb ddod o'i
chroth hi. Fel tasa fo heb fwydo o'i bron hi. Mae'n rhaid ei bod hi
wedi gweld y gwacter yn ei lygaid o –

Dy fam ydw i, fy ngwas i. A dy frodyr di, yli. Yakov. Dyma Yakov.
Yli. O . . . O . . . ylwch ar fy mab . . . ylwch, mae o wedi colli ei
synnwyr –

Mae Yeshua'n torri ar ei thraws –

Dyma fy mam a fy mrodyr i. Dyma nhw –

Ac mae o'n cyfeirio'r dyrfa at Kepha, at Avram, at Yah'kob, at
Yokam, at Judah, at Bar-Talmai, at Tau'ma, at Mattiyah, at Taddai,
at Ya'kov bar Hilfài, at Levi, at Shimon Kanai. Mae o'n eu dangos
nhw ac yn camu i'r stryd. Camu gyda thân yn ei lygaid. Camu gyda
geiriau brwnt ar ei dafod –

Dyma fy mam a fy mrodyr. Mae pwy bynnag sydd yn gwneud be mae'r Adonai yn ei orchymyn yn frawd ac yn chwaer, ac yn fam, i mi.

Ac mae o'n troi ei gefn ac yn gwthio'i ffordd yn ôl i mewn i'r tŷ. Tu ôl iddo fo, llefain mam. Tu ôl iddo fo, sarhad tyrfa. Tu ôl iddo fo, ffodr Gehinnom.

•

Ha-Satan yn ei arteithio fo. Ha-Satan yn ei herio fo. Ha-Satan yn ei erlid o. Ha-Satan ym mhob twll. Ha-Satan ym mhob cornel. Ha-Satan yn eu llygaid nhw. Ha-Satan yn eu geiriau nhw. Ha-Satan yn eu gweithredoedd nhw.

Yeshua ar y cyrion. Y ffin â'r fagddu. Mae o'n crio. Ar ei ben ei hun ar ben to'r tŷ lle maen nhw'n aros. Tŷ ar gyrion Natz'rat. Tŷ cefnogwr. Rheini'n brin yn Natz'rat. Rheini'n *neb* ymysg ei deulu o. Neb o'i gig a'i waed yn cadw'i gefn o. Neb o'i deulu. Ond beth ydi teulu? Beth ydi brodyr? Y Yehud'im ydi'i deulu o. Ei gyfeillion ydi'i frodyr o. Yeshua'n crio. Y briw o'r ffrae gyda'i fam a Yakov yn amrwd. Y briw lle mae Ha-Satan yn bwydo. Ha-Satan yn gwenwyno'i waed o. Ei waed o fydda'n crasu'r ddaear. Mae o wedi osgoi Natz'rat am wythnosau. Mae o wedi osgoi'r boen. Mae o wedi osgoi'r gwrthdaro. Ond yna mi ddaeth o yma a hollti. Ond yna mi ddaeth o yma a tharfu. Ond yna mi ddaeth o yma a difrodi. Difrod, nid dadeni. Mae o'n ysgwyd ei ben. Mae o'n teimlo'i hun yn sigo. Mae o'n teimlo'i hun yn gwegian. Ei frest o fel tasa hi wedi ei rhwygo ar agor. Ei galon o ar lawr yn cael ei sathru dan draed. Mae o'n edrych tua'r nefoedd ac yn edrych i'r tywyllwch sydd ar draws y byd ac yn edrych am ei Abba. Mae o'n edrych am swyngan i'w fwytho. Mae o'n edrych am –

TI YDI FY MAB ANNWYL –

Ai fi ydi'r un? Ai fi? Dwed wrtha i, Abba. Dwed go iawn. Dwed i mi gael gwybod. Dwed i mi gael troi cefn ar yr haint yma. Dwed er mwyn i mi gamu i'r fagddu a dod â goleuni iddi. Mae'n gas gan y byd fi. Does dim croeso i broffwyd yn ei dre o'i hun. Mae o'n cael ei erlid, mae o'n cael ei sarhau. Hyd yn oed gan ei deulu. Fy nheulu i. Maen nhw'n herio, yn gwneud sbort . . .

Mae dwylo Yeshua mewn pader. Mae ei ddyrnau fo'n wyn. Mae ei gefn o'n brifo. Mae chwys ar ei wegil. Mae amheuon yn ei rwygo. Mae o'n adrodd y Shema i sadio'i hun –

Gwranda, O Yisra'el! Yr YODH-HE-WAW-HE, yr Enw Cudd, yr Yehovah ydi'n duw ni. Mae'r Yehovah yn un duw. Câr yr Yehovah gyda'th holl galon, gyda'th holl enaid, gyda'th holl nerth. Dylai'r geiriau hyn fod yn dy galon, Yisra'el. Dysga'r geiriau hyn i dy feibion. Adrodd nhw pan fyddi di'n eistedd yn dy dŷ, pan wyt ti'n cerdded ar y ffordd, pan wyt ti ar fin cysgu, a phan wyt ti'n deffro. Rhwyma nhw yn arwydd ar dy law, ac mi fyddant yn rhactalau rhwng dy lygaid. Sgrifenna nhw ar byst ac ar byrth dy dŷ –

Yna mae o'n crynu ac yn erfyn –

Ai fi ydi'r un, Abba? Neu a ydi Yohannan Mamdana'n dod yn ei ôl? Wyt ti am ryddhau Yohannan Mamdana o gell Antipater? Wyt ti am roi arwydd i mi? Rho arwydd i mi, Abba. Dwed wrtha i, Abba. Dangos i fi.

Mae traed ar y grisiau. Traed cyfarwydd. Mae o'n nabod eu sŵn. Ei farf, ei faint, ei fôn braich. Heb agor ei lygaid. Heb godi ei ben. Mae Yeshua'n dweud –

Wnei di byth droi dy gefn arnaf fi, Kepha?

Tydi Kepha ddim yn ateb. Mae Yeshua'n agor ei lygaid. Mae o'n edrych ar Kepha. Mae Kepha'n sefyll yno ar dop y grisiau. Mae ei geg ar agor. Mae ei lygaid yn llydan. Mae ei wyneb yn welw.

Kepha, be sydd? medda Yeshua. Kepha, dwed wrtha i!

Mae yna wefr yn mynd trwy ei stumog o cyn i Kepha ddweud –

Mae Antipater wedi dienyddio Yohannan Mamdana –

Ac mae Kepha'n dechrau crio –

Be wnawn ni, rabboni?

Mae Yeshua'n codi. Mae Yeshua'n atgyfnerthu. Mae Yeshua'n deall. Mae'n deall bod dadeni. Dadeni, nid difrod. Mae Abba wedi'i ateb o. Mae chwys ar ei wegil o. Mae pinnau mân dros ei gorff o. Mae o'n cofleidio Kepha. Mae Kepha'n crio ac yn ysgwyd. Mae Yeshua'n dweud –

Dyna fo, frawd, dyna fo . . .
Be wnawn ni, rabboni, be wnawn ni?
Y llais ym mhen Yeshua –
TI YDI FY MAB ANNWYL.
Y neges yng nghalon Yeshua –
TI YDI FY MAB ANNWYL.
Y sicrwydd ym mherfedd Yeshua –
TI YDI FY MAB ANNWYL.
Mae Yeshua'n dod o hyd i'r nerth. Mae Yeshua'n dod o hyd i'w lais. Mae Yeshua'n dod o hyd i'w neges. Ei neges o. Nid neges Yohannan Mamdana. Nid neges Yeshayahu nac Yirmeyahu nac Elisha na Mal'achi. Ei neges o. Ei ystyr o. Ei bwrpas o –
Fi ydi'r un . . .
Ac mae Ha-Satan yn plygu glin.

ה

YOM Revi'i. Y pedwerydd dydd. Y chweched awr ar y pedwerydd
dydd. Y mis ydi Kislev. Mis y glaw. Yr hydref wedi cyrraedd. Yr
hydref wedi cyrraedd yr anialwch, wedi cyrraedd HaGalil.
   Mae Yeshua'n wlyb doman. Mae o'n rhynnu. Y fo a'i gyfeillion.
Y fo a'r deuddeg. Y deuddeg sydd gyda fo trwy'r amser.
   Does dim lloches ar gael yn rhywle? medda Bar-Talmai –
Cwyno eto. Swnian.
   Fydd yna ddim lloches i Yisra'el os daw'r Deyrnas cyn iddyn
nhw i gyd glywed y newyddion, medda Yeshua.
   Ac mae o'n eu harwain nhw. Eu harwain nhw ar hyd y lôn. Y lôn
yn dew o fwd. Y lôn yn wlyb ac yn drwm. Y lôn galed. Y lôn i'r trefi
newydd. Y lôn i'r trefi dieithr. Tu hwnt i ffiniau HaGalil. Tu hwnt i
Kfar Nahum a Natz'rat a Na'in a Ka'na. Tu hwnt i'r tir ffrwythlon.
Tu hwnt i'r tir gwyrdd. Mae'n rhaid mynd. Mae'n rhaid mynd er
mwyn i Yisra'el gyfan glywed y neges. Mae'n rhaid i Yisra'el gyfan
wrando ar y neges. Mae'r Deyrnas yn dod. Mae'r Deyrnas yn agos.
Mae'r Adonai am ymyrryd eto ym mywydau dynion. Ac mae'n
rhaid i ddynion fod yn barod. Mae'n rhaid i ddynion dderbyn.
Mae'n rhaid i ddynion ddilyn. Dyna pam mae Yeshua'n trampio
trwy'r glaw. Dyna pam mae o'n trampio trwy'r mwd. Dyna pam
mae o'n trampio trwy'r oerfel. Mae'n rhaid i ddynion glywed neu
be sy'n aros dynion? Gehinnom, dyna be.
   Ai fel hyn fydd Gehinnom? mae o'n feddwl wrtho fo'i hun. Ai

fel hyn fydd dyfodiad y Deyrnas? Mewn dilyw fel yn nyddiau Noach?

Mi fydd yr Adonai'n ymyrryd. Mi fydd yr Adonai'n dod. Mi fydd Yisra'el yn cael ei hadnewyddu. Mi fydd y Deml yn cael ei hadnewyddu. Teml newydd i oes newydd. Ac os mai mewn glaw y bydd hi'n dod, mewn glaw y daw hi.

Pwy ydan ni i ddadlau yn erbyn yr Adonai? medda fo.

Mae o'n crynu. Mae'r lleill yn crynu. Tydyn nhw heb fwyta ers amser cinio'r diwrnod blaenorol. Ers amser cinio ar Yom Sh'lishi. Y trydydd dydd. Y chweched awr ar y trydydd dydd. Pryd yng nghartre Shoshana. Shoshana a'i gŵr yn eu croesawu nhw bob tro. Bara da a gwin da a physgod da. Ac mae o'n glafoerio wrth feddwl am y wledd. Ac mae o'n glafoerio wrth feddwl am y wledd sydd i ddod. Y wledd gyda'i dad. Y wledd yn y Deyrnas. Gwin y Deyrnas. Ffrwythau'r Deyrnas. Bara'r Deyrnas.

Ond am y tro –

Y glaw. A'r oerni. A'r mwd. A'r tlodi. A'r plorod. A'r briwiau.

Ond tydi o'n hidio dim am hynny. Hidio dim am bethau'r byd. Hidio dim am chwipiau Ha-Satan. Mae ei Abba gyda fo. Bob tro. Yn ei galon o. Yn ei nerthu o. Yn ei gynnal o.

TI YDI FY MAB ANNWYL –

Fi ydi'r un . . .

•

Mae Yeshua'n gofyn i Kepha, Lle ydi'r lle yma?

Kepha'n ateb, Magdala, rabboni.

Magdala. Mae Magdala yn dod ag atogofion. Llais Yakov –

Ty'd i Fagdala gyda fi fory, i chdi gael hwyl, hwyl yn yr hwrdy –

Mae Yeshua'n edrych ar Fagdala. Mae Magdala'n llanast. Tomen sbwriel anferth. Pryfed yn suo. Drewdod pydredd ar yr awyr. Cŵn yn crafu am esgyrn. Llygod mawr yn bwydo ar sborion. Mae Yeshua'n cysidro troi ei gefn ar Fagdala. Troi gyda'i gyfeillion. Gadael Magdala i'r cŵn ac i'r pryfed. Ond Magdala ydi'r union le sydd angen y neges. Ac mae o'n mynd i ganol y bobl. I ganol y rhai

sy'n awchu'r neges yn fwy na neb. I ganol y rheini mae arnyn nhw
wir angen clywed y newyddion da. I ganol y –

Resha'im.

Y rhai sydd tu allan i'r Gyfraith. Y rhai sydd wedi eu gadael ar
ôl. Y rhai sydd wedi troi eu cefnau. Y rhai sydd yn cael sarhad gan
y Perushim a'r offeiriaid.

Resha'im.

Y nhw ydi'i bobl o.

Y nhw ydi pobl yr Adonai.

Y nhw ydi pobl y Deyrnas.

Troellog ydi'i ffyrdd o bob amser, medda fo wrtho'i hun, yn
dyfynnu'r Tehillim, yn meddwl am y dyn drygionus yn yr emynau.

Mae Yeshua a'i ddisgyblion yn cerdded trwy Fagdala. Y bobl
allan ar y strydoedd. Allan yn eu gwylio. Allan yn y glaw. Allan yn
tyrchu trwy'r domen sbwriel gyda'r cŵn a'r pryfed a'r llygod
mawr. Mae'r bobl yn begera. Maen nhw'n erfyn ar y dieithriaid.
Maen nhw'n estyn dwylo. Maen nhw'n llifo o dai'r hwrod i wylio.
Maen nhw'n ymddangos o'u cytiau i wylio. Maen nhw'n codi o'r
mwd i wylio. Mae cyffro'n llafn trwy Yeshua. Dyma ydi'r lle. Rhain
ydi'r bobl. Mae o'n agosach nag y buo fo erioed at Gehinnom.
Cyrion y llyn tân yw'r fan yma. Ac mi fydd o'n tywys rhain o
lannau'r fflam. Tywys rhain. Tywys y Resha'im.

Maen nhw'n aros wrth dŷ tywodfaen. Mae arth o ddyn yn sefyll
wrth y drws. Cadw llygad, cadw trefn. Mae dillad merched yn
crogi o'r ffenestri, yn cael eu gwlychu gan y glaw. Mae lleisiau
merched yn dod o'r tŷ. Y lleisiau'n dawnsio. Y lleisiau'n chwarae.
Y lleisiau'n goglais. Mae Yeshua'n crynu.

Mae Bar-Talmai'n dweud, Wn i be ydi'r lle yma.

Wyddost ti ddim byd, medda Yeshua.

Mae'r ffaith bod tri ar ddeg o ddynion dieithr wedi aros tu allan
i'r tŷ'n tynnu sylw. Mae'r arth yn sgwario. Mae Kepha'n sgwario'n
ôl. Mae Yeshua'n cyffwrdd braich Kepha. Daw gwraig ganol oed
o'r tŷ. Mae paent ar ei hwyneb hi. Mae ei dillad hi'n llwyd. Ei gwallt
hi wedi ei liwio, yn gochion ac yn wyrddion ac yn leision, sawl
graddliw. Mae hi ar draws yr un oed â mam Yeshua, ac mae

hynny'n dod â chwlwm i'w frest. Mae'r wraig yma wedi esgor. Mae'r wraig yma wedi magu. Mae'r wraig yma'n fam. Mae merch ifanc wrth ei hymyl hi'n cysgodi, gwallt hir y ferch ifanc wedi ei blethu.

Mae'r wraig hŷn yn dweud, Nid tŷ lle mae dynion yn cael pleser ydi hwn, felly heglwch hi.

Nid ffasiwn dŷ oedd gen i mewn golwg, medda Yeshua.

Pa fath o dŷ oedd gen ti mewn golwg, gyfaill? medda'r wraig hŷn.

Tŷ lle gall dynion fwyta, ymolchi, gorffwys.

Nid tŷ felly ydi hwn chwaith.

Pwy wyt ti, foneddiges?

Nid yn aml ydw i'n cael fy nghamgymryd am foneddiges.

Mae'r arth y camu ymlaen ac yn dweud, Dyma Miriam hamegaddela se'ar nasha.

Y wraig sydd yn plethu gwalltiau merched, medda Yeshua.

Mae'r ferch ifanc yn chwarae gyda'i phleth. Mae Bar-Talmai, a'r lleill bownd o fod, yn edrych arni fel cŵn yn gweld asgwrn.

Mae Miriam hamegaddela se'ar nasha yn dweud, Mae dy ffrindiau di'n syllu'n farus ar Nahara.

Mae Yeshua'n troi at ei gyfeillion ac mae ei waed o'n berwi ac mae o'n rhythu arnyn nhw ac maen nhw'n crebachu yn wyneb ei dymer ac mae o'n dweud –

Chlywsoch chi erioed y Gorchymyn, Na odineba? Glywsoch chi?

Mae'i waedd o'n daran yn erbyn yr awch sy 'nghalonnau dynion yr awch sy'n eu gwenwyno nhw yr awch mae'n rhaid ei fathru fel y mae o'n mathru'r awch sy'n rhwyfo trwy'i lwynau yntau'n aml. Y terfysg a'r fflamau –

Dwi'n dweud wrthoch chi, medda fo, dwi'n dweud bod unrhyw ddyn sy'n edrych ar wraig gyda blys eisoes wedi godinebu yn ei galon. Rydw i wedi dysgu hyn i chi. Wedi dysgu bod yn rhaid dilyn y Gyfraith ond ei dilyn yn well. Rhaid i chi fod yn well Yehud'im na'r Yehud'im mwya duwiol. Yn well dynion. Ond ylwch arnoch chi . . . Rydan ni yma i chwilio am noddfa ac am fwyd, i bregethu'r neges, a dyma chi, y cŵn, yn codi cwilydd arnaf fi –

Mae o'n edrych ar Miriam hamegaddela se'ar nasha ac yn dweud –

Maddau i mi.

Wn i pwy wyt ti, medda Miriam hamegaddela se'ar nasha. Chdi ydi Yeshua. Hwnnw sy'n iacháu ac yn allfwrw. Hwnnw sy'n atgyfodi'r meirw. Chdi ydi'r dyn o Natz'rat. Chdi ydi hwnnw.

Ac mae o'n dweud, Fi ydi hwnnw.

Ac medda'r wraig, Fi ydi Miriam hamegaddela se'ar nasha. Nahara a'r genod eraill, nhw ydi fy nhrysorau i. Hafan ydi hon i enethod sydd wedi syrthio. Hafan i'r rheini sydd wedi eu difrodi. I'r rhai na fyddan nhw byth yn ffit i fod yn wragedd am mai pethau felly ydi dynion. Hafan i hwrod. Mae hyd yn oed hwrod yn haeddu hafan.

Dyma un fel fo. Dyma un sydd ymysg y Resha'im. Dyma un sy'n cerdded yr un llwybr. Mae o'n gweld mwy o oleuni ym Miriam hamegaddela se'ar nasha nag a welodd o yn neb erioed.

•

Cipiwyd fy merch pan oedd hi'n ddeg oed, medda Miriam hamegaddela se'ar nasha. Cipiwyd hi gan gaethfeistr ac mi aethpwyd â hi i hwrdy. A chyn i mi ei chyrraedd hi roedd hi wedi cael ei threisio a'i lladd.

Dyma dŷ Miriam hamegaddela se'ar nasha. Dyma fwrdd Miriam hamegaddela se'ar nasha. Dyma westeion Miriam hamegaddela se'ar nasha –

Kepha. Avram. Yah'kob. Yokam. Judah. Bar-Talmai. Tau'ma. Mattiyah. Taddai. Ya'kov bar Hilfài. Levi. Shimon Kanai.

Yn ei thŷ, wrth ei bwrdd, ei gwesteion yn gwrando ac yn bwyta.

Hi oedd fy unig ferch, medda Miriam hamegaddela se'ar nasha. Roedd fy ngŵr wedi marw. Chawn ni ddim priodi eto, yn ôl y Gyfraith.

Yeshua'n nodio. Dyna'r Gyfraith. Cyfraith Moshe Rabbenu. Cyfraith yr Adonai. A hon, Miriam hamegaddela se'ar nasha, yn dduwiol. Yn cadw'r Gyfraith. Hen dro nad oedd pawb fel hon. Fel

Miriam hamegaddela se'ar nasha. Pur a duwiol. Yn llawn daioni.

Mae Miriam hamegaddela se'ar nasha yn mynd yn ei blaen –
Y gwir ydi nad oedd yr Adonai am i mi fod yn fam i blentyn o'm croth. Ond mi allwn i fod yn fam i enethod heb famau. I enethod coll. A dyna ydi Nahara a'r lleill. Y genod dwi wedi eu hachub o'r tai cnawd, o hwrdai HaGalil.

Mae'r gwesteion yn bwyta'n barchus. Maen nhw'n gwrando'n barchus. Maen nhw'n llethu eu teimladau ac yn diheintio'u meddyliau. Yn eu diheintio o'r greddfau a ddaw i ddynion sydd heb brofi merch ers misoedd. Y greddfau sydd yn naturiol. Yn naturiol i Ha-Satan. Ond nid i'r rhai sydd yn gwledda gyda'r Adonai. Nid i'r rhai sydd yn cerdded gyda Mab y Dyn. Mae Yeshua hefyd yn ffrwyno'r terfysg a'r fflamau. Mae o mewn brwydr barhaus gyda Ha-Satan oherwydd bod Ha-Satan yn ei adnabod o ac yn gwybod pwy ydi o. Ond mae Yeshua'n trechu. Mae o'n trechu wrth wrando ar Miriam hamegaddela se'ar nasha. Y wraig sydd yn plethu gwalltiau merched.

Mae'r Perushim a'r offeiriaid yn fy nghondemnio i, medda Miriam hamegaddela se'ar nasha. Ac wrth dwt-twtio ac ysgwyd eu pennau, maen nhw'n cerdded i hwrdy yn Gadara a maeddu morwyn ifanc sydd wedi ei chipio oddi wrth ei theulu ym mynyddoedd Shomron.

Mae Yeshua'n poeri.

Mae Miriam hamegaddela se'ar nasha'n edrych i fyw llygaid pob un o'r dynion fesul un. I fyw llygaid Kepha ac Avram a Yah'kob a Yokam. I fyw llygaid Judah a Bar-Talmai a Tau'ma a Mattiyah. I fyw llygaid Taddai a Ya'kov bar Hilfài a Levi a Shimon Kanai. Ac maen nhw i gyd yn cael trafferth edrych i fyw llygaid Miriam hamegaddela se'ar nasha am eu bod nhw'n ddynion. Am eu bod nhw'n awchu. Am fod godineb yn eu calonnau nhw.

Rwyt ti fel fi, yn byw a bod ymysg y Resha'im, medda hi wrth Yeshua.

Does yna neb fel fi, medda fo.

Rydan ni'n debyg, medda hi. Rydan ni'n caru'r Resha'im.

Defaid coll Tŷ Yisra'el. Miriam hamegaddela se'ar nasha, dilyn fi.

Mae o'n edrych i fyw ei llygaid hi. Ac mae hi yn edrych i fyw ei lygaid o. Mae o'n rhoi ei law ar ei llaw. Mae o'n dweud eto –

Dilyn fi, Miriam hamegaddela se'ar nasha.

Mae yna foment lle maen nhw'n dawel ac yn syllu ar ei gilydd. Ac yna mae hi yn dweud, Mi fydd yna le i chdi a dy gyfeillion yn fy nhŷ i bob tro.

Ac mi fydd yna le i ti yn y Deyrnas, Miriam hamegaddela se'ar nasha.

•

Nos yn HaGalil. Yeshua'n myfyrio ar ei ben ei hun wrth y môr, o dan y lleuad. Mis Kislev. Mis oer. Mis y glaw. Ond heno mae hi'n sych. Heno mae Abba wedi dal y bwrw'n ôl. Heno mae Yeshua'n cael ei ddiogelu rhag trochfa. Heno mae'r Adonai'n dymuno i'w fab annwyl gael llonydd.

Mae Miriam hamegaddela se'ar nasha wedi codi calon Yeshua. Ei duwioldeb hi. Ei daioni hi. Ei pharodrwydd i fod ymysg y Resha'im.

Y rhai drygionus. Y rhai sydd tu allan i'r Gyfraith. Y rhai oedd yn cael eu sarhau gan y Perushim a gan yr offeiriaid. Y rhai amddifad. Defaid coll Tŷ Yisra'el. Plant Abba. Meibion yr Adonai.

Miriam hamegaddela se'ar nasha ydi un o'r Yehud'im mwyaf allweddol mae o wedi eu cyfarfod erioed. Bron mor bwysig â Yohannan Mamdana. Mae o'n credu y bydd hi yno ar y diwedd. Y bydd hi yno pan ddaw'r Deyrnas. Mae o'n teimlo fel mab i Miriam hamegaddela se'ar nasha. Mae Miriam hamegaddela se'ar nasha yn teimlo fel mam iddo fo. Ond yn fwy na mam. Mae o'n teimlo cyffro. O weld y paent ar ei hwyneb a'r lliwiau yn ei gwallt. O ogleuo'i phersawr hi a chlywed tincian ei gemau. Nid oedd gan ei fam erioed baent ar ei hwyneb na lliwiau yn ei gwallt. Nid oedd ganddi bersawr na gemau. Beth oedd ganddi hi oedd chwys a llwch a llinellau ar ei chroen, criciau yn ei chymalau. A mab yn troi ei gefn arni. Na! Na! Na! Mae o'n atal y teimladau. Yn mygu'r terfysg a'r fflamau. Yn gwthio'i euogrwydd o'r neilltu. Mae o'n rhwbio'i ddwylo gyda'i gilydd, yn crafu'r croen. Mae ei wegil o'n chwysu. Ei wallt o'n cosi. Ei geseiliau fo'n drewi. Mae ei deimladau fo bellach yn gwibio o uchelder i iselder. Mae o ar i fyny ar gownt rhai fel Miriam hamegaddela se'ar nasha. Rhai fel Shoshana. Rhai fel Kepha. Rhai fel Avram. Rhai fel Levi. Y rhai sy'n Resha'im. Y rhai sydd yn ei ddilyn o. Ond pan mae o'n meddwl am Yohannan Mamdana a'i fam a'i frodyr a'r Perushim a'r Yehud'im, mae'i hwyliau da fo'n crychu.

Sut mae disgwyl iddo fo achub pawb?

All o'i achub o'i hun?

Mae o'n meddwl am Yohannan Mamdana a'i ben ar bolyn ym mhalas Antipater. Mae Yeshua'n profi ias. Ai felly fydd o, hefyd? Ei ben o ar bolyn? Ei gorff o ar bren? Mae ei ddwylo fo'n binnau mân. Ei draed o'n merwino. Mae ganddo fo gur yn ei ben. Nid oes awydd marw arno fo. Nid marw ydi ffawd Mab y Dyn. Arwain y Yehud'im i'r Deyrnas ydi ffawd Mab y Dyn. Mae o am weld y Deyrnas yn dod. Mae o'n breuddwydio am y Deyrnas. Mae o'n awchu am y Deyrnas. Nid marw ydi ei ffawd o. Ond mae o'n teimlo cysgod marwolaeth. Y cysgod sydd ar y cyrion bob tro. Lle bynnag mae Yeshua'n pregethu. Lle bynnag mae o'n dweud, Dilynwch fi. Mae'r cysgod yno. Mae'r cysgod yn aros. Mae Yeshua'n crynu, yn edrych o'i gwmpas. Dyma'r ffin â'r fagddu. Dyma riniog dinistr. Ac mae o'n rhy agos yn rhy agos yn rhy agos. Rhaid camu o ymyl y fall. Rhaid cerdded mewn goleuni. Rhaid arwain Yisra'el. Ei thywys i'r Deyrnas.

Mae sŵn traed yn ei sgytio fo –

Kepha'n cripian. Kepha bob tro. Kepha'n gwylio. Kepha'n gwrando. Yn cadw llygad ar ei feistr, ar ei frawd.

Be sydd, Kepha?

Mae yna dyrfa, medda Kepha. Maen nhw wedi dy ddilyn di yma.

Be wyt ti am i mi'i wneud gyda nhw?

Be maen nhw am i ti'i wneud gyda nhw ydi'r cwestiwn.

Ty'd felly, medda Yeshua –

Ac maen nhw'n mynd ac ar y lan mae yna dyrfa. Nid tyrfa fawr. Dwsinau. Dynion a merched. Plant a'r henoed. Pan maen nhw'n gweld Yeshua maen nhw'n rhuthro tuag ato fo, ac mae Kepha'n gaer rhyngddyn nhw a'r rabboni.

Ac mae Kepha'n dweud, Rhoswch, rhoswch . . .

Mae'r gwahanglwyf ar fy mab, medda un . . .

Mae fy ngwraig yn ddall, medda un arall . . .

Mae ysbryd drwg yn fy ngŵr, medda un arall . . .

Ac felly maen nhw. Un ar ôl y llall. Ei ddisgyblion o'n eu cadw nhw draw. Yn eu cadw rhag carlamu drosto fo.

Maen nhw wedi starfio, medda Yah'kob. Danfon nhw o 'ma, Yeshua. Danfon nhw adra.

Bwydwch nhw, medda Yeshua.

Ni? medda Yah'kob.

Does ganddon ni ddim bwyd i'w sbario, medda Yokam.

Mae gan rai ohonyn nhw fwyd, medda Kepha, ond maen nhw'n gyndyn o rannu.

Mae Yeshua'n cythru ym masged fwyd y disgyblion. Mae yna bysgod ffres yn y fasged. Mae yna fara ffres.

Mae o'n mynd gyda'r fasged i fysg y bobl. Mae'r bobl yn cyffwrdd yn ei wisg, yn ei gwaelodion. Mae o'n cerdded trwy'r bobl. Mae o'n sefyll ac maen nhw'n edrych arno fo ac mae o'n dweud –

Mae gan rai ohonoch chi fwyd, ac mae rhai heb fwyd. Pam mae'r rheini ohonoch chi sydd gyda bwyd yn gwrthod rhannu?

Mae o'n aros am ateb.

Mae dyn yn hanner codi ar ei draed a dweud, Does ganddon ni ddim llawer, rabboni. Dim ond ambell i grystyn.

Rhannwch y crystiau, medda Yeshua.

Mae'r dyn yn edrych o'i gwmpas a dweud, Do'n i'm am fod heb ddim.

Frawd, fydd neb heb ddim os bydd pawb yn rhannu.

Ac ar ôl dweud hynny, mae Yeshua'n mynd i'r fasged ac yn torri darn o fara. Ac mae o'n rhoi y darn bara i blentyn. Ac mae'r plentyn yn bwyta. Ac mae o'n torri darn o bysgodyn ac yn rhoi'r darn pysgodyn i'r plentyn. Ac mae'r plentyn yn bwyta.

Mae dyn yn sefyll ar ei draed ac yn mynd i'w sach. Mae o'n cymryd ffrwythau o'r sach ac yn eu rhannu ymysg teulu sydd heb ddim. Mae dyn arall ar ei draed. O'i sach mae o'n cymryd darnau o gig sych. Mae o'n rhoi darnau o'r cig sych i deulu. Mae'r penteulu'n sefyll ac yn cynnig gwin i'r dyn gyda'r cig. A chyn bo hir mae pawb yn rhannu. A chyn bo hir mae pawb yn bwyta.

Ac mae Kepha'n dweud, Mi fwydodd o bawb gyda mymryn o fara a mymryn o bysgod.

•

Ewch chi dros y dŵr i Beth-tsaida, medda fo wrth ei ddisgyblion. Mi rhosa i yn fan'ma gyda'r dyrfa am y tro.

Roedd Yeshua wedi cynhyrfu. Roedd o am aros gyda'r bobl. Y bobl oedd yn ei addoli o. Y bobl oedd yn ei alw fo'n rabboni. Y Yehud'im wedi sylwi arno fo. Eu sylw'n ddiod feddwol iddo fo. Eu sylw'n eli iddo fo. Eu sylw'n hŵr o Fagdala. Eu sylw ydi'r terfysg a'r fflamau.

Erbyn hyn, roedd hi'n niwl trwchus. Niwl trwchus ar wyneb Môr HaGalil. Niwl trwchus dros y mynyddoedd. Niwl trwchus, a'r bobl fel ysbrydion yn y niwl ac yn y nos. Doedd o ddim am eu gadael nhw. Mi gâi'r disgyblion fynd i Beth-tsaida a dweud wrth y Yehud'im yn y fan honno bod y rabboni'n dod. Mi fydda'r addewid o'i ddod yn creu cyffro, yn hytrach na'i fod o'n cyrraedd yr un pryd â'r disgyblion.

Rhwbiodd ei ddwylo. Llyfodd ei wefus. Mae'r disgyblion yn mynd. Trwy'r niwl mae o'n eu clywed nhw'n sgwrsio. Trwy'r niwl mae o'n clywed eu cychod yn sglefrio i'r dŵr.

Mae o'n sefyll ac yn siarad gyda'r Yehud'im. Ac mae llygaid y Yehud'im yn ei wylio fo. Ac mae clustiau'r Yehud'im yn ei glywed o. Ac mae calonnau'r Yehud'im ar agor i'w neges o. Ac mae o'n dweud wrth y Yehud'im am ei ddilyn o ac mi aiff o â'r Yehud'im i'r Deyrnas. Mi fydd Yisra'el yn rym unwaith eto. Mi fydd y deuddeg llwyth yn un. Mi fydd y Deml yn ganolbwynt. Mi fydd yr Adonai'n teyrnasu.

Ewch adra nawr, medda fo wrthyn nhw. Ewch a dweud wrth eich cyfeillion, dweud bod y Deyrnas yn dod. Dweud bod y dydd yn agos. Ewch. Ewch a chadwch y Gyfraith. Ewch ac adroddwch y Shema. Dywedwch wrth Yisra'el am roi'r Adonai yn gynta. Ewch i ddweud be ddigwyddodd yma heno. Ewch i ddweud wrthyn nhw amdanaf fi.

Ac ar ôl iddyn nhw fynd mae o'n teimlo fel proffwyd go iawn. Y proffwyd yn yr anialwch. Yohannan Mamdana. Ond na – mae o'n teimlo'n fwy nerthol na Yohannan Mamdana. Mae o'n teimlo'n fwy agos at yr Adonai na Yohannan Mamdana. Mae o'n mynd i lawr at lan y dŵr. Dŵr ei ddadeni. Dŵr y Nehar haYarden. Y Nehar haYarden yn llifo i'r môr. Ei neges ar y tonnau. Ei neges yn y dyfroedd. Ei neges yn llifo ledled y byd.

Gad i'r byd glywed, medda fo wrtho fo'i hun. Nid neges i'r anialwch ydi hon. Beth oedd ym mhen Yohannan Mamdana? Beth oedd haru'r proffwyd, yn aros wrth yr afon? Yn cadw'r neges rhag y Yehud'im? Sut oedd disgwyl i'r defaid coll dderbyn y neges? Sut oedd y Resha'im i fod i glywed y newyddion da?

Mae o'n ysgwyd ei ben. Roedd Yohannan Mamdana wedi drysu. Nid trwy aros ar wahân roedd achub Yisra'el. Nid trwy guddio yn y gwastraffdir. Mynd i'r trefi ac i'r pentrefi. Mynd i ddenu dilynwyr. Dyna mae o wedi ei wneud a dyna pam mae'r Deyrnas ar fin dod. Mae'r Adonai'n fodlon arno fo –

TI YDI FY MAB ANNWYL.

Ar lan y llyn nawr. Yn syllu i'r niwl. Y niwl yn ei ddrysu o. Y niwl yn ei dwyllo fo. Niwl fel gwe pry cop. Y niwl a'r nos. Anodd gweld. Anodd amgyffred. Cychod y disgyblion i'w gweld ar y dŵr, yn bell, yn silwetau. Mae rhywun yn sefyll ar ei draed yn un o'r cychod. Anodd dweud pwy. Amlinelliad o ddisgybl. Kepha falla. Kepha bob tro. Kepha sy'n gweld ac yn gwrando. Kepha'r cadarnle. Felly Kepha ar ei draed. A Kepha'n pwyntio at y lan, at Yeshua. Pwyntio o bell. O ben draw'r byd. Kepha wedi ei gyffroi am ryw reswm. Kepha'n tynnu sylw'r cwch arall nawr. Y disgyblion yn y cwch arall ar eu traed. Amlinelliad o ddisgyblion. Felly'r disgyblion ar eu traed. Y disgyblion yn pwyntio at y lan, at Yeshua. Pwyntio o bell. O ben draw'r byd. Y disgyblion wedi eu cyffroi am ryw reswm. Y disgyblion yn edrych trwy'r niwl. Anodd gweld. Anodd amgyffred. Mae Yeshua'n clywed eu lleisiau nhw. Eu lleisiau nhw trwy'r niwl. Eu lleisiau nhw o'r môr. Eu lleisiau nhw'n uchel. Be sy haru'r bechgyn heno? Be ydi'r cyffro? Maen nhw i gyd ar eu traed yn y cychod. Amlinelliad o Yisra'el. Yisra'el ar ei thraed. Yisra'el yn pwyntio at y lan, at Yeshua. Pwyntio o bell. O ben draw'r byd. Yisra'el wedi ei chyffroi am ryw reswm. Yeshua'n chwifio'i freichiau. Yeshua'n gwenu. Mae un neu ddau o'r disgyblion yn y cychod yn syrthio ar eu gliniau. Ar eu gliniau fel mewn gweddi. Mae Yeshua'n cerdded yn ôl a blaen. Yn ôl a blaen ar hyd y lan. Yn ôl a blaen yn y niwl. Yn y nos. Anodd gweld. Anodd amgyffred. Ac mae eu lleisiau nhw'n dod o'r môr, yn dod o'r niwl. Lleisiau llawn braw. Lleisiau llawn cyffro. Ac mae o'n gweiddi arnyn nhw –

Peidiwch â bod ofn, fi sy 'ma!

Ond maen nhw'n dal i bwyntio ato fo. O'r niwl. O'r môr. Maen nhw'n dal i weiddi arno fo. O'r niwl. O'r môr. Maen nhw'n dal i weddïo. O'r niwl. O'r môr.

•

Beth-tsaida. Bore. Glaw. Oer. Annifyr. Heb gysgu. Heb orffwys. Heb fwyta ers neithiwr. Ers y pysgod a'r bara. Ers y dwsinau . . . y cannoedd . . . y miloedd ddaeth i wrando arno fo. Mae ei ben o'n troi. Yn llawn gwyrth y bwydo. Yn llawn gwyrth y cerdded ar y dŵr –

Mi welson ni ti, rabboni, medda Avram.

A'r lleill yn dweud yr un peth –

Tydi Yeshua ddim yn cofio. Tydi pethau ddim yn glir iddo fo. Y niwl a'r nos. Mae o'n drysu rhwng y byd go iawn a'i freuddwydion. Mae ei ben o'n curo trwy'r amser. Nawr mae o a'i ddisgyblion wedi mynd i'r synagog i weddïo. Mae tri Perushim yr holl ffordd o Yerushaláyim yno. Yr holl ffordd o'r ddinas yn y de.

91

Dinas y Deml. Dinas y Yehud'im. Y Perushim, yn foliog ac yn farfog. Mae golwg wedi blino arnyn nhw. Wedi blino ar ôl teithio trwy'r nos. Wedi teithio o Yerushaláyim. Mae Yeshua'n ystyried Yerushaláyim. Mae o'n cofio'r Pesach y llynedd. Mae o'n cofio bod yno ymysg miloedd o'r Yehud'im. Yno i ddathlu'r Pesach. Y Pesach, pryd yr ymyrrodd yr Adonai ym mywydau dynion. Ymyrryd ac arwain y Yehud'im o'u caethiwed ym Mitsrayim.

Yerushaláyim ydi'r lle, medda Yeshua wrtho fo'i hun. Felly pam mae'r Perushim yma?

Mae ei wegil o'n cosi. Mae chwys ar ei gefn o. Mae o'n edrych ar y Perushim. Gwrando arnyn nhw'n trafod. Eu clywed nhw'n chwerthin. Eu tinau swmpus nhw ar feinciau'r synagog. Eu boliau mawr nhw'n llawn bwyd. Eu gwisgoedd drud nhw a'u calonnau twyllodrus nhw. Ydyn nhw'n chwerthin am ei ben o? Ydyn nhw'n sarhau ei neges o? Ydyn nhw yma i wylio, i wrando, i gadw cownt? Mae Yeshua'n llyncu, ei gorn gwddw fo'n sych.

Mae pennaeth synagog Beth-tsaida'n dweud, Mae'n anrhydedd mawr eich cael chi yma, foneddigion. Yr holl ffordd o Yerushaláyim. Be sy'n dod â gwŷr mor bwysig i'n tre ddi-nod ni?

Mae Yeshua'n camu ymlaen –

Ia, yr holl ffordd o Yerushaláyim. Pam dod i HaGalil? Be sydd yn HaGalil i ddynion mor bwysig?

Mae pennaeth y synagog yn edrych arno fo'n gegagored. Mae'r Perushim yn edrych arno fo'n gegagored. Mae yna nifer o gegau agored yn y synagog ar hyn o bryd.

Mae golwg arnat ti, gyfaill, medda un o'r Perushim –

Ei farf o'n llwyd ac yn drwchus. Ei lygaid o'n wyrdd ac yn llydan. Mae o'n dweud –

Rwyt ti'n edrych, gyfaill, fel petaet ti heb gael fawr o gwsg neithiwr.

Does gen i ddim amser i gysgu, medda Yeshua. Mae'r Adonai'n dod â'i Deyrnas i'r ddaear ac mae gen i neges i'r Yehud'im. Neges i ddefaid coll Tŷ Yisra'el.

Felly wir, medda'r Perushim.

Mae Kepha'n dod i'r synagog. Kepha'n llwch i gyd. Kepha a'i

ddwylo'n fudur o'r cwch ac o'r hwylio. Tydi Kepha ddim yn sylwi ar y tawelwch. Tydi Kepha ddim yn sylwi ar y Perushim. Mae Kepha'n sylwi ar y bara ar y bwrdd ac yn mynd ar ei union at y bara ar y bwrdd. Ac ar lwgu, mae Kepha'n dechrau bwyta'r bara ar y bwrdd. Bara'r synagog. Mae'r addolwyr yn edrych ar Kepha. Mae'r tri Perushim yn edrych ar Kepha. Mae un o'r Perushim yn dweud –

Nid yw pawb yma'n cadw at y traddodiad, mae'n ymddangos, ac maent yn bwyta heb olchi eu dwylo.

Un o'ch traddodiadau chi ydi golchi dwylo cyn pob pryd, medda Yeshua. Does dim ffasiwn orchymyn yn y Gyfraith.

Mae'r Perushim yn chwerthin. Mae'r synagog i gyd yn chwerthin. Mae Kepha'n rhoi'r gorau i gnoi ar ei fara. Mae croen Yeshua'n pigo, yn boeth. Mae o'n cau ei ddwylo'n ddyrnau. Mae ei winedd o'n gwasgu i'w gledrau. Mae o'n cnoi'r tu mewn i'w foch. Mae o'n dweud –

Roedd y proffwyd Yeshayahu'n iawn, yn doedd?

Yeshayahu? medda'r Perushim.

Roedd o'n llygad ei le, y proffwyd Yeshayahu, yn llygad ei le pan ddywedodd o mai dauwynebog ydi'r Perushim.

Ara deg, medda pennaeth y synagog.

Na, na, medda'r Perushim. Beth am wrando ar y dieithryn hwn a cheisio deall ei neges e. Y neges bwysig yma am y Deyrnas.

Mân reolau dynol ydi'r cwbl rydach chi wedi ei ddysgu, medda Yeshua. Does ganddoch chi ddim syniad am y Gyfraith. Rydach chi'n bychanu'r Gyfraith. Yn diystyru be mae'r Adonai wedi ei orchymyn, ac yn glynu at eich traddodiadau crefyddol, at eich traddodiadau dynol.

Mae pennaeth y synagog yn gwrido –

Dos di a dy gyfeillion o 'ma'r funud yma.

Na, na, medda'r Perushim. Lle i drafod yw'r synagog. Beth knesset. Tŷ ymgynnull. Ry'n ni'r Yehud'im yn ymgynnull i drafod y Gyfraith bob dydd. Mae pob Yehudi da'n gwneud hynny. Ry'n ni'n cicio a brathu, yng ngyddfau'n gilydd weithiau. Ond dyna mae'r Yehud'im yn ei wneud. Ac ry'n ni'n gyfeillion ar ddiwedd y dydd. Ry'n ni'n Yehud'im. Beth ddywedodd yr Adonai? Hyn, os cofiwch chi: Byddwch hefyd yn deyrnas o offeiriaid i mi, ac yn genedl sanctaidd. Mae hi'n berffaith naturiol ein bod ni'n sgwrsio, a thrafod, a hyd yn oed dwrdio.

Mae'r Perushim yn wên deg ar ôl ei araith. Mae o'n edrych ar ei gyfeillion. Y ddau arall. Y tri o Yerushaláyim. Mae Yeshua'n ystyried Yerushaláyim. Canol y byd a fyntau ar y cyrion. A thra'i fod o ar y cyrion, mae dynion fel rhain yn chwerthin am ei ben o.

Rydach chi'n gwrthod y Gyfraith er mwyn cadw'ch traddodiadau, medda fo wrth y Perushim.

Dy'n ni ddim yn gwrthod y Gyfraith, gyfaill, medda'r Perushim.

Ydach! Bob dydd, medda Yeshua.

Rho esiampl, felly.

Iawn, mi wna i, medda Yeshua –

Faint fynnir o esiamplau ganddo fo. Faint fynnir. Crafu ei ben. Tyrchio yn ei feddyliau. Lle maen nhw? Lle mae'r esiamplau? Ei feddyliau fo ar chwâl. Chwys ar ei dalcen o. Y Perushim yn mân chwerthin. Y Yehud'im yn mân chwerthin. Mân chwerthin am ei ben o –

Yeshua'n tanio –

Rydach chi'n mynd yn groes i'r proffwyd Yirmeyahu. Dywedodd yr Adonai wrtho fo na ddylai'r Yehud'im gario baich o dŷ i dŷ ar Yom Shabbat. A be wnaethoch chi? Dweud wrth y Yehud'im am uno pyst y drysau a chapanau drysau sawl tŷ er mwyn gwneud un tŷ! Un tŷ o sawl tŷ! Un tŷ er mwyn cario'r bwyd. Er mwyn cario'r baich. Er mwyn mynd yn groes i orchymyn yr Adonai. Er mwyn twyllo'r Adonai –

Er mwyn i bawb gael bwyta ar Yom Shabbat! medda'r Perushim yn flin. Oni bai bod y traddodiad hwnnw yn ei le, bydde nifer yn llwgu. Mae rhannau o'r wlad yn dlawd, gyfaill. Yn enwedig rhannau o dalaith Yehuda. Nid oes digon –

Ni fydd plant yr Adonai yn llwgu, byth!

Fe lwgant heb fwyd, gyfaill.

Nid ar fara'n unig mae dyn yn byw.

Mae'n help garw.

Fydd bara'n da i ddim pan ddaw'r Deyrnas a chi'ch tri, pawb ohonoch chi, yn llosgi yn Gehinnom, medda Yeshua.

Mae yna rywun yn hisian fel tasa fo wedi cael ei losgi gan fflamau Gehinnom. Mae Yeshua'n gweld Ha-Satan yn llygaid y Perushim o Yerushaláyim. Mae o'n gweld drygioni ac awch lladd yng ngwynebau'r Perushim o Yerushaláyim. Mae'r Perushim o Yerushaláyim wedi dod yma i'w ddifa. Maen nhw am ei ddinistrio fo. Fel y mae Ha-Satan am ei ddinistrio fo. Y rhain yw ellyllon Ha-Satan. Mwy o ffodr ar gyfer Gehinnom. Y rhai ffals fydd yn y fflamau.

Mae o'n ysgywd. Mae o'n chwysu. Mae o'n corddi. Mae o'n dweud –

Mi ddywedodd y proffwyd Moshe Rabbenu, Gofala am dy dad a dy fam. Rhaid i bwy bynnag sy'n sarhau ei dad a'i fam gael ei ladd. Dyna ddywedodd Moshe Rabbenu. Geiriau Moshe Rabbenu. Geiriau a ddaeth o'r Adonai ei hun. Geiriau'r Gyfraith.

Mae golwg fel tasa fo wedi cael swadan ar y Perushim.

Mae golwg fel tasa fo wedi ei ddal yn piso yng ngheg Cesar ar bennaeth y synagog.

Mae Yeshua'n dweud, Ond mi wyt ti a dy gyfeillion pwysig o Yerushaláyim, mi rydach chi'n pregethu ei bod hi'n iawn dweud wrth rieni mewn oed, Alla i ddim edrych ar eich ôl chi, mae gen i ofn. Mae'r arian ro'n i'n bwriadu ei roi i'ch cadw chi yn eich henaint wedi mynd yn rhodd i'r Adonai –

Mae Yeshua'n syllu ar y Perushim. Yn syllu ar y tri yn eu tro ac yn mynd yn ei flaen –

Rydach chi'n defnyddio'ch traddodiadau i osgoi be mae'r Adonai am i chi ei wneud.

Medda'r Perushim, Sut gwyddost ti beth mae'r Adonai am i ni ei wneud?

Mae Yeshua'n agor ei geg ond does yna'r un gair yn dod o'i enau fo. Mae o'n edrych o'i gwmpas, ar y Perushim, ar aelodau'r synagog, ar ei gyfeillion sydd wedi mentro i mewn i wylio ac i wrando. Mae o'n edrych arnyn nhw i gyd yn eu tro ac maen nhw i gyd yn aros am ateb.

Sut ydw i'n gwybod? medda fo –

Ac mae o'n edrych ar yr holwr. Yn edrych i fyw ei lygaid o. Yn edrych i fyw llygaid ei elyn. Yn edrych i fyw llygaid Ha-Satan. Mae o'n edrych tra'i fod o'n tyrchio am ateb. Mae o'n gofyn i Abba am ateb. Mae o'n cloddio am ateb. Mae ei wegil o'n boeth. Mae o'n chwyslyd. Mae ei ddillad o'n glynu i'w groen o ac mae ei groen o'n cosi. Mae o'n chwilio am ffordd allan ac mae o'n gweld Kepha, bara'r synagog yn friwsion yn ei farf. Ac mae o'n dweud –

Chi a'ch traddodiadau! Chi a'ch golchi dwylo! Gwrandewch, wir. Gwrandewch arnaf fi, bawb ohonoch chi. Nid be rydach chi'n fwyta sy'n eich gwneud chi'n aflan. Nid be rowch chi *yn* eich ceg. Na! Be sydd yn *dod* o'ch ceg chi. Dyna sy'n eich gwneud yn aflan. Y geiriau rydach chi'n ddweud. Y geiriau sydd yn groes i'r Gyfraith.

Ac mae o'n edrych ar y Perushim eto. Y tri Perushim. Y tri Perushim ddaeth i HaGalil o Yerushaláyim. Yr holl ffordd o Yerushaláyim. Can milltir o Yerushaláyim. Mae'n edrych ar y tri ac yn y tri mae o'n gweld Ha-Satan. Ha-Satan wedi dod yr holl ffordd o Yerushaláyim. Yr holl ffordd . . . yr holl ffordd i HaGalil. Fyntau yn HaGalil. Fyntau'n pregethu yn HaGalil. Ei neges o'n cael ei chlywed yn HaGalil. A Ha-Satan yma. Yn gwrando. Yn gwylio. Ac mae Yeshua'n deall. Mae o'n deall mai Yerushaláyim ydi canol y byd. Yerushaláyim ydi dinas yr Adonai. Yerushaláyim ydi dinas y Deml. Yerushaláyim ydi'i ddinas o. Ac maen nhw wedi dod o Yerushaláyim i'w atal o i'w ddifa fo i'w ddinistrio fo. Y tri yma. Ac ar ôl y tri yma mi ddaw tri arall a thri arall a thri arall. Ac ar ôl rheini mwy fyth ohonyn nhw a mwy a mwy a mwy. Ac mae o'n gwybod bod hyn yn arwydd . . .

•

Mae Yeshua'n dal i grynu ar ôl dwrdio'r Perushim. Y Perushim gyda'u traddodiadau. Eu dirmyg at y Gyfraith. Eu sarhad at yr Adonai. Hynny wedi cynddeiriogi Yeshua. Hynny'n ei gorddi. Hynny a'r ofn sydd arno fo am ei fywyd. Ei fywyd o fydd yn mynd

96

yn ddistyll ar fin cyllyll y Perushim. Y pethau yma i gyd yn dweud arno fo. Y pethau yma tra'i fod o a'i gyfeillion yn aros gyda chefnogwr ym Meth-tsaida. Y pethau yma'n faich arno fo ar y to, wedi ei lapio yn ei simlah. Y dydd yn diflannu eto. Y ffin â'r fagddu. Y nos yn cau amdano fo. Diwrnod arall. Awr arall. Munud arall. Eiliad arall yn agosach at ddyfodiad y Deyrnas. Daw rhywun i fyny'r grisiau, i'r oerni. Kepha. Kepha gyda'i farf gyda'i faint gyda'i fôn braich. Ac mae gan Kepha blât llawn bwyd – bara, darnau o bysgod.

Angen i ti fwyta, medda Kepha.

Oes gofyn i mi olchi fy nwylo, dywed? medda Yeshua.

Mae Kepha'n gwenu. Ond nid gwên hwyliog. Gwên i leddfu. Gwên i ysgafnhau baich. Baich Yeshua. Mae Kepha'n dda. Mae Kepha'n ysgwydd. Mae Kepha'n lloches.

Mae Yeshua'n edrych ar ei ddwylo. Mae o'n dweud –

Rydan ni'n puro, Kepha. Rydan ni'n puro'n ôl y Gyfraith. Cyfraith Moshe Rabbenu. Nid yn ôl traddodiadau dynion. Traddodiadau sydd wedi cael eu cadw i ddiystyru'r Adonai –

Mae o'n edrych ar Kepha –

Maen nhw'n diystyru'r Adonai.

Mae Kepha'n nodio ac yn dweud –

Wn i, rabboni. Mi ŵyr yr Adonai hefyd.

Yeshua'n nodio. Yeshua'n edrych ar ei ddwylo eto, ar ei gledrau, ar ei arddyrnau, ar ei fysedd. Maen nhw'n griciau. Maen nhw'n brifo –

O galon dyn y daw pethau aflan, Kepha. Nid o'i ddwylo fo. Y galon sydd angen ei golchi. O'r tu mewn, o'r tu mewn y daw meddyliau drwg, meddyliau annuwiol. O'r tu mewn y daw anfoesoldeb rhywiol, godinebu, yr awydd i ladd, yr awydd i reibio, cnawdolrwydd, hunanoldeb, hel clecs. O'r tu mewn. O'r cnawd. O'r galon. Calonnau dynion. Nid o'u dwylo nhw. Nid am nad ydyn nhw'n golchi eu dwylo, Kepha, naci?

Naci, rabboni.

Gas gen i'r Perushim.

Wn i.

Gas gen i nhw ers 'mod i'n ddim o beth. Eu traddodiadau nhw. Traddodiadau dynion. Calonnau dynion. Meddyliau dynion. Wyddost ti be, Kepha?

Be, rabboni?

Maen nhw'n bwriadu fy lladd i!

R-rabboni?

Y Perushim. Cefnogwyr Antipater. Fel y lladdwyd Yohannan Mamdana. Difa proffwyd arall, dyna ydi eu bwriad nhw.

W . . . w . . . wyt ti'n siŵr?

Yeshua ar ei draed –

Wrth gwrs fy mod i'n siŵr!

Does yna neb wedi sôn gair, medda Kepha. Neb wedi clywed siw na miw am ymosodiad arnat ti. 'Run o'n cefnogwyr ni. Hyd yn oed y rhai o blith y Perushim. Neb wedi clywed smic, ac mi rydw i'n holi'n ddyddiol –

Wnawn nhw ddim sôn, Kepha. Wnaethon nhw ddim sôn eu bod nhw am arestio a lladd Yohannan Mamdana, naddo?

Ond roedd hi ar goedd ei fod o wedi pechu Antipater, rabboni –

Na! Na! Sibrwd yn eu calonnau maen nhw. Sibrwd gyda Ha-Satan. Ha-Satan sy'n eu gyrru nhw. Ha-Satan sydd yn eu calonnau nhw. Roeddwn i'n gweld i galonnau'r Perushim yn y synagog, Kepha. Yn gweld y gwir am eu taith nhw i HaGalil. Wedi dod o Yerushaláyim i 'mhrofi fi maen nhw. Wedi dod i fy herio fi, Kepha. Wedi dod yn elynion i mi.

Mae Kepha'n llonydd ac yn dawel. Mae Yeshua'n cerdded at ymyl y to ac mae o'n edrych wrth i'r tywyllwch wthio'r goleuni tu ôl i ffin y byd. Y ffin â'r fagddu.

Mi ga i fy lladd ganddyn nhw, Kepha. Mae gen i elynion ym mhob man, frawd. Tithau hefyd. Miloedd o elynion. Mae yna chwe mil o'r Perushim yn Yisra'el. Chwe mil. Chwe mil o elynion yn fan'no! Chwe mil am fy ngwaed i, am fy nhagu i, am fy . . . am fy nifa i –

Mae'r gwynt yn chwythu o'r anialwch –

Mi awn ni o 'ma, Kepha. Mi awn ni heb ddweud gair wrth neb. Mi awn ni i'r Decapolis. Mi allwn ni gadw o'u golwg nhw yn fan'no. Rhag ein gelynion. Rhag y rhai sydd am fy lladd i. Ac . . . ac mi gaiff trigolion y Decapolis glywed y neges.

Ond, rabboni, mae yna Roegwyr yno. Nid Yehud'im –

Hidia befo, Kepha. Mi awn ni. Mae yna faint fynnir o'r Yehud'im yno hefyd, wyddost ti. Faint fynnir sydd am glywed y neges. Sydd am ddilyn. Dyna pam mae'r Adonai am i ni fynd yno, Kepha. Yr Adonai sydd wedi dweud hyn wrtha i –

Mae o'n crafu cefn ei ddwylo. Maen nhw'n amrwd. Mae o'n cosi drosto, ei stumog o'n glymau, ei nerfau ar dân. Daw geiriau i'w ben –

TI YDI FY MAB ANNWYL.

Cefais fy eneinio, Kepha, medda fo. Cefais fy newis. Fi ydi'r un. Does gen i ddim dewis. Mae gelynion yn anochel –

Mae Kepha'n sefyll gyda'r platiad bwyd. Mae Yeshua'n cymryd darn o fara ac yn rhwygo'r bara ac yn rhoi'r bara yn ei geg, ac mae o'n cnoi. Ac mae o'n dweud –

Mi awn ni fory.

•

Decapolis, y deg dinas. Dinasoedd y Groegiaid. Yn driw i Rufain. Yn bell o HaGalil. Yn ddigon pell i Yeshua gael lle a llonydd. Lle a llonydd i feddwl. Lle a llonydd i ddod ato fo'i hun. Lle llonydd i stumogi'r ffaith bod rhywun am ei ladd o.

Maen nhw yn Gadara, un o'r Decapolis, un o'r deg dinas. Gadara i'r de-ddwyrain o Fôr HaGalil. Gadara i'r dwyrain o Natz'rat. Mae Yeshua wedi bod yn pregethu'r neges yn y sgwâr yn Gadara. Mae'r disgyblion o'i gwmpas o. Yn gwylio, yn gwrando. Mae Yeshua wedi bod yn dweud, Dilynwch fi, yn y sgwâr yn Gadara. Mae Yeshua wedi bod yn datgan y newyddion. Mae o wedi rhybuddio bod y Deyrnas yn dod i'r ddaear a bod yn rhaid i bawb fod yn barod. Mae o wedi dweud, Dilynwch fi.

Nawr –

Y bumed awr. Y mis ydi Tevet. Y degfed mis. Mis oer. Mis

gaeafol. Ond heddiw mae'r tywydd yn dyner. Yr Adonai wedi tawelu'r elfennau er mwyn i Yeshua gael pregethu'r neges yn yr awyr agored. Mae awydd bwyd ar Yeshua ond mae yna eneidiau i'w hachub. Mi fydd yr Adonai'n darparu, er nad oes ganddyn nhw gyfeillion cefnog yn Gadara, cyfeillion fydd yn cynnig llety a bwyd. Ond mi ddaw dilynwyr. Mi fydd rhai sydd yn clywed y neges heddiw yn ddisgyblion fory. Felly roedd hi. Geiriau'r Adonai'n dweud arnyn nhw. Geiriau'r Adonai'n dod â nhw at Yeshua. Geiriau Yeshua'n dod â nhw at yr Adonai.

Y fi ydi'r un ... y fi –

Mae yna derfysg yn y dyrfa. Terfysg ymysg y gwrandawyr. Mae milwyr yn gwylio. Mae milwyr yn gwrando. Mae eu dwylo nhw ar eu cleddyfau nhw. Mae eu dwylo nhw am eu gwaywffyn. Daw dyn o'r dyrfa'n gwegian. Rhyw hanner dyn. Dyn mewn 'ezor a dim edau arall amdano fo. Dyn mewn oed. Dyn o esgyrn. Mae o'n ynfydu. Castiau arno. Mae'r dyrfa'n ei dywys –

Dos i holi lle maen nhw'n mynd â fo, medda Yeshua wrth Tau'ma.

Mae Tau'ma'n mynd i holi. Mae o'n sgwrsio gyda rhywun ac yn cyfeirio gydag ystum o'i ben at Yeshua. Mae Tau'ma a'r dynion eraill yn tywys yr hanner dyn, y dyn mewn cadachau, tuag at Yeshua.

Mae Tau'ma'n dweud, Mae o'n fyddar, ac yn methu siarad.

Mae'r gŵr sy'n gofalu am yr hanner dyn yn dweud, Wyt ti'n gonsuriwr? Oes gen ti eiriau hud?

Mae Yeshua'n poeri ar ei fysedd. Mae'r hanner dyn yn edrych arno fo, ei geg ar agor. Mae Yeshua'n gafael yng ngên yr hanner dyn ac yn cyffwrdd yn ei dafod gyda phen ei fys, y bys a phoer arno. Mae Yeshua'n edrych at y nefoedd ac yn dweud gair hud –

Ephphatha!

Mae'r dyrfa'n dweud, *Oooooo ...*

Mae'r hanner dyn yn tagu. Bysedd Yeshua'n ei geg o. Bysedd Yeshua'n ei gorn gwddw fo. Mae o'n tagu ac yn cwyno ac yn crachboeri, ac mae pawb yn dweud –

Mae o wedi cael ei iacháu!

Ewch â fo at yr offeiriaid iddo fo gael gwneud offrwm yn ôl y Gyfraith, medda Yeshua.

Ac maen nhw'n mynd â fo. Mynd â'r hanner dyn. Mynd â'r hanner dyn i'r synagog. Mynd â fo at yr offeiriad i wneud offrwm. Offrwm yn ôl y Gyfraith. Mae'r hanner dyn yn llipa. Mae o'n crachboeri. Mae o'n tagu ac yn udo.

Mae hyd yn oed y byddar yn clywed, medda Yokam.

Mae Yokam yn gwenu. Mae o'n chwerthin. Mae gweddill y disgyblion yn chwerthin. Mae'r bobl leol yn syllu, yn sibrwd. Maen nhw'n sôn am hud a lledrith. Maen nhw'n siarad am gonsurio. Maen nhw'n honni iddyn nhw glywed swyngan.

Peidiwch â sôn am hyn wrth neb, medda Yeshua.

Rhy hwyr, medda Kepha.

A dyma nhw. Yn martsio ar draws y sgwâr. Eu dillad drud yn chwipio'n y gwynt –

Y Perushim.

Wedi clywed am yr hanner dyn. Wedi clywed am y swyngan Ephphatha. Wedi dod i ddifa Yeshua. Ei fywyd o'n mynd yn ddistyll ar fin eu cyllyll. Mae o'n stiffio. Ei goludd o'n gwegian. Mae o'n teimlo'n benysgafn. Ond mi fydd yn rhaid eu diodde nhw. Mi fydd yn rhaid eu hwynebu nhw. Mi fydd yn rhaid eu herio nhw.

Mae un Perushim yn gofyn i Yeshua –

Ai consuriwr wyt ti?

Yeshua'n dweud dim.

Consuriwr wyt ti, gyda dy swyngan? hola'r Perushim eto.

Yeshua'n edrych ar ei ddisgyblion.

Mae ganddon ni faint fynnir o gonsurwyr yn Gadara, medda'r Perushim. Peidiwch â dod yma'n rhoi gobaith ffals i bobl. Mae'r dyn acw'n dal yn fyddar.

Sythodd Yeshua –

Pam mae'r bobl yma o hyd yn gofyn am wyrth fel arwydd o bwy ydw i? Chewch chi ddim gwyrth gen i. Chewch chi ddim gwyrth gan neb.

Mae o'n stompio i ffwrdd. Ei galon yn garnau stalwyn yn ei frest. Celwydd y Perushim yn atsain –

Mae'r dyn acw'n dal yn fyddar . . . mae'r dyn acw'n dal yn fyddar . . .
mae'r dyn –

Mae Yeshua ofn am ei fywyd. Ei fywyd fydd yn mynd yn ddistyll –

•

Bore. Yr ail awr. Maen nhw wedi dychwelyd at y cychod. Y cychod ar ddŵr Môr HaGalil. Prin bod Yeshua wedi cysgu. Prin ei fod o'n cysgu o gwbl y dyddiau yma. Prin ei fod o'n bwyta. Mae o'n welw, golwg fel styllan arno fo. Mi fydda slab o fara'n gysur y bore 'ma. Ond dim ond hanner torth sych sydd ganddyn nhw, ac maen nhw i gyd bron â llwgu.

Mi a' i'n ôl i Gadara i brynu bara, medda Avram.

Aros lle'r wyt ti, medda Yeshua.

Mae o'n torri crystyn bach o'r bara ac yn ei roi ar ei dafod, cnoi. Hawdd fydda rhwygo'r dorth a'i stwffio i gyd i'w geg, a chnoi a chnoi a chnoi, a glafoerio – mae'r awch bwyd sydd arno fo'n annioddefol. Nyth o forgrug yn ffyrnig yn ei stumog. Ond yn hytrach na mynd i'r afael â'r bara, mae o'n cynnig y dorth i Yah'kob sydd wrth ei ymyl –

Cadwch draw oddi wrth fara'r Perushim, medda Yeshua.

Golwg llyncu mul ar y disgyblion. Dwrdio ymysg ei gilydd –

Chdi oedd i fod i ddod â'r bara . . . Chdi oedd i fod i ddod â'r bara . . .

Ond mae Yeshua'n dweud, Pam ydach chi'n poeni am fod heb fara?

Rydan ni ar lwgu, rabboni, medda Bar-Talmai.

Bron â llwgu, medda Mattiyah. A Tau'ma oedd i fod i ddod â thorth.

Nid fi, medda Tau'ma.

Caewch eich cegau, medda Kepha.

Mae Yeshua'n dweud –

Rhowch gorau i'ch cwyno, rhowch gorau i'r swnian yma. Pryd rydach chi'n mynd i ddysgu, 'dwch? Mi rydach chi'n poeni gormod am eich stumogau –

Mae o'n sefyll ar ei draed –

Mae'r Deyrnas yn dod ac mi rydach chi'n cwyno am friwsion? Ewch yn eich blaenau, wir. Ewch i'r pentrefi a phregethwch. Pregethwch fod y Deyrnas yn dod. Pregethwch fy mod i'n dod. Ewch yn eich blaenau. Ewch i allfwrw yn fy enw i. Ewch i iacháu. Ewch i atgyfodi'r meirw yn fy enw i. Ewch, y tacla!

Maen nhw'n mynd am y cychod. Mae'r cychod yn codi eu hwyliau. Mae'r hwyliau'n dal y gwynt. Mae'r cychod yn llithro o'r harbwr. Mae Kepha'n sefyll wrth ei gwch yn aros. Yn aros ei feistr. Yn aros y Deyrnas. Yeshua'n stond ar yr harbwr. Yeshua'n edrych i fyw llygaid Kepha. Yeshua am ddangos mawreddau i Kepha –

Pwy mae'r bobl yn ddweud ydw i, Kepha?

Mae rhai yn dweud mai Yohannan Mamdana wyt ti, rabboni –

Mae Kepha'n mynd i'w gwch. Mae'r hwyl yn codi. Mae'r hwyl yn dal y gwynt –

Eraill yn dweud mai Elisha wyt ti –

Y cwch yn bobian ar y dŵr. Y darn bara heb lenwi fawr o dwll yn stumog Yeshua. Mae Yeshua'n mynd i'r cwch –

Mae eraill yn dweud mai un o'r proffwydi wyt ti, rabboni.

Be amdana chdi, Kepha? Be am weddill y bois? Be maen nhw yn ddweud? Pwy wyt ti'n ddweud ydw i?

Mae Kepha'n agor yr hwyl. Mae'r hwyl yn dal y gwynt. Mae'r cwch yn llithro o'r harbwr. Mae Kepha'n cysidro'r môr –

Chdi ydi Mashiach, medda Kepha. Hwnnw sydd wedi ei eneinio. Yr un sydd i ddod. Yr un fydd yn uno Yisra'el eto, ac yn arwain y Yehud'im yn ôl at yr Adonai.

Mae Yeshua'n fyr ei wynt, ei frest yn dagfa –

Paid â dweud hynny wrth neb, medda fo wrth Kepha.

•

Mashiach –

Yr enw'n eco ar draws yr oesoedd –

Mashiach –

Yr enw'n crasu calonnau'r ffyddlon –

103

Mashiach –

Yr enw'n cyflawni hen broffwydoliaethau –

Mashiach – y fo – Mashiach – Yeshua o Natz'rat – Mashiach – Yeshua Mashiach –

Na – Na – Na –

Mae'r cwch ar y dŵr. Mae Yeshua yn y cwch. Ond mae'i feddyliau yn bell o'r cwch. Yn bell o'r dŵr. Yn bell o'r tir ac o'r ddaear. Mae'i feddyliau fo yn y cymylau –

Y fo? Wedi ei eneinio? Y fo? Yr un fydd yn arwain Yisra'el i'r Deyrnas. Dyn uwch dynion. Mab y Dyn –

Mae o'n meddwl am Kepha. Kepha a'r lleill. Kepha a'r lleill yn ei alw'n Mashiach. Yr un sydd wedi ei eneinio. Yr un sydd wedi ei broffwydo. Maen nhw'n credu mai fo ydi hwnnw. Mae'n rhaid bod y Perushim a'r offeiriaid a phawb arall sy'n rhan o'r sefydliad yn gwybod hynny hefyd. A dyna pam maen nhw am ei ladd o. Maen nhw'n erbyn yr Adonai. Maen nhw'n erbyn y Gyfraith. Maen nhw'n erbyn y proffwydi. Maen nhw'n erbyn Yisra'el. Dyna pam y teithion nhw gan milltir o Yerushaláyim. Dyna pam y teithion nhw i Beth-tsaida. I wylio i wrando i holi i herio. I baratoi ar gyfer ei ddienyddiad o. I gasglu gwybodaeth ar gyfer asasiniaid. Ei fywyd yn mynd yn ddistyll ar fin eu cyllyll. Mae gwres ar ei wegil o. Mae cosi dan ei geseiliau fo. Fel tasa chwain yn simlah amdano fo. Simlah ohonyn nhw'n ei bigo fo. Simlah ohonyn nhw'n ei blagio fo. Simlah o chwain. Chwain Ha-Satan. Melltith Ha-Satan. Mae o'n chwysu, ei ddillad o'n glynu i'w groen. Mae o'n teimlo'n sâl. Y cwch yn bobian ar y dŵr. Ei stumog o'n mynd i fyny ac i lawr. Ond does yna fawr yn ei stumog o iddo fo'i chwydu. Mae ei stumog o'n wag. Ond am y darn bara. Y briwsion. Mae o'n edrych ar Kepha sy'n edrych yn ôl –

Paid â sôn wrth neb, medda Yeshua.

Ddyweda i ddim gair o 'mhen, medda Kepha.

Mae Yeshua'n gorwedd yn y cwch. Mae Yeshua'n cau ei lygaid yn y cwch. Mae o'n gwrando ar sŵn y dŵr. Sŵn y cwch ar y dŵr. Sŵn Kepha'n hwylio'r cwch ar y dŵr. Mae llais yr Adonai yn llenwi ei ben o. Mae llais ei Abba'n dweud –

TI YDI FY MAB ANNWYL.

Mae o'n gweld yn ei ben be welodd o pan gyfododd o ddyfroedd y Nehar ha Yarden. Mae o'n gweld y nefoedd yn agor. Mae o'n gweld. Mae o'n gweld heb ddowt –

TI YDI FY MAB ANNWYL.

Y fi. Nid Yohannan Mamdana. Nid Elisha. Nid y proffwydi. Nid y consurwyr. Nid yr allfwrwyr. Neb ohonyn nhw. Neb ond fi. Fi. Y Mashiach. Yr un sydd wedi ei eneinio. Yr un sydd wedi ei addo. Yr un sydd yn arwydd o'r Deyrnas. Y proffwyd ola. Yr ail 'adam. Y ddynol ryw newydd. Y fi . . . Y fi . . . Y fi . . .

•

Mae Kepha'n rhoi hwyth iddo fo ac mae o'n deffro. Mae o'n dod ato fo'i hun. Maen nhw wedi glanio ym Meth-tsaida. Tŷ'r Pysgota. Tref y pysgotwyr. Daw drewdod y pysgod o'r warws sydd ar y lan. Mae'r harbwr yn llawn cychod. Pysgod yn y rhwydi. Rhwydi'n cael eu gwagio i fasgedi. Y basgedi'n cael eu cludo i'r warws. Mynd a dod. Gweiddi a chwerthin. Llafur, chwys, drewdod. Mae o'n dringo o'r cwch. Mae ei goesau fo'n fregus. Mae ei ben o'n boenus. Y curo cyson yn ei ben o. Y lleisiau . . .

Dowch, medda fo.

Mae o'n arwain ei ddisgyblion i gyfeiriad y dre. Mae yna bobl yn ei adnabod o. Maen nhw'n cofio. Maen nhw'n sibrwd. Maen nhw'n cynllwynio. Mae o'n clywed eu lleisiau nhw. Mae o'n clywed eu cabledd nhw. Mae o'n clywed eu bygythiadau nhw. Mae o'n gweddïo am nerth. Mae o'n gweddïo am hyder ac am ddewrder. Gweddïo ar yr Adonai. Ei dad yn y nefoedd. Ei dad fydd yn dod â'r Deyrnas i'r ddaear. Y Deyrnas lle bydd o, yr un sydd wedi ei eneinio, yn eistedd ar ochr dde ei dad. Yn rheoli. Yn frenin. Brenin ar y Yehud'im. Arglwydd ar ddeuddeg llwyth Yisra'el. Mae o'n troi i edrych ar ei ddisgyblion, y deuddeg. Maen nhw ar fryn bach ar gyrion y dre. Mi gân nhw lonydd yma. Llonydd iddo fo gael dweud wrthyn nhw be ydi be. Dweud wrthyn nhw be sy'n digwydd. Dweud wrthyn nhw be mae o'n ddisgwyl. Mae o'n

105

edrych arnyn nhw, un ar ôl y llall. Edrych ar Kepha. Edrych ar Avram. Edrych ar Yah'kob. Edrych ar Yokam. Edrych ar Judah. Edrych ar Bar-Talmai. Edrych ar Tau'ma. Edrych ar Mattiyah. Edrych ar Taddai. Edrych ar Ya'kov bar Hilfâi. Edrych ar Levi. Edrych ar Shimon Kanai –

Bois, mae'r prif offeiriaid, y Perushim, maen nhw i gyd yn cynllwynio i ladd Mab y Dyn. Maen nhw'n bwriadu fy nienyddio i fel y bu iddyn nhw ddienyddio Yohannan Mamdana. Maen nhw'n bwriadu fy lladd i. Ond, frodyr, wna i ddim marw. Tydi'r Adonai ddim yn bwriadu i mi farw. Ydach chi'n deall?

Mae Kepha'n crychu ei dalcen ac yn sibrwd –

Paid â dweud hynna am yr offeiriaid a'r Perushim yn gyhoeddus, rabboni. Neu maen nhw'n bownd o dy arestio di.

Mae Yeshua'n mynd o'i go –

Dos o 'ngolwg i, Ha-Satan! –

Mae Yeshua'n cythru yng ngholar Kepha. Mae o'n ceisio rhoi hwyth i Kepha. Ond mae Kepha'n solat. A tydi Kepha ddim yn symud mwy nag y bydda wal y Deml yn symud.

Mae Yeshua'n dweud, Rwyt ti'n meddwl fel mae pobl yn meddwl yn hytrach na'u gweld nhw fel mae'r Adonai'n eu gweld nhw.

Mae o'n baglu'n ei ôl. Bron â syrthio ar ei din. Mab y Dyn ar ei din. Ond mae o'n llwyddo i aros ar ei draed. Cadw ei urddas. Ac yna mae'r geiriau'n tollti ohono fo –

Gwrandewch! Gwrandewch arnaf fi! Rhaid i chi . . . rhaid i bwy bynnag sy'n fy nilyn i stopio rhoi eu hunain yn gynta. Rhaid iddyn nhw aberthu eu hunain. Er mwyn pobl eraill. Er mwyn y neges. Rhaid iddyn nhw wneud hyn er mwyn cerdded y llwybr gyda fi. Peidiwch â thrio cadw'ch bywyd, neu mi gollwch chi o. Dim ond y rheini sy'n barod i golli eu bywydau, i ollwng gafael ar eu bywydau, er fy mwyn i ac er mwyn y newyddion da, fydd yn cael byw go iawn. Dim ond y bobl hynny fydd yn cadw eu heniad, bois, a be sydd yn fwy gwerthfawr na'ch enaid chi? Ylwch . . . ylwch . . . mae gen i gywilydd o bawb sydd â chywilydd ohonaf fi. Pan fydd y Deyrnas yn dod, mi fydda i'n dod gyda hi. Gyda'r Abba, gyda'r

HaShem, gyda'r angylion, y fi a nhw. Ac mae'r Deyrnas *yn* dod, bois. Mi welwch chi hi. Mi fyddwch chi'n fyw pan fydd yr Adonai yn dod mewn grym i deyrnasu!

.

Kepha'r graig. Kepha'r sgotwr. Kepha'r ufudd. Yn ufudd trwy bob hynt a helynt. Yn ufudd er gwaetha tymer ei feistr. Nawr – Kepha'n gwylio Yeshua'n cysgu. Maen nhw'n lletya yn nhŷ perthynas i Kepha. Cysgu ar y to. Mae hi'n oer ar y to. Mae hi'n oer ym Mis Adar. Y deuddegfed mis. Mis gaeafol. Mis brwnt. Mae gwynt y mis brwnt yn brathu heno. Ond ta waeth. Maen nhw wedi eu lapio. Maen nhw'n swatio gyda'i gilydd. Y deuddeg. Y deuddeg yn y deuddegfed mis. Y deuddeg a'r un. Y fo. Y fo ydi'r un.

Kepha'n edrych arno fo, yn edrych arno fo'n cysgu.

Mae Kepha'n edrych arno fo'n cysgu'n aml. Kepha fel hyn ar ei gwrcwd. Ar ei gwrcwd yn gwylio tra bod y lleill yn chwyrnu. Y lleill mewn trwmgwsg. Y lleill yn breuddwydio. Breuddwydio am wragedd ac am brydau bwyd ac am drysorau. Breuddwydio am bleserau'r byd. Ond Kepha'n effro. Kepha'n lleddfu pleserau'r byd. Kepha'n aros. Kepha fel hyn. Ar ei gwrcwd. Yn gwylio. Yn meddwl.

Yn meddwl, Ai hwn ydi'r proffwyd? Ai hwn ydi'r Mashiach?

Kepha, medda llais o fysg y twmpath cyrff –

Llais yn sibrwd –

Kepha.

Dos i gysgu, Avram, medda Kepha wrth ei frawd.

Alla i ddim cysgu. Ddim gyda'r diawl Bar-Talmai'n chwyrnu yn fy nghlust i.

Ty'd yma, 'ta.

Mae Avram yn codi o fysg y cyrff ac mae o'n dod at ei frawd ac yn mynd ar ei gwrcwd. Y ddau ar eu cwrcwd. Y ddau yn gwylio. Y ddau yn meddwl.

Wyt ti'n meddwl mai fo ydi'r Mashiach? medda Avram.

Siŵr iawn.

Dw innau'n meddwl hynny hefyd.

Welis i erioed ffasiwn ddyn, medda Kepha.

Welis innau'r ffasiwn ddyn chwaith.

Ac mi rydan ni'n dau wedi dilyn sawl proffwyd, yn do, Avram?

Do. Sawl proffwyd.

A fuo 'na'r un erioed gyda'r un sicrwydd â hwn. Mae o fel pe bai o'n siarad gyda'r Adonai, wyneb yn wyneb. Siarad go iawn. Nid gwneud ati. Siarad gyda'r Abba fel yr oedd yr hen broffwydi'n siarad gyda'r Abba. Fel yr hen broffwydi. Fel Yeshayahu. Fel Yirmeyahu. Fel Elisha. Fel Mal'achi.

Maen nhw'n dawel am ychydig ac wedyn Avram sy'n siarad –

Wyt ti'n colli Hasna a'r hogia?

Mae yna rywbeth yn mynd trwy Kepha fel llafn –

Paid â sôn amdanyn nhw, medda fo.

Wel, dim ond holi. Dwi'n colli Nura. Yn ofnadwy. Dwi'n meddwl amdani hi drwy'r amser, ac, ewadd, mae hi'n straen peidio . . . ti'n gwybod . . . mae gen i *anghenion*.

Cau dy geg, Avram.

Dim ond dweud ydw i.

Paid â dweud. Os oes gen ti anghenion, os wyt ti am fod gyda Nura, bydd gyda Nura. Ond fedri di ddim dilyn dau, Avram. Fedri di ddim dilyn y Mashiach a merched.

Mae Kepha'n codi ar ei draed ac yn mynd at ymyl y to ac yn edrych allan ar y tywyllwch, ar yr anialwch. Ac mae o'n gwybod mai dyma sy'n aros dyn os na fydd o'n clywed ac yn gwrando ar neges Yeshua –

Y fagddu a'r llwch.

Mae o'n dweud, Hyn wyt ti eisiau, Avram? Hyn wyt ti am i Nura'i wynebu? Hyn wyt ti am i'r plant ei wynebu? Y twllwch yma? Y Gehinnom yma? Dyna fydd yn dod i ni, frawd, os nad ydan ni'n barod am y Deyrnas.

Dwi . . . dwi yn barod am y Deyrnas.

Ac ydi Nura? Ydi'r plant? Gwneud hyn er lles Hasna ydw i. Er lles yr hogiau. Mae bod ar wahân iddyn nhw yn fy ninistrio i,

Avram. Ond mae'n well gen i fod oddi wrthyn nhw am chydig fisoedd nag am byth.

Maen nhw'n dawel eto. Mae Avram yn dod i sefyll ato fo. At ymyl y to ato fo –

Sut wyt ti'n gwybod mai fo ydi'r un, Kepha?

Mae Kepha'n stiffio. Mae ei wegil o'n cosi. Mae chwys ar ei gefn o –

Ffydd, medda fo. Ffydd, dyna sut dwi'n gwybod. Yli . . . mae'n rhaid mai fo ydi'r un. Sawl proffwyd ydan ni wedi eu dilyn? A phob un wan jac yn anghywir. Ond mae'r Deyrnas yn agos, rydan ni'n gwybod hynny. A hwn, Avram, hwn, Yeshua, hwn ydi'r proffwyd ola. Heb os. Heb amheuaeth. Pwy arall sydd i ddod? Mae'r dydd yn rhy agos i ni gael un arall. Mae'r Adonai wedi dweud y bydd o'n ymyrryd ym mywydau dynion. Mae o wedi dweud trwy'r proffwydi y bydd o'n anfon Mashiach. Os ydi'r Adonai wedi dweud, mae'r Adonai'n bownd o wneud. Sawl un, Avram? Sawl un?

Mae Avram yn dawel. Mae Kepha'n dweud –

Nid Shimon y Bugail.

Na, medda Avram, nid Shimon y Bugail.

Nid Hozai y proffwyd o Kfar Nahum.

Nid Hozai.

Nid Maluch, nid Rachim.

Nid Maluch, nid Rachim.

Ac nid Yohannan Mamdana, medda Kepha.

Nid . . . nid Yohannan Mamdana.

Yohannan Mamdana oedd Elisha. Heb os. Heb os, fo oedd Elisha. Ond nid y fo oedd Mab y Dyn. Mi oedd Elisha i fod i gael ei gamdrin, yn ôl yr ysgrythurau. A be ddigwyddodd i Yohannan Mamdana? Dyna ddigwyddodd i Yohannan Mamdana. Yohannan Mamdana oedd Elisha.

Wyt ti'n meddwl? medda Avram.

Mi laddwyd o. Tydi'r Mashiach ddim i fod i gael ei ladd. Mae'r Mashiach i fod i deyrnasu. Mi laddwyd Yohannan Mamdana. Mi fuo'r lleill i gyd farw, neu mi aethon nhw'n wallgo bost. Mae'n rhaid mai Yeshua ydi'r un. Mae'r arwyddion i gyd yn eu lle. Ac mi rydw i angen credu, Avram. Mi rydw i angen credu yn hyn. Mi rydan ni i gyd angen credu ynddo fo. Mae'n rhaid i ni gredu ynddo fo neu pa obaith sydd yna i ni? Pa obaith, a'r darfod yn dod? Pa obaith o dan Antipater a'i deulu? Pa obaith a'r Perushim a'r offeiriaid yn grand i gyd yn dweud wrthon ni sut i fyw? Pa obaith a'r swyddogion tollau yn mynd â pob shicl? Pa obaith, Avram? Pa obaith sydd heb i ni gredu, heb ffydd? A dwi'n credu ynddo fo. Mae gen i ffydd. Wyt ti'n credu? Oes gen ti ffydd?

Mae Avram yn edrych i fyw llygaid ei frawd ac yn gweld tân yn llygaid ei frawd ac yn cael ei losgi gan y tân. Ac mae o'n nodio ei ben –

Ydw, dwi'n credu.

FELLY peidiwch â dweud gair wrth neb, medda Yeshua wrth y tri –
Wrth Kepha, wrth Yah'kob, wrth Yokam.

Mae Yeshua'n sefyll ar ei draed. Mae o'n dringo i lawr y grisiau
i mewn i'r tŷ lle mae'r disgyblion eraill yn bwyta brecwast. Lle
mae'r wraig, Yôchannah, yn ei groesawu o. Yôchannah gwraig
Chuza, stiward Antipater, yn ei groesawu o. Swyddogion Antipater
yn ei ddilyn o. Mi fydd Antipater ei hun yn clywed y newyddion
da cyn hir ac yn ei alw fo'n rabboni. Yn ei alw fo'n Mashiach. Mi
ddaw hyd yn oed Ymerawdwr Rhufain i wrando ar ei neges o. Mi
ddaw y byd i wrando ar ei neges o. Ond nid y cenhedloedd eraill
oedd ei gonsýrn. Defaid coll Tŷ Yisra'el oedd ei gonsýrn. Iddyn
nhw roedd ei neges. Iddyn nhw roedd y Deyrnas. Nid i'r
cenhedloedd.

Feistr, ty'd i gael rhywbeth i'w fwyta, medda Yôchannah.

Ar ôl golchi ei ddwylo, mae o'n eistedd gyda Judah a gyda
Tau'ma ac mae o'n cael bara, ac mae o'n meddwl am y bara, ac mae
o'n blasu'r bara. Bara ffres. Bara o bopty Yôchannah. Mae o'n nodio
ei ddiolch iddi hi.

Daw Kepha a Yah'kob a Yokam i lawr o'r to. Maen nhw wedi bod
yn sgwrsio. Maen nhw wedi bod yn trafod. Mae wyneb Kepha'n
goch. O, maen nhw wedi bod yn ffraeo. Mae Yeshua'n gallu dweud
o liw bochau Kepha ei fod wedi bod yn ffraeo. Ac mae Yokam yn
cerdded fymryn y tu ôl i Kepha. Yn brathu ei wefus. Golwg ar ei
wep o fel tasa fo wedi cael ei bigo gan neidr. Mae Yeshua'n gwybod

bod y bois o gwmpas y bwrdd wedi bod yn dadlau hefyd. Maen nhw'n dawel. Maen nhw'n edrych ar y bara ac nid ar ei gilydd.

Am be fuoch chi'n ffraeo, bois? medda fo.

Levi sy'n dweud –

Am bwy sydd gynta. Pwy sydd gynta yn ein mysg ni. Rwyt ti'n mynd â Kepha a Yah'kob a Yokam i'r to ac yn siarad gyda nhw. Be amdanon ni? Ydan ni'n cyfri?

Mae Yeshua'n edrych ar Levi ac yna'n edrych ar Kepha –

Rhaid i hwnnw sy'n geffyl blaen fynd i'r cefn a gwasanaethu fel pawb arall. Mi fydd hynny'n wir am bawb ryw dro. Mi fydd hynny'n wir am Antipater.

Mae o'n edrych ar Yôchannah'r wraig. Gwraig Chuza, stiward Antipater. Tydi gwraig Chuza, stiward Antipater, ddim am edrych arno fo. Mae gan wraig Chuza, stiward Antipater, ofn. Mae ei gŵr a hithau'n ei ddilyn o. Ond mae ei gŵr hi'n gwasanaethu Antipater. Antipater laddodd Yohannan Mamdana. Antipater sydd am ei ladd yntau hefyd. Pawb am ei ladd o. Pawb am ei waed o. Pawb am ei esgyrn o. Mae o'n edrych ar y tri ddaeth o'r to. Ar Kepha, ar Yah'kob, ar Yokam. Y tri sydd wedi dod o'u ffraeo. Ydi be mae o'n ei ddysgu'n tanio tyndra ymysg y cyfeillion? Ai cleddyf mae o'n ei gynnig? Mae o'n edrych ar Yokam –

Pam mae yna olwg fel tasa chdi wedi llyncu mul arna chdi?

Mae Yokam yn edrych ar ei frawd. Mae ei frawd yn edrych ar Yokam. Mae aeliau'r ddau frawd yn drwchus ac yn isel a'u talcenni nhw wedi eu crychu a fflamau yn eu llygaid nhw.

Dwed wrtha i, Yokam. Pam, wyt ti wedi llyncu mul?

Wedi bod yn ffraeo rydan ni, medda Kepha.

Ffraeo am be? medda Yeshua –

Edrych ar Yokam, edrych ar Yah'kob.

Mae Yokam yn siarad –

Mae Yah'kob a fi am eistedd naill ochr i chdi pan wyt ti'n teyrnasu.

Mae Yeshua'n chwythu gwynt o'i fochau ac yn dweud –

Mi rydach chi'n cyboli. Tydach chi ddim yn gwybod be ydach chi'n ofyn. Nac ydach wir. Does ganddoch chi ddim clem.

Mae'r disgyblion eraill yn gwylio. Maen nhw'n gwrando. Yn bwyta dow dow. Pennau i lawr. Llygaid ar Yeshua –

Mi gewch chi ddiodde fel dwi am ddiodde, medda Yeshua, ac mi gewch chi'ch bedyddio gyda'r un bedydd â fi. Ond nid fi sydd i ddweud pwy fydd yn eistedd wrth fy ymyl i. Nid fi. Na chdi, Yah'kob. Na chdithau, Yokam. Na Kepha. Nac Avram. Fydd neb yma'n dweud. Yr Adonai fydd yn dweud. Dim ond yr Adonai. Y fo ydi'r HaShem, yr Enw. Y fo sydd â'r gair ola.

Mae o ar ei draed, yn gandryll gyda nhw –

Mi rydach chi'n gwybod sut mae'r pwysigion yn llywodraethu'r cenhedloedd. Mi wyddoch chi sut maen nhw'n ymddwyn. Mi wyddoch chi sut maen nhw'n ei lordio hi dros bobl –

Mae Yeshua'n sychu ei geg a'i farf gyda chadach, ac mae o'n sychu ei ddwylo gyda chadach, ac mae o'n edrych ar ei ddwylo ac yn ysgwyd ei ben –

Rhaid i chi fod yn wahanol iddyn nhw. Chi ydi Yisra'el. Nid chi ydi'r cenhedloedd. Chi sydd am arwain. Chi sydd am arwain y deuddeg llwyth. Ond os ydach chi am arwain, rhaid i chi ddysgu gwasanaethu i gychwyn. Byddwch yn was cyn bod yn geffyl blaen. Byddwch yn gaethwas cyn bod yn feistr. Mae Mab y Dyn wedi dod i wasanaethu hefyd. I wasanaethu ac i aberthu. I roi er mwyn eraill –

Ac mae o'n ysgwyd ei ben –

Dwn i'm wir, bois. Be wna i gyda chi?

Mae Yôchannah y wraig yn sefyll i'r neilltu ac mae ganddi blatiad o ffrwythau. Ac mae hi'n gwyro ei phen i Yeshua ac yn cau ei llygaid. Ac mae hi fel tasa hi'n moesymgrymu. Moesymgrymu fel morwyn gerbron brenin.

•

Mae Yeshua'n teimlo'r baich yn fwy nag erioed erbyn hyn. Mae o'n teimlo'r baich ym mhwll ei stumog. Rhywbeth yn crawni yno. Rhywbeth byw, fel sarff. Rhywbeth arswydus yn magu yn ei berfedd o. Mae ganddo fo ofn am ei fywyd. Mae o'n teimlo fel tasa pawb yn ei wylio, yn ysbïo arno fo. Yn pwyso a mesur ei eiriau fo. Yn gwyrdroi ei eiriau fo. Mae'r Perushim am ei waed o. Mae Antipater am ei waed o. Mae'r offeiriaid am ei waed o. Gelynion ar bob tro. Gelynion – mae o'n dal ei wynt. Yn syllu ar ei gyfeillion. Yn craffu ar ei gyfeillion. Yn amau'i gyfeillion. *Gelynion ar bob tro.* Pa un sy'n elyn? Ai Kepha? Ai Avram? Ai Yah'kob? Ai Yokam? Ai Judah? Ai Bar-Talmai? Ai Tau'ma? Ai Mattiyah? Ai Taddai? Ai Ya'kov bar Hilfài? Ai Levi? Ai Shimon Kanai?

Mae croen Yeshua'n cosi. Mae ganddo frech ar ei freichiau ac mae o'n crafu'r frech nes bod ei groen o'n plicio. Nes bod briwiau. Briwiau amrwd. Mae o'n chwys doman trwy'r amser. Mae talpiau o'i wallt o'n syrthio o'i sgalp o. Mae ei stumog o'n griddfan. Mae ei nerfau fo'n dynn fel rhaffau hwyl sgiff. Mae o'n gwybod bod yna nifer yn ei erbyn o. Bod yna rai nerthol yn ei erbyn o. Ac os ydyn nhw yn ei erbyn o tydyn nhw ddim o'i blaid o. Ac mae datguddiad yn ei ddryllio. A'r datguddiad ydi – i hollti y daeth o ac i darfu y daeth o ac i ddifrodi y daeth o. Gwahanu fydd ei orchest. Y dewisiedig a'r condemniedig. Eu dewis nhw – Dilynwch fi. O 'mhlaid i neu yn fy erbyn i. Mae o'n edrych o'i gwmpas. Ei feddwl o ar chwâl. Gelynion yn y cloddiau. Gelynion yn y caeau. Gelynion yn y dinasoedd a'r trefi a'r pentrefi –

Ond nawr ar lan y Nehar haYarden. Nawr wrth ddyfroedd y Nehar haYarden. Nawr mae eiliad o heddwch. Nawr mae o mewn ymgom gyda'i dad, gydag Abba. Ymgom am wythnos galed, wythnos heriol. Dyma ddigwyddodd –

Mi aethant yn ôl i Kfar Nahum. Kfar Nahum lle dechreuodd pob dim. Kfar Nahum lle'r oedd croeso bob tro. Kfar Nahum lle'r oedd lloches. Kfar Nahum, pentre'r sgotwyr, pentre Kepha. Mynd i Kfar Nahum am gysur a chroeso. Ond nid croeso oedd yn eu disgwyl –

Mi aeth Kepha i weld ei wraig a'i blant. Ond mi aeth hi'n gandryll. Roedd hi fel anifail gwyllt. Roedd mab Kepha wedi marw. Roedd mab Kepha wedi llwgu. Ac mi fydda'r plant eraill wedi llwgu oni bai bod y pentre wedi eu bwydo nhw –

Kepha'n torri ei galon. Kepha'n cyflawni defod y keriyah. Kepha'n rhwygo ei ddillad. Eu rhwygo wrth ei frest, lle mae ei

114

galon. Eu rhwygo yn y modd y mae disgwyl i riant sy'n colli plentyn eu rhwygo. Eu rhwygo yn y modd y mae disgwyl i riant ei wneud yn ôl y traddodiad. Yn ôl defod y keriyah.

Ei wraig o'i cho –

Ty'd i fwydo dy blant, raca! Ty'd adra! Ty'd i chwysu! Ty'd i lafurio er mwyn i ni gael bara!

Kepha wedi ei ddinistrio, beichio crio –

Mae'n rhaid aberthu er mwyn dilyn y rabboni, medda fo.

A'i wraig yn poeri ac yn melltithio . . .

Nawr –

Yeshua'n meddwl ar lan y Nehar haYarden. Yeshua'n ystyried. Yeshua'n tristáu –

Mae hyd yn oed gwraig Kepha'n elyn. Gwraig Kepha geisiodd ei ddenu ar ôl ei ddwrdio. Ei ddenu gyda'i chorff, ei chnawd, ei thethi, ei ddenu rhwng ei chluniau –

Mae nwyd yn tryferu lwynau Yeshua. Mae o'n udo. Mae o'n ymrafael â'r awch. Ymrafael â Ha-Satan. Ymrafael â'r sarff. Daw hwrod Magdala i'w feddwl o. Eu lliwiau nhw. Eu gwalltiau nhw. Eu bronnau nhw. Eu coesau nhw. Eu terfysg a'u fflamau. Daw Miriam hamegaddela se'ar nasha i'w feddwl o. Ac mae hi'n plethu gwalltiau yn ei ddychymyg o. Gwalltiau'r genod. Gwalltiau'r genod agorodd eu coesau i ddynion. Gwalltiau'r genod a wingodd o dan ddynion. Gwalltiau'r genod oedd yn griddfan o dan ddynion. Ac mae o'n gweld y gwingo a chlywed y griddfan, ei ben yn llawn o'r gwingo a'r griddfan, ei lwynau'n berwi gyda'r gwingo a'r griddfan. Ac mae ei lwynau'n llesmeirio. Ac mae ganddo boen yn ei geilliau. Poen fel gwarthnod ar ei groen. Ac mae o'n drysu. Hwrod ac angylion yn dawnsio'n ei ben o. Mamau a phuteiniaid yn ymrafael yn ei ben –

Ac fel hyn mae hi wedi bod. Fel hyn mae hi wedi bod ers iddyn nhw ymweld â Kfar Nahum. Ers i Kepha gyflawni defod y keriyah. Ers i Kepha gael ei demtio gan ei wraig. Ers i Kepha gael ei erlid o'i gartre gan ei wraig.

Mae Yeshua'n lliniaru ei hun. Mae o'n lleddfu ei awch. Mae o'n gweddïo, mewn ymgom gyda'i Abba. Ac mae Abba'n ei gysuro fo.

Mae Abba'n ei gofleidio fo ac yn ei lanhau o. Yn seiffno'r sarff o'i waed o. Y gwaed fydda'n crasu'r ddaear.

Mae o'n anadlu, yn edrych ar draws y Nehar haYarden. Edrych i gyfeiriad talaith Yehuda –

Mi awn ni yno, medda fo wrtho'i hun.

Llais yn torri ar draws ei feddyliau –

Wyt ti'n iawn, rabboni?

Llais Kepha –

Mae Yeshua'n nodio ei fod o'n iawn ond mae o'n bell o fod yn iawn. Sut gall gelyn yr holl fyd fod yn iawn? Sut gall Mab y Dyn a'i feichiau fod yn iawn? Sut gall y Mashiach fod yn iawn? Mae o'n edrych ar Kepha. Ei farf, ei faint, ei fôn braich. Mae o'n ymestyn ac yn cydio ym mraich Kepha. Kepha mor welw. Kepha'n dad sy'n galaru am ei fab –

Paid â phechu, Kepha. Paid â chael dy ddenu i bechu –

Mae Kepha'n gwrido. Yn cofio'r pechu fu gyda'i wraig. Yn cofio'r gwingo a'r griddfan. Y gwingo a'r griddfan esgorwyd o'r galar. Yn cofio'i chnawd, ei bronnau, y mêl rhwng ei chluniau hi. Yn cofio ac yn cael ei faeddu gan y cofio –

Mae Yeshua'n gwasgu'n dynnach ar ei fraich –

Os ydi dy law yn gwneud i ti bechu, Kepha, torra hi i ffwrdd. Dos i'r bywyd newydd wedi dy anafu. Gwell hynny na Gehinnom gyda dwy law.

Rabboni?

Kepha, gwranda, os ydi dy droed yn gwneud i ti bechu, torra honno i ffwrdd hefyd. Gwell i ti fynd i'r bywyd newydd yn gloff na dy fod ti'n cerdded i Gehinnom ar dy ddwy droed.

Mae'r disgyblion eraill wedi ymgynnull. Mae Yeshua'n gollwng ei afael ar fraich Kepha. Mae o'n edrych ar y disgyblion. Edrych ar bob un yn eu tro. Edrych i fyw eu llygaid. I fyw llygaid Kepha. I fyw llygaid Avram. I fyw llygaid Yah'kob. I fyw llygaid Yokam. I fyw llygaid Judah. I fyw llygaid Bar-Talmai. I fyw llygaid Tau'ma. I fyw llygaid Mattiyah. I fyw llygaid Taddai. I fyw llygaid Ya'kov bar Hilfài. I fyw llygaid Levi. I fyw llygaid Shimon Kanai, ac yn dweud –

Os ydy'ch llygad chi'n gwneud i chi bechu, tynnwch eich llygad o'ch pen. Tynnwch hi. Tynnwch hi oherwydd mae'n well eich bod chi'n mynd i'r bywyd newydd gydag un llygad yn hytrach na bod dwy ganddoch chi a chithau'n mynd ar eich pen i Gehinnom. Ar eich pen i'r llyn tân, bois –

Mae Yeshua'n mynd o un i'r llall, yn cyffwrdd eu hwynebau, un ar ôl y llall –

Wyddoch chi be ddywedodd y proffwyd Yeshayahu, bois? Tydi'r cynrhon ddim yn marw yn Gehinnom, dyna ddywedodd o. Tydi'r tân byth yn diffodd. Mi fydd pawb yn cael eu puro gan y tân.

. .

Ar ôl croesi'r afon. Ar ôl croesi y Nehar haYarden. Ar ôl cyrraedd yr ochr arall, cyrraedd talaith Yehuda, maen nhw mewn tre. Tre o'r enw Ramah. Tre sydd bum milltir i'r gogledd-orllewin o Yerushaláyim. Mae hi'n ganol yr wythnos. Y dydd ydi Yom Revi'i. Y mis ydi Adar. Mae hi'n brysur yn Ramah. Mynd a dod. Prynu a gwerthu. Mae Yeshua a'r disgyblion yn yfed o ffynnon. Mae'r dŵr yn oer. Mae'r dŵr yn lleddfu eu syched nhw. Mae Yeshua'n tollti'r dŵr dros ei ben. Yn tollti'r dŵr dros ei draed. Ei draed druan. Ei draed o sy'n friwiau. Ei draed o sy'n blorod i gyd. Gwinedd ei draed o'n felyn ac yn hir. Baw o dan winedd ei draed o. Mae o'n chwythu gwynt o'i fochau. Ochenaid o ryddhad. Mae o'n gorffwys ar ymyl y ffynnon. Yn syllu i lawr i'r düwch lle mae'r dŵr. Y dŵr llonydd. Y dŵr du. Mae o'n meddwl am amheuaeth ac am ansicrwydd ac am anffyddiaeth. Mae o'n meddwl am be sy'n rhaid iddo fo'i wneud. Be sydd yn rhaid iddo fo'i wneud bob dydd. Be sydd yn rhaid iddo fo'i wneud bob awr, bob munud, bob eiliad. Be sydd yn rhaid iddo fo'i wneud nes bod y peth yn straen. Nes bod y peth yn ei dynnu o'n gribau. Be sydd yn rhaid iddo fo'i wneud. Be sydd yn rhaid i bob dyn ei wneud.

Hyn –

Cwffio yn erbyn yr amheuaeth. Cwffio yn erbyn yr ansicrwydd. Cwffio yn erbyn yr anffyddiaeth. Dyna be sydd yn rhaid ymegnïo

117

i'w wneud. Dyna'r frwydr ddyddiol. Dyna'r bwriad dyddiol. Trechu ansicrwydd. Trechu amheuaeth. Trechu anffyddiaeth. Hadau Ha-Satan ydyn nhw, yn cael eu plannu ganddo fo a'u dyfrio ganddo fo. Hadau Ha-Satan. A dyna'r frwydr. Ac mae'r frwydr yn amlygu ei hun ym methiant y Yehud'im i ufuddhau i'r Gyfraith.

Y Gyfraith ydi bywyd.

Ni adawodd Moshe Rabbenu ddim i ddoethineb a mympwy'r unigolyn. Na, mae'r Gyfraith yn cwmpasu.

Y Gyfraith ydi bywyd.

A fi ydi'r un sydd wedi cael ei ddewis i ddilyn Moshe Rabbenu, i ddilyn Yirmeyahu, i ddilyn Elisha.

I ddweud wrth y bobl – dyma'r Gyfraith.

I ddweud wrth y bobl – dyma'r bywyd.

I ddweud wrth y bobl – dowch yn ôl at y Ffordd.

I ddweud wrth y bobl – dilynwch fi.

Dilynwch fi i'r Deyrnas.

Y Deyrnas sydd yn dod.

Y Deyrnas sydd o fewn cyrraedd.

Y Deyrnas fydd yma ymhen . . .

Dyddiau.

Mae o'n teimlo ei dod ar ei groen. Yn teimlo ei dod yn ei stumog. Yn teimlo ei dod yn ei frest. Mae o'n teimlo ei dod yn ei geilliau, ac yn y dŵr mae o'n wneud bob bore.

Rabboni, wyt ti'n iawn? medda Kepha –

Kepha'i graig. Kepha'i frawd. Kepha'i filwr.

Mae Yeshua'n sythu, yn edrych o'i gwmpas. Prysurdeb Ramah'n dod yn fyw iddo fo. Y prynu a'r gwerthu. Y mynd a'r dod. Mae o'n chwilio amdanyn nhw yn y dyrfa. Mae o'n chwilio am y rheini sydd yn disytyru'r Gyfraith. Mae o'n gwybod eu bod nhw yma. Maen nhw ym mhobman. Chwe mil ohonyn nhw. A dyna nhw. Nyth nadroedd ohonyn nhw yn ei lordio hi ar y grisiau acw. Mae o'n mynd at y nyth nadroedd.

•

Yeshua'n teimlo gwres ar ei wegil, corddi yn ei stumog, tensiwn yn ei frest.

Wn i ddim pam ry'n ni'n ffraeo'n hallt fel hyn? medda'r Perushim ar y grisiau. Mae dadlau'n rhan annatod o fywyd y Yehud'im, wrth gwrs. Drwy drafod ry'n ni'n dysgu. Ond rwyt ti'n ffyrnig ar y naw, gyfaill.

Mi rydw i'n ffyrnig, medda Yeshua. Yn ffyrnig gyda chi sydd yn disytyru'r Adonai a'i Gyfraith.

Dy'n ni ddim yn diystyru'r Adonai na'r Gyfraith. Dim ond trafod y Gyfraith ry'n ni. Dadlau dros y Gyfraith. Does yna neb eisiau lladd neb dros y Gyfraith. Eisiau deall y Gyfraith yn well yr y'n ni. Eisiau dadansoddi er mwyn hwyluso bywyd y bobl.

Mae Yeshua'n edrych arnyn nhw. Saith ohonyn nhw. Saith barf lwyd. Saith gwisg grand. Saith yn ei lordio hi. Saith yn eistedd ar y grisiau ac yn yfed gwin ganol dydd. Bydd hyn yn dod i ben yn y Deyrnas. Y ffasiwn sarhad. Y tlawd fydd yn ei lordio hi dros y rhain yn y Deyrnas. Y cynta'n ola. Yr ola'n gynta. Y rhai bach ar y blaen.

Gawn ni drafod, medda'r Perushim. Gawn ni drafod, nawr, fel dynion call. Beth am drafod elfen o'r Gyfraith?

Maen nhw'n chwerthin ymysg ei gilydd. Yn sbeitlyd. Yn bennau bach. Yeshua'n crynu. Yeshua'n chwysu. Ei ddillad o'n glynu i'w groen o. Ei groen o'n cosi. Brech ar ei groen o. Pinnau mân ar ei groen o. Mae o'n gwrando ac yn gwylio. Mae o'n pwyso ac yn mesur. Mae o'n cadw cownt. Cownt o'r saith. Y saith a'u pechodau.

Dwed wrthon ni, medda'r Perushim. Beth yw dy enw di?

Yeshua. O Natz'rat.

Yeshua, medda'r Perushim. F'enw i yw Clopas. Eistedd gyda ni, Yeshua, ti a dy gyfeillion. Ac fe gawn ni drafod.

Mae Yeshua'n aros ar ei draed. Yn stond. Yn ddisymud. Yn gwylio a gwrando. Yn pwyso a mesur. Yn cadw cownt. Cownt o'r saith. Y saith a'u pechodau. Mae'r disgyblion gerllaw yn gwylio a gwrando. Yn pwyso a mesur. Yn cadw cownt.

Mi safwn ni, medda Yeshua.

Mae'r Perushim yn chwerthin eto. Mân chwerthin. Y chwerthin gwaetha. Mae'r prynu a'r gwerthu'n arafu. Y prynwyr a'r gwerthwyr yn cyrchu at y grisiau. Y prynwyr a'r gwerthwyr am wylio a gwrando a phwyso a mesur. Y prynwyr a'r gwerthwyr am gadw cownt.

Mae Clopas yn gofyn, Tra'n bod ni'n trafod y Gyfraith, dwed wrthon ni, Yeshua o Natz'rat, dwed a yw hi'n iawn o dan y Gyfraith i ŵr ysgaru â'i wraig?

Mae Yeshua'n crynu –

Be ddywedodd y proffwyd Moshe Rabbenu, y proffwyd ddaeth â'r Gyfraith o'r mynydd a'i rhoi i'r Yehud'im? Y proffwyd arweiniodd y Yehud'im o'u caethiwed. Be ddywedodd Moshe Rabbenu?

Mae Clopas yn edrych ar ei gyfeillion. Yn eu mysg y mae nodio. Yn eu mysg y mae sisial siarad. Yn eu mysg y mae cyd-fynd. Ac yna –

Roedd Moshe Rabbenu yn caniatáu ysgariad. Cyn belled ag y bo'r gŵr yn rhoi tystysgrif i'w wraig cyn ei hanfon i ffwrdd.

Mae Yeshua'n crensian ei ddannedd –

Mi sgrifennodd Moshe Rabbenu'r Gyfraith honno ar eich cyfer chi, am eich bod chi mor styfnig, mor bengaled. Ar y dechrau mi wnaeth yr Adonai greu pawb yn wrywaidd ac yn fenywaidd, dyn a gwraig. Mae dyn yn gadael ei fam a'i dad ac yn glynu wedyn wrth ei wraig. Ydach chi'n deall? Ydach chi'n gweld? Dyna ydi'r Gyfraith. Dyna sgrifennodd Moshe Rabbenu. Dyna sgrifennodd yr Adonai. Mi fydd dyn a'i wraig yn un cnawd. Dim dau berson. Dim dau ond un. A fedar neb wedyn eu gwahanu nhw. A ddylai neb drio os ydi'r Adonai wedi eu rhoi nhw at ei gilydd. Ni ddylai dyn ysgaru â'i wraig.

Ai oherwydd na all gwraig sydd wedi ei hysgaru gefnogi ei hun yn ariannol? medda Clopas. Buasai'n rhaid iddi ailbriodi felly, neu fynd yn butain.

Mae cyfeillion Clopas yn nodio, yn sisial siarad, yn cyd-fynd – Pwynt da, Clopas. Da iawn ti.

Mae Yeshua'n edrych arnyn nhw fel tasan nhw'n ffyliad – ac maen nhw. Maen nhw'n ffyliad. Dynion a nam arnyn nhw. Dynion sy'n diystyru'r Adonai a Moshe Rabbenu a'r proffwydi i gyd. Maen nhw'n diystyru'r Gyfraith.

Mae pob dyn sy'n ysgaru â'i wraig yn godinebu, medda Yeshua, ac os ydi gwraig yn ysgaru â'i gŵr er mwyn priodi dyn arall, mae hithau hefyd yn godinebu. Fydd Teyrnas yr Enw Cudd ddim yn caniatáu ysgariad. Mi fydd dyn a'i wraig yn un cnawd, ac mae hynny wedi bod ers cyn cwymp y dyn cynta, 'adam, cyn pechod y wraig gynta, isha. Dyna ydi nod dyn. Dyna sut yr oedd hi cyn y syrthio, cyn i ddyn bechu. Dyna sut y bydd hi yn y Deyrnas. A fyddwch chi ddim yno oni bai eich bod chi'n dilyn.

Dilyn pwy? medda Clopas.

Mae saib. Mae aros. Ac yna mae –

Fy nilyn i!

Hollti . . . tarfu . . . difrodi . . .

•

Dowch, medda Yeshua wrth ei ddisgyblion.

Ac maen nhw'n mynd. Maen nhw'n dilyn. Ac wrth iddyn nhw fynd a dilyn mae chwerthin y Perushim yn pylu. Eu chwerthin a'u sarhad. Eu cyllyll yn cael eu minio. Eu cyllyll yn finiog ar ei gnawd o. Ei fywyd o'n mynd yn ddistyll ar fin eu cyllyll nhw. Y llafnau'n oer. Y gwaed yn boeth. Ei waed o fydda'n crasu'r ddaear.

Rabboni, rabboni, medda rhywun. Rabboni, aros.

Mae llanc, ei wallt du fel brws llawr, yn rhedeg trwy'r stryd tuag atyn nhw. Mae Kepha'n sgwario, yn gaer rhwng y llanc a Yeshua. Mae'r llanc yn taflu ei hun ar ei liniau o flaen pawb ac mae Yeshua'n sefyll o'i flaen o.

Mae'r llanc yn dweud, Mae fy nhad wedi marw ac wedi gadael ei eiddo i gyd i mi. Ond rydw i'n drist o'i golli. Mae fy nghalon wedi torri. Rydw i'n ysu am rywbeth mwy sylweddol nag eiddo. Be sy'n rhaid i mi'i wneud i gael bywyd tragwyddol?

Gwertha dy eiddo, medda Yeshua. Gwertha'r cwbl lot. Rho fo i gyd i'r tlawd. Ac yna dilyn fi.

121

Mae'r llanc yn codi ar ei draed. Y lliw yn mynd o'i fochau fo. Mae'r Perushim yn dal i chwerthin.

Pob dim? medda'r llanc.

Mae Yeshua'n dawel. Yn gwneud dim byd ond edrych. Dim byd ond gwrando. Dim byd ond pwyso. Dim byd ond mesur. Dim byd ond cadw cownt.

Mae'r llanc yn ailadrodd –

Pob dim, rabboni? Gwerthu pob dim? Pob dim s'gin i?

Glywist ti be ddywedodd y rabboni, medda Kepha. Pob dim.

Mae pobl yn ei chael hi'n anodd gadael i'r Adonai deyrnasu yn eu bywydau, medda Yeshua. Os wyt ti eisiau bod yn y Deyrnas, gyda fi, gwertha dy eiddo a dilyn fi. Dyna mae disgwyl i ti'i wneud. Dyna mae'r Adonai yn disgwyl i ti'i wneud. Gadael pob dim ar ôl.

Mae Kepha'n dweud wrth y llanc, Dyma rydan ni wedi'i wneud, gyfaill. Gadael pob dim i ddilyn y rabboni. Gadael gwragedd a phlant a brodyr a thadau, mamau, chwiorydd. Gadael pob dim.

Mae'r llanc yn gwylio ac yn gwrando ac yn pwyso ac yn mesur.

Mi fydd pwy bynnag sydd wedi gadael eu cartrefi, medda Yeshua, gadael eu brodyr a'u chwiorydd, eu mamau, eu tadau, gadael eu plant, i fy nilyn i, ac i ddilyn y newyddion da, yn cael eu herlid yn y bywyd yma, byddan, ond mi fyddan nhw hefyd yn derbyn bywyd tragwyddol yn y Deyrnas.

Mae'r llanc yn gwylio ac yn gwrando ac yn pwyso ac yn mesur. Mae Yeshua'n craffu arno fo ac yn dweud –

Wyt ti am werthu dy eiddo, felly? Wyt ti am fy nilyn i?

Mae'r llanc yn cilio –

Wel, rabboni, wel . . . can-caniatâ i mi-mi gladdu fy nhad yn gynta –

Ac mae Yeshua'n ffrwydro –

Gad i'r meirw gladdu eu meirw! –

Ac mae ochenaid yn mynd trwy'r trigolion sy'n clywed hyn. Ac mae ochenaid yn mynd trwy'r masnachwyr. Ac mae chwerthin y Perushim sy'n clywed hyn yn lleddfu, ac maen nhw'n gwgu –

Mae gadael y meirw heb eu claddu yn erbyn y Gyfraith. Yn aflan

122

i'r Yehud'im. Yn groes i ddefodau'r ffydd. Ac mae Kepha'n gwybod hyn. Ac mae Avram yn gwybod hyn. Ac maen nhw'n ceisio tywys Yeshua o'r ffrwgwd. Ond mae gwaed Yeshua'n berwi. Ei waed o fydda'n crasu –

Ac mae o'n rhythu ar y llanc sy'n cilio. Ac mae o'n rhythu ar y Perushim sy'n cynllwynio. Ac mae o'n rhythu ar y Yehud'im sy'n anwybyddu ei neges. Ac mae Yeshua'n gweld y fflamau yn eu llyfu. Fflamau Gehinnom. Mwy o borthiant i'r llyn.

•

Kepha, medda Yeshua.

Rabboni, medda Kepha.

Maen nhw mewn tŷ yn Ramah. Tŷ cefnogwr. Tŷ Salome a'i gŵr. Maen nhw wedi bwyta. Mae stumog Yeshua'n llawn. Ei stumog o wedi setlo. Mae ganddo fo gwpanad o win ac mae o'n eistedd ar y to ac mae'r nos yn cau am Ramah. Ac yn y pellter i'r de mae Yerushaláyim. Ac mae'r nos yn cau am Yerushaláyim. Ac mae'r nos yn cau am Yisra'el gyfan.

Kepha, dwi'n teimlo bod y diwrnod yn agosach nag erioed. Dydd yr Adonai. Mae o bron yma, wyddost ti.

Ydi, rabboni.

Mae gen i ofn, frawd.

Chdi? Ofn be, rabboni?

Mae gen i ofn eu bod nhw'n mynd i fy ninistrio i. Fy lladd i fel y lladdon nhw Yohannan Mamdana. Fy lladd i fel oen diniwed, Kepha. Ond dyna fo, os mai dyna ydi dymuniad yr Adonai, felly y bydd hi.

Dwyt ti ddim am gael dy ladd, rabboni. Mi edrycha i ar d'ôl di. Mi fydd y dyn ddaw i dy gyfwr di gyda bwriad blin yn cael cweir. Ac nid dim ond gen i. Yr hogiau i gyd. Mae 'na faint fynnir ohonon ni. Sgotwyr. Seiri. Hogia cry, rabboni. Hogia nobl. Gin ti fôn braich yn d'amddiffyn di, cofia di hynny. Mi rydan ni gystal os nad gwell nag unrhyw warchodlu brenhinol.

Mae Yeshua'n yfed ei win. Mae Yeshua'n meddwl am Yôchannah gwraig Chuza'n moesymgrymu.

Moesymgrymu fel morwyn gerbron brenin.

Mae Yeshua'n meddwl am warchodlu.

Cystal os nad gwell nag unrhyw warchodlu brenhinol –

Rhaid i ni fynd i'r Pesach, Kepha.

Debyg iawn.

I Yerushaláyim i'r Pesach.

Wn i, rabboni.

Ond dwyt ti ddim yn gweld, Kepha?

Gweld be?

Mai yno, yn Yerushaláyim, yn ystod y Pesach hwn y daw y dydd.

Mae Kepha'n dawel ac yn llonydd ac yn ystyried. Yn pwyso a mesur. Mae o'n meddwl am ei wraig ac am ei blant. Am ei fab a fu farw. Ac mae dagrau yn llosgi ei lygaid. Ac mae Yeshua'n gweld hynny –

Mi weli di dy wraig eto, Kepha. Ei gweld hi a dy blant. Dy fab hefyd.

Gwelaf? medda Kepha –

Dagrau'n rhedeg i lawr bochau Kepha. Kepha a adawodd ei gartre, ei wraig, ei blant. Kepha a ddaeth i ddilyn labrwr o Natz'rat oedd yn dweud ei fod o'n broffwyd. Kepha oedd am glywed y newyddion da. Kepha oedd am ledaenu'r newyddion da. Kepha oedd yn credu bod y Deyrnas yn dod. Bod yr Adonai'n bwriadu ymyrryd ym mywydau dynion. Kepha oedd yn credu y bydda geiriau'r hen broffwydi'n cael eu gwireddu. Kepha oedd â'r ffydd y bydda Yisra'el eto'n ddeuddeg llwyth o dan yr Adonai.

Paid ag amau, medda Yeshua. Rhaid i ni gwffio ansicrwydd, cwffio amheuaeth, cwffio anffyddiaeth. Arfau Ha-Satan ydi'r rheini. Credu. Credu ydi'r unig ffordd. Trwy ffydd. Heb gwestiwn. Yerushaláyim ydi'r lle. Y Pesach ydi'r achlysur. A nawr ydi'r amser. Mi fydd yna filoedd yn y ddinas. Miloedd ar filoedd o ddefaid coll Tŷ Yisra'el wedi hel at ei gilydd. Lle gwell sydd? Lle arall fydd? Sefydlodd yr Adonai'r Pesach i ddathlu rhyddhau'r Yehud'im o'u caethiwed ym Mitsrayim. Mi ymyrrodd o ym mywydau dynion,

Kepha. Ac ar y Pesach hwn, mi fydd o'n ymyrryd eto. Mi fydd o'n rhyddhau y Yehud'im eto. O gaethiwed eu pechodau. Wyt ti'n deall, Kepha? Wyt ti'n deall? Mae fy amser i wedi cyrraedd.

Nid ti yw'r unig un. Nid ti yw'r unig broffwyd. Nid ti yw'r unig gonsuriwr. Nid ti yw'r unig allfwriwr. Ond i ti, ti yw'r unig un. Ac i dy gyfeillion, ti yw'r unig un. Ond nid ti. Cyn ti roedd eraill. Yn dy nawr di mae eraill. Ar dy ôl di bydd eraill. Cyn ti roedd Yohannan Mamdana. Yn dy nawr di mae Theudas. Ar dy ôl di bydd Hanina ben Dosa. Hanina ben Dosa sy'n gweddïo am law. Ac mi ddaeth glaw. Hanina ben Dosa. Ei ferch yn dod ato un Shabbat. Ei ferch yn ysgwyd gan ofn. Ei ferch yn dweud: *'Nhad, rydw i wedi rhoi finegr yn hytrach nag olew yn y lamp.* A Hanina ben Dosa yn dweud: *Mae'r un sydd wedi eneinio olew â'r gallu i losgi hefyd yn eneinio finegr.* Ac fe losgodd y lamp trwy'r nos. Nid ti yw'r unig un. Nid ti fydd yr unig un. Cyn ti roedd Yohannan Mamdana. Yn dy nawr di mae Theudas. Ar dy ôl di bydd Honi ha-M'agel. Honi'r darluniwr cylchoedd. Honi ddarluniodd gylch yn y tywod a sefyll ynddo. Honi safodd yn y cylch a mynnu bod yr Adonai yn danfon glaw. A'r Adonai yn danfon glaw. Glaw mân. Glaw trwm. Glaw tyner. Honi ha-M'agel gysgodd am saith deg mlynedd cyn deffro eto. Nid ti yw'r unig un. Edrych ar hwn: Apollonius o Tyana. Mae o yn dy nawr di. Mae o yn dy nawr di yn Tyana yn Cappadocia. Mae o yn dy nawr di wedi ei eni o forwyn. Mae o yn dy nawr di yn cyflawni gwyrthiau. Mae o yn dy nawr di yn allfwrw ysbrydion drwg. Mae o yn dy nawr di yn galw disgyblion. Mae o yn dy nawr di yn atgyfodi'r meirw. Ac mi ddaw ei ddarfod yntau. Ei ddarfod dan ddwylo Rhufain. Ei ddarfod yn aberth. Ond ei ddarfod nid yn ddarfod. Ei ddarfod yn ddechrau. Oherwydd ar ôl ei ddarfod mi ddaw o eto. Mi ddaw o i fysg ei ddisgyblion. Mi ddaw o am eu bod nhw'n galw arno fo i ddod. Mi ddaw o am eu bod nhw'n ei addoli o. Mi ddaw o am ei fod yn dduwiol. Mi ddaw o. Nid ti yw'r unig un. Ond i ti, ti yw'r unig un. Ac i dy gyfeillion, ti yw'r unig un. I'r byd, ti yw'r – UNIG UN. Pam wyt ti'n gwneud hyn i ti dy hun? –

YR WYTHNOS OLA

Wele'r dyn. Wele'r dyn sydd wedi ei rwymo atat ti gan y straeon. Wele'r dyn sydd wedi dy farnu di yn ôl y straeon. Wele'r dyn a ddywedodd, *Nid wyf fi'n cael unrhyw achos yn ei erbyn* yn ôl y straeon. Wele'r dyn o'r ordo equester. Wele'r dyn oedd yn uchelwr o Rufain. Wele'r dyn o deulu'r Pontii. Wele'r dyn benodwyd yn praefectus talaith Yehuda yn neuddegfed blwyddyn teyrnasiad Tiberius Caesar Divi Augusti filius Augustus. Wele'r dyn sydd yn ôl y straeon wedi gofyn, *Beth Yw'r Gwir?* Wele'r dyn. Wele'r dyn ddilornodd Gyfraith a thraddod-iadau'r Yehud'im. Wele'r dyn osododd darianau aur ym Mhalas Hordus Ha-Melekh i anrhydeddu Tiberius Caesar Divi Augusti filius Augustus. Wele'r dyn osododd darianau aur ym Mhalas Hordus Ha-Melekh i ddilorni'r Yehud'im. Wele'r dyn wrthododd eu symud nhw. Wele'r dyn gafodd gerydd gan Tiberius Caesar Divi Augusti filius Augustus am eu gosod nhw. Wele'r dyn. Wele'r dyn a anfonwyd yn ôl i Rufain am ymdrin yn rhy greulon â gwrthryfelwyr o Shomron. Wele'r dyn a olchodd ei ddwylo –

YR holl ffordd o Caesarea Maritima i Yerushaláyim. Yr holl ffordd.
Yr holl saith deg milltir. Yr holl ffordd o'i baradwys ar lan y môr i
Yerushaláyim. Yr holl ffordd i fysg y Yehud'im. I bydew eu crefydd
nhw. Ar gyfer eu Pesach. Ar gyfer eu gŵyl. Eu gŵyl lle bydd
miloedd yn tyrru. Miloedd yn twchu poblogaeth Yerushaláyim.
Miloedd yn ymgynnull. A lle mae ymgynnull, mae helynt. Helynt
yr holl ffordd acw yn Yerushaláyim. Ac ar ei ffordd i'r helynt,
Pontius Pilatus, praefectus IVDÆA – neu Yehuda fel mae'r
Yehud'im yn galw'r dalaith. Talaith eu prifddinas. Eu dinas
sanctaidd. Talaith dinas Yerushaláyim. Y dalaith y gwnaeth y brenin
Hordus Archelaus lanast o'i rheoli ar ôl iddo fo'i hetifeddu gan ei
dad, Hordus Ha-Melekh. Mi aeth pethau o chwith yn y wlad yma
ar ôl i Hordus Ha-Melekh farw. Ei feibion o'n rheoli. Ei feibion o'n
ffyliad. Hordus Archelaus yn fwy o ffŵl na'r un. Y ffŵl osododd
eryr aur uwch y fynedfa i'r Deml. Y ffŵl daniodd derfysg. Terfysg
achosodd farwolaeth tair mil o'r Yehud'im yn Yerushaláyim.
Terfysg achosodd i Rufain ymyrryd. Ymyrryd ym mywydau'r
Yehud'im. Ymyrryd ac alltudio'r ffŵl Hordus Archelaus. Ei alltudio
fo a rhoi'r dalaith o dan ofal praefectus.

Mae Pilatus yn griddfan. Mae Pilatus yn rhwbio'i lygaid. Mae o
wedi ymlâdd ar ôl y siwrne. Ac mae ganddo fo gorddi annifyr yn
ei stumog. Yr un corddi mae o'n ddiodde bob tro mae o'n gorfod

mynychu un o wyliau'r Yehud'im. Yr un corddi mae o'n ddiodde bob tro wrth orymdeithio trwy byrth y ddinas.

Mae Pilatus yn y cerbyd gyda'i wraig, Claudia Procula –

Claudia Procula, wyres yr hen ymerawdwr, Imperator Caesar Divi filius Augustus. Claudia Procula sydd wedi troi at grefydd y Yehud'im ers iddi hi a'i gŵr ddod i'r wlad ddiflas yma bedair blynedd ynghynt. Mae hi wedi gwyro i'w cwlt. Wedi gwyro i'w hun duw. Wedi gwyro i'w hun Deml. Ond Pilatus yn fodlon. Pilatus yn ffynnu yn sgil ei phoblogrwydd ymysg y Yehud'im. Pilatus yn ymelwa o'i theyrngarwch i'w duw. A hithau. A Claudia Procula. Pilatus yn gwybod ei bod hi'n graffach Cesar nag unrhyw un o'i chyndeidiau. Pilatus yn gwybod ei bod hi'n glyfrach gwleidydd na'i gŵr a'i ragflaenwyr. Pilatus yn gwybod go iawn nad ydi hi'n ddim byd mwy na gast fagu.

Nawr, mae'r ast fagu'n syllu trwy lenni'r cerbyd wrth iddo rowlio ar hyd y lôn sy'n arwain i'r ddinas o'r gorllewin. Nawr mae hi'n dweud –

Yli arnyn nhw, mae yna fwy na'r llynedd, dwi'n siŵr.

Mae hi ar i fyny. Ar i fyny'n dod i'r Pesach ac i'r gwyliau eraill. Ar i fyny'n dod i'r ddinas o'i chartre ar lan y môr. Ar i fyny'n hel clecs gyda'i chyfeillion newydd – gwragedd yr offeiriaid, gwragedd y Perushim, gwragedd uchelwyr y Yehud'im. Mae hi hyd yn oed yn cymysgu gyda'r rafins, gyda'r plebs, hwythau'n gwyro iddi hi fel tasa hi'n ymerodres. Fel tasa hi'n Gesar. Fel tasa hi'n dduw fel ei thaid.

Mae Pilatus yn ciledrych trwy lenni'r cerbyd. Mae'r haul yn ferwedig. Mae'r lôn yn llwch ac yn gerrig. Mae rhesi o bererinion yn rhannu'r lôn gyda'i brosesiwn imperialaidd. Maen nhw'n symud o'r neilltu ar gyfer y prosesiwn. Ei brosesiwn o, gyda thair mil o filwyr o Caesarea Maritima. Gyda phum mil arall wedi eu hurio oddi wrth legat Provincia Syria. Gydag ugain mil arall eto ar y ffordd ar gyfer dydd y Pesach ymhen wythnos. Mae Claudia Procula yn plygu tuag at ei gŵr. Plygu a gadael i'w bronnau grynu. Plygu a gwneud i'w llygaid fflachio. Plygu a gadael i'w llaw grwydro i fyny clun ei gŵr –

Wyt ti am ddod at yr Adonai eleni, Pilatus? Wyt ti am dderbyn y grefydd?

Mae gen i grefydd. Rhufain ydi fy nghrefydd i.

Mae Claudia Procula yn eistedd yn ôl ac yn mynd â'i bronnau gyda hi. Mynd â'i llygaid a'i dwylo hefyd –

Un duw sydd, medda Claudia Procula. Un Deml. Fasa'n rheitiach i ti gyd-fyw gyda nhw. Ond am ryw reswm rwyt ti'n mynnu mynd o dan groen pawb rwyt ti'n llywodraethu drostynt.

Dim ond am ddangos i'r llwythau cynhenid mai Rhufain ydi'r meistr ydw i, aur fy myd.

Ei wraig yn twt-twtian –

Am godi twrw rwyt ti, f'anwylyd. Am dynnu pobl i dy ben. Nid oedd gan fy nhaid fawr o feddwl ohonat ti, Pilatus. Roeddat ti'n giaidd, yn ôl yr hen ymerawdwr. Ac rwyt ti wedi cael dy ddwrdio gan Tiberius hefyd. Ar gownt y tarianau, ac ar gownt –

Heb rybudd mae Pilatus yn rhoi clustan i Claudia Procula. Mae hi'n ochneidio. Mae'i boch hi'n sgarlad. Mae'i llygaid hi'n dyfrio.

Paid ag edrych fel taswn i'n dy daro di am y tro cynta, medda Pilatus. A cheisia edrych fel tasat ti'n gwybod nad dyna fydd y tro ola chwaith.

Mae'r cerbyd yn hercian. Mae Pilatus yn cael ei daflu o'i sedd. Mae Claudia Procula yn rhwbio'i boch. Mae'r prosesiwn wedi stopio. Mae Pilatus yn neidio allan, yn gandryll. Mae'r haul yn ei ddallu o am eiliad. Mae milwr yno ar gefn ei geffyl. Canwriad profiadol a'i wyneb yn fap o greithiau.

Be sy'n mynd ymlaen, ganwriad, pam ydan ni wedi stopio?

Praefectus, helynt ar du blaen y prosesiwn.

Mae Pilatus yn brasgamu heibio i'r milwyr eraill ar gefn eu ceffylau. Heibio i'r milwyr troed sydd wedi cerdded yma o Caesarea Maritima. Hebio i faneri Rhufain. Heibio i eryrod Rhufain. Mae muriau Yerushaláyim o'i flaen yn y pellter. Muriau dinas y Yehud'im. Muriau sy'n rhoi ias iddo fo yn ei berfedd. Mae miloedd o bererinion ar y lôn. Mae'r milwyr sydd wedi eu penodi'n gorffosgordd i Pilatus yn rhuthro ar ôl eu praefectus. Mae o'n dod at ben blaen y prosesiwn. Mae dau filwr yn mynd i'r afael â dyn barfog. Dyn hanner noeth. Dyn sy'n melltithio'r ymerawdwr. Dyn sy'n dweud bod yr Adonai'n dod i ddinistrio Rhufain –

Ac mi fydd o'n piso ar ben yr ymerawdwr, ac yn cachu yng ngheg ei wraig!

Wedi meddwi mae o, praefectus, medda un o'r milwyr sydd yn lleddfu'r llabwst.

Carlama'r canwriad ar gefn ei geffyl, ac mae o'n dweud –

Ewch â fo o'r ffordd, hogia.

Mae'r ddau filwr yn dechrau llusgo'r llabwst i ffwrdd. Mae'r pererinion yn gwylio. Mae'r pererinion yn gwrando. Mae'r mwyafrif yn heidio o hyd i gyfeiriad y ddinas. Yn heidio am nad ydyn nhw am aros yn rhy hir ym mhresenoldeb Pilatus. Yn heidio am nad ydyn nhw am aros yn rhy hir ym mhresenoldeb ei anhrugarogrwydd. Yn heidio am fod ganddo fo enw drwg am greulondeb. A dyma'i greulondeb –

Rhoswch!

Ar air Pilatus, maen nhw'n aros. Mae'r llabwst yn stryffaglio. Mae o'n poeri. Mae o'n rhegi. Mae o'n parablu am broffwyd sydd yn dod. Malu awyr am y Mashiach. Y Mashiach sy'n dod i lacio cadwynau'r Yehud'im. Eu harwain nhw yn erbyn Rhufain.

Mae Mab Da'vid yn dod, medda'r llabwst. Mab y Dyn. Mab yr Adonai. Mae awr y Mashiach o fewn cyrraedd.

Mae Pilatus yn gwybod am y Mashiach. Hwnnw sydd wedi ei eneinio. Hwnnw sy'n tanio ffantasïau'r Yehud'im. Mae Pilatus yn gwybod am eu crefydd a'u proffwydi a'u hanes.

Mae o'n edrych ar y llabwst. Mae o'n ogleuo'r llabwst. Mae'r llabwst yn drewi o biso ac o chwys. Mae Pilatus yn edrych o'i gwmpas. Yn edrych ar y coed olewydd sydd ar y llethrau ar ochr y lôn –

Croeshoeliwch o! Ar un o'r coed acw!

Mae'r milwyr yn rhythu. Mae'r pererinion yn rhuthro am y ddinas.

Mae'r canwriad yn dweud, Praefectus, mae o wedi meddwi –

Wyt ti'n anufuddhau i 'ngorchymyn i, ganwriad? Mae yna faint

132

fynnir o goed ar y llethrau acw. Ac mae ganddon ni faint fynnir o hoelion.

Mae'r canwriad yn gwelwi ac yn dweud –

Croeshoeliwch o!

Wrth i Pilatus gerdded yn ôl at ei gerbyd mae o'n clywed yr hoelion yn cael eu taro i'r goeden, ac yn clywed sgrechian y llabwst, ac yn clywed sŵn y môr yng Nghaesarea Maritima.

•

Beth mae e wedi'i wneud? medda Yehoseph bar Qyph'.

Mae e wedi croeshoelio meddwyn tu allan i'r porth gorllewinol, medda Yon'atan.

Dyma Yehoseph bar Qyph', archoffeiriad talaith Yehuda.

Dyma Yon'atan, ei was.

Mae yna filoedd yn dod, miloedd, medda Yehoseph bar Qy͵h'. Mwy na'r llynedd. Trefi'n wag ledled y wlad. Miloedd yn dod eleni. A gyda'r miloedd daw trafferth, Yon'atan. A gyda'r trafferth daw llid Pilatus. Fe fydd e'n flin 'da fi. Yn flin 'da fi am nad y'f fi'n cadw trefn. Fi'n gwneud fy ngore glas bob blwyddyn. Fi ddim eisiau i neb farw. Fi ddim eisiau i neb gael ei ddienyddio gan Pilatus. Ond mae e'n dishgwl i mi gadw trefn, a'i drefn e yw cleddyf a choeden.

Mae Yehoseph bar Qyph' yn ysgwyd ei ben tra bod Yon'atan yn ei gynorthwyo i baratoi.

Mae fy nerfau druan i'n rhacsho pan ddaw Pilatus i Yerushaláyim, medda Yehoseph bar Qyph'. Cyfnod o ddathlu yw'r Pesach, ond nid gyda'r blaidd hwn yn y ddinas. Y blaidd a blas gwaed ar ei ddant. Fydde'n well o lawer petai e'n aros yng Nghaesarea Maritima.

Bydde, syr.

Croeshoelio creadur sydd wedi yfed gormod o win, sy'n brewlan am y Mashiach. Bydd y pryfed yn bla. A'r cŵn hefyd. Y cŵn. Finne wedi mynd i drafferth i ddifa hynny fedrwn i. Nawr, fe ddônt yn ôl o'r mynyddoedd. Drewdod y truan ar y goeden yn eu hudo. Roeddwn i'n benderfynol eleni, Yon'atan, o gael Pesach didrafferth. Ond dyma ni, pethe heb ddechre, a Pilatus wedi dienyddio'n

133

barod. Sawl un eto, Yona'tan? Sawl un eto fydd ar goeden cyn diwedd yr wythnos?

Mae Yehoseph bar Qyph' yn twt-twtian yn ei stafell yn ei gartre yn yr Uwch-ddinas. Yr Uwch-ddinas. Trigfan yr uchelwyr. Yr Uwch-ddinas. Trigfan y cyfoethog. Trigfan y barus. Yn bell o'r tlodi. Yn bell o'r llwgu. Ac yn bell o'r cŵn.

Mae Yehoseph bar Qyph' yn noeth. Mae Yehoseph bar Qyph' yn dringo i lawr i'r miqvah, i'r bath. Mae Yehoseph bar Qyph' yn mynd trwy'r broses o ymolchi'n ddefodol. Ar ôl ymolchi mae Yehoseph bar Qyph' yn dringo o'r bath. Yn noeth. Mae Yehoseph bar Qyph' yn twt-twtian. Yn meddwl am y meddwyn ar y goeden. Yn meddwl am y pryfed. Yn meddwl am y cŵn. Yn meddwl am Pilatus. Mae Yehoseph bar Qyph' yn codi ei freichiau ac mae Yon'atan yn sychu ei gorff o. Yn sychu'r dŵr. Ac mae Yehoseph bar Qyph' yn meddwl am yr wythnos sydd i ddod. Am y Shabbat sy'n cychwyn heno. Am y Pesach sydd i ddod ymhen wyth niwrnod. Mae miloedd o bererinion yn cyrraedd heddiw er mwyn ymdrochi. Cyrraedd wyth noson cyn y Pesach i fynd trwy'r ddefod o buro. Mae Yehoseph bar Qyph' yn hen law ar gynnal Pesach llwyddiannus. Ond ers i Pilatus ddod yn praefetctus Yehuda bedair blynedd ynghynt, mae o wedi bod ar bigau'r drain oherwydd bod Pilatus yn fwy parod na'i ragflaenwyr i bechu'r Yehud'im.

Mae Yon'atan yn rhoi cymorth i Yehoseph bar Qyph' i wisgo'r Bigdei Kodesh, yr wyth dilledyn sanctaidd.

Mae Yon'atan yn rhoi cymorth i Yehoseph bar Qyph' i wisgo'r michnasayim, y llodrau lliain sydd yn gorchuddio rhan isaf y corff i guddio'i noethni.

Mae Yon'atan yn rhoi cymorth i Yehoseph bar Qyph' i wisgo'r ketonet, y tiwnic sy'n gorchuddio'r corff cyfan.

Mae Yon'atan yn rhoi cymorth i Yehoseph bar Qyph' i wisgo'r avnet, y gwregys porffor a glas a sgarlad, am ei ganol.

Mae Yon'atan yn rhoi cymorth i Yehoseph bar Qyph' i wisgo'r mitznefet, y twrban mawr, am ei ben.

Mae Yon'atan yn rhoi cymorth i Yehoseph bar Qyph' i wisgo'r me'il, urddwisg yr Ephod. Gŵn glas dilawes. Y godre'n rhimynnau o beli bach aur bob yn ail â thaselau ar ffurf pomgranadau mewn glas a phorffor a sgarlad.

Mae Yon'atan yn rhoi cymorth i Yehoseph bar Qyph' i wisgo'r Ephod, y ffedog gyda gemau o onics ar y ddwy ysgwydd.

Mae Yon'atan yn rhoi cymorth i Yehoseph bar Qyph' i wisgo'r hoshen, y fronddor ac arni ddeuddeg gem wedi eu hargraffu ag enwau'r deuddeg llwyth.

Mae Yon'atan yn rhoi cymorth i Yehoseph bar Qyph' i osod y tzitz, y meitr aur, ar flaen y mitznefet. Ar y tzitz mae'r geiriau Kodesh l'Adonai, Yn Gysegredig i'r Adonai.

Ac mae Yehoseph bar Qyph' yn ochneidio.

Ac mae Yehoseph bar Qyph' yn barod.

·

Hanner dydd, Pilatus yn y praetorium. Y praetorium oedd unwaith yn blasty i'w brenin. Plasty i Hordus Ha-Melekh. Y plasty ar y Bryn Gorllewinol yn yr Uwch-ddinas. Gyferbyn â'r praetorium mae Amgaerfa Antonia lle mae'r lleng Rufeinig yn gwersylla. Y lleng sy'n gwarchod Yerushaláyim. Y lleng sefydlog. Ond heddiw mae'r lleng honno wedi ei chwyddo. Heddiw roedd catrawd Pilatus wedi ymuno â'r lleng. Heddiw roedd llengoedd legat Provincia Syria wedi ymuno â'r lleng. Roedd Yerushaláyim yn fwrlwm o filwyr. Roedd Yerushaláyim yn byrlymu o bererinion. Y strydoedd yn llawn. Y mynd a'r dod yn ddiddiwedd. Yr haul yn boeth. Mis Nisan. Y dydd, Yom Shishi. Y chweched dydd. Y dydd cyn Yom Shabbat.

Mae Pilatus ar ei falconi. Pilatus yn gwylio'r bwrlwm. Pilatus yn ochneidio. Pilatus yn hiraethu am Caesarea Maritima. Hiraethu am y môr a'r tawelwch a'r llonydd.

Praefectus, medda llais tu ôl iddo fo. Croeso, unwaith eto, i Yerushaláyim.

Mae Pilatus yn troi –

Yehoseph bar Qyph'. Croeso. Braf dy weld di unwaith eto.

Braf eich gweld chithau, praefectus.

Mae'r ddau yn cyfarch ei gilydd. Mae'r ddau'n gwisgo gwên. Mae eu masgiau'n groesawus. Tu ôl i'r masgiau mae malais.

Mae'n gas gan Pilatus y twmpath dyn barfog. Mae'n gas ganddo fo'i lifrai crand o a'i agwedd uchel-ael o. Mae'n gas ganddo fo'i grefydd o a'i ddefodau fo. Ond tydi masg Pilatus ddim yn llithro. Tydi wyneb Pilatus ddim yn dangos.

Ar ôl galw am win, mae Pilatus yn holi –

Faint o bererinion sydd wedi cyrraedd cyn belled, Yehoseph bar Qyph'?

Dros gan mil, praefectus. A mwy i ddod.

Beth ydi'r amcangyfrif am eleni?

Ar draws tri chan mil.

Daw cryndod i goluddion Pilatus. Mae o'n cuddio'i wendid tu ôl i'r masg. Tydi Pilatus ddim am i'r archoffeiriad weld gwendidau Rhufain. Tydi Pilatus ddim am i'r archoffeiriad osgoi ei gyfrifoldebau. Cyfrifoldeb yr archoffeiriad ydi cadw trefn yn nhalaith Yehuda. Y grym tu ôl i'r archoffeiriad oedd Pilatus. A'r grym tu ôl i Pilatus oedd y legat yn Provincia Syria. A'r grym tu ôl i'r legat yn Provincia Syria oedd Rhufain a'r ymerawdwr, Tiberius Caesar Divi Augusti filius Augustus. Mae Pilatus yn gwybod nad oes gan y Yehud'im fawr o feddwl o Tiberius Caesar Divi Augusti filius Augustus. Mae Pilatus yn gwybod nad oes gan y Yehud'im fawr o feddwl o Rufain. Mae Pilatus yn gwybod nad oes gan y Yehud'im fawr o feddwl o'r legat yn Provincia Syria. Mae Pilatus yn gwybod nad oes gan y Yehud'im fawr o feddwl ohono fo. Ond mae Pilatus yn gwybod bod y Yehud'im yn goddef eu harchoffeiriad. Mae'r Yehud'im yn goddef popeth dim ond iddyn nhw gael eu crefydd a'u duw a'u Teml. Ac os ydi'r Yehud'im yn cael eu crefydd a'u duw a'u Teml mae Pilatus yn cael ei fywyd ar lan y môr. Mae Pilatus yn hiraethu am ei fywyd ar lan y môr –

Dwi'n gobeithio na fydd yna helynt eleni, Yehoseph bar Qyph'.

Dim mwy nag arfer, siŵr o fod, praefectus.

Dwi wedi gorfod croeshoelio un o'r tacla'n barod.

Fe glywais i, praefectus. Ond y'f fi'n cael ar ddeall mai creadur wedi cael gormod o win oedd e, ac nid bygythiad difrifol i'r ymerodraeth.

Mi benderfyna i be sy'n fygythiad i'r ymerodraeth, Yehoseph bar Qyph'. Does a wnelo pwy mae Rhufain yn ei groeshoelio ddim â ti.

Mae Yehoseph bar Qyph' yn agor ei lygaid, yn rhwbio ei ddwylo, yn moesymgrymu –

Digon gwir, praefectus, digon gwir. Ond y'f fi'n erfyn arnoch chi, pwyswch a mesurwch bob trosedd. Rhowch bob trosedd yn ei chyd-destun.

Mae Pilatus yn ochneidio eto, wedi cael llond bol –

Rydw i eisiau Pesach tawel, di-lol, Yehoseph bar Qyph'.

Ry'n ni i gyd eisiau Pesach tawel a di-lol.

Os ydi hoelio ambell i rafin i goeden yn mynd i gadw trefn, felly bydd hi. Rydan ni'n deall ein gilydd, yn tydan, Yehoseph bar Qyph'?

Deall ein gilydd yn iawn, praefectus.

Da iawn. Nawr, beth am i ti a dy wraig ymuno gyda fi a Claudia Procula heno am bryd o fwyd?

Mae wyneb Yehoseph bar Qyph' yn lledu mewn gwên, ond nid gwên o ddiolch, nid gwên hapus, gwên bryderus –

Mae gen i ofn bod y Shabbat heno, praefectus. Gyda'r machlud.

Defodau, medda Pilatus wrtho'i hun, ac mae'n dweud –

Wrth gwrs. Hidia befo. Nos fory, efallai.

Nos fory, ie'n wir, praefectus.

Mae Pilatus yn codi ei gwpan –

Llwncdestun i'r Pesach, archoffeiriad.

Yn wir!

A llwncdestun i heddwch, yn ogystal. Pax Romana!

Pax Romana! medda archoffeiriad talaith Rufeinig Yehuda.

DINAS Yericho. Dinas wrth ymyl yr afon. Dinas ar lan y Nehar haYarden, bymtheg milltir o Yerushaláyim. Yerushaláyim lle bydda'r Deyrnas yn dod. Lle bydda'r Adonai'n ymyrryd eto ym mywydau dynion. Yerushaláyim lle bydda Yeshua'n cael ei godi. Yeshua Mashiach. Yeshua, Mab y Dyn. Yeshua, Proffwyd yr Adonai.

TI YDI FY MAB ANNWYL.

Mae'r geiriau'n ei ben o o hyd. Mae'r geiriau'n ei ben o trwy'r amser. Pan mae o'n cysgu. Pan mae o'n ceisio cysgu. Pan mae o'n effro. Pan mae o wedi bod yn effro trwy'r nos. Pan mae o'n cerdded. Pan mae o'n bwyta. Pan mae o'n piso. Pan mae o'n allfwrw. Pan mae o'n iacháu. Pan mae o'n pregethu'r newyddion da. Y newyddion da am y Deyrnas. Y Deyrnas sy'n agosach nag erioed. Y Deyrnas sydd yn aros amdano fo yn Yerushaláyim. Y Deyrnas a ddaw o'r Deml. Dyma ddechrau'r gwewyr. Dyma ddechrau'r darfod. Mae Yeshua ar i fyny . . .

TI YDI FY MAB ANNWYL.

Dyna'r swyngan. Y swyngan fel swynganeuon y consurwyr. Fel y swynganeuon a ddysgodd o. Y swynganeuon sy'n iacháu. Y swynganeuon sy'n allfwrw –

TI YDI FY MAB ANNWYL.

Swyngan i Yisra'el. Swyngan i alw'r defaid coll. Swyngan i'r deuddeg llwyth. Y deuddeg. Mae o'n edrych ar ei ddisgyblion. Yn edrych ar Kepha. Yn edrych ar Avram. Yn edrych ar Yah'kob. Yn edrych ar Yokam. Yn edrych ar Judah. Yn edrych ar Bar-Talmai. Yn edrych ar Tau'ma. Yn edrych ar Mattiyah. Yn edrych ar Taddai. Yn edrych ar Ya'kov bar Hilfài. Yn edrych ar Levi. Yn edrych ar Shimon Kanai. Y deuddeg. Ei ddeuddeg o. Y deuddeg fydd yn farnwyr ar y deuddeg llwyth. Wrth edrych ar ei ddeuddeg mae o'n gweld y Deyrnas. Yn glir. O'i flaen. Yn llachar. Mae o'n gweld natur y Deyrnas. Gweld y dinasoedd. Gweld yr awyr. Gweld y môr. Gweld y tiroedd. Gweld y da byw, y ffrwythau, y llysiau, y blodau, y coed. Gweld . . .

Maen nhw'n cerdded trwy brif stryd Yericho. Y stryd yn brysur. Y mynd a'r dod. Y prynu a'r gwerthu. Pererinion ar droed ar droliau ar geffylau ar fulod ar gamelod yn mynd i'r gorllewin. Yn mynd i Yerushaláyim. Yn mynd i'r Pesach. Y Pesach ola cyn dyfodiad y Deyrnas.

TI YDI FY MAB ANNWYL.

Dyma'r amser. Ei amser o. Ei ddyddiau fo. Ei ddechrau fo. Dechrau'r hollti. Dechrau'r tarfu. Dechrau'r difrodi. Ac yna, dadeni. Dadeni o'r difrod. Dadeni Yisra'el . . .

Mae hi'n swnllyd ar y naw. Mae hi'n hectig ar y naw. Mae hi'n wasgfa ar y naw. Ond Kepha yno. Kepha wrth ei ysgwydd. Kepha'n hwytho'r dyrfa o'r neilltu. Y deuddeg o'i amgylch. Y deuddeg yn gaer. Y llwythau'n gaer o amgylch Yisra'el. Dadeni Yisra'el. Dadeni o'r difrod. Mae ei wegil o'n chwysu. Mae ei ddillad o'n glynu i'w groen o. Chwys doman. Chwys doman yn y dyrfa. Ei ben o'n llawn synau llawn lleisiau llawn terfysg. Syched arno fo. Ei freichiau fo'n brifo. Ei goesau fo'n llipa. Ei stumog o'n griddfan. Dryswch yn cythru ynddo fo. Y mynd a'r dod. Y prynu a'r gwerthu. Y pererinion yn gwthio, yn tyrru, yn heidio i Yerushaláyim. Yn heidio i'r Pesach. Y Pesach ymhen wyth niwrnod. Wyth niwrnod i'w buro ei hunan. Puro cyn y Pesach. Puro cyn i'r Adonai ddod i'w mysg nhw. Puro cyn i'r Adonai ddewis a dethol. Puro cyn –

Mae o'n llewygu.

•

Beth'anya, ddwy filltir o Yerushaláyim. Beth'anya lle mae cyfeillion iddyn nhw'n byw. Lle mae Martâ chwaer Miriam hamegaddela se'ar nasha'n byw. Miriam hamegaddela se'ar nasha sy'n caru Yeshua. Miriam hamegaddela se'ar nasha sy'n sgwario i rywun sy'n herio Yeshua. Mae hi'n gystal craig â Kepha. Kepha gyda'i fôn braich. Kepha nobl. Kepha'r sgotwr. Nawr mae Kepha'n dod â dŵr o'r ffynnon. Dod â dŵr i dŷ Martâ lle mae Yeshua'n gorffwys. Mae'r lleill tu allan, yr un ar ddeg. Yn eistedd o gwmpas. Yn aros, yn poeni, yn drysu. Ar goll heb Yeshua.

Pa iws ydan ni hebddo fo? medda Kepha wrtho fo'i hun.

Mae o'n gofyn i'r disgyblion sydd tu allan i'r tŷ, Sut mae o, bellach?

Yr un peth, medda Bar-Talmai. Cysgu, hefru. Mae o'n chwilboeth. Rhywbeth aflan wedi cydio ynddo fo, Kepha. Mae Miriam hamegaddela se'ar nasha a Martâ gyda fo. A chawn ni'm mynd ar ei gyfyl o.

Does dim angen i bawb fod tu mewn, medda Kepha.

Mae Kepha'n mynd i mewn. Mae Yeshua wedi bod fel hyn ers iddo fo lewygu ar y stryd yn Yericho'r bore 'ma. Llewygu a hefru –

TI YDI FY MAB ANNWYL . . . TI YDI FY MAB ANNWYL . . . TI YDI FY MAB ANNWYL . . . TI YDI FY MAB ANNWYL . . .

Trosodd a throsodd. Hefru a pharablu. A'r mynd a'r dod a'r prynu a'r gwerthu o'i gwmpas o a fyntau'n sbasmu ar y stryd. Y pererinion o'i amgylch o yn edrych ac yn chwerthin ac yn sarhau. Y pererinion ar eu ffordd i Yerushaláyim. Ar eu ffordd i'r Pesach. Y Pesach ola cyn i'r Deyrnas ddod. Mae hi'n bron yn fachlud. Mae hi'n bron yn Shabbat. Bron yn ddechrau wythnos y Pesach. Mae Yeshua ar ei eistedd ar y gwely. Mae golwg ar y naw arno fo. Chwys doman dail. Ei wallt o wedi dechrau llwydo. Ei gorun o'n moeli. Ei groen o'n galchwyn. Plorod dros ei gorff o. Ei sgwyddau fo a'i frest o'n esgyrn.

Rabboni, medda Kepha. Mi wyt ti'n edrych yn ddifrifol.

Mi dwi'n siort ora, Kepha.

Mi wyt ti fel sgerbwd.

Dwi'n iach fel cneuen. Mae'r Adonai'n rhoi nerth i mi. Mae fy

Abba am i mi fynd i'r Pesach. Mynd i Yerushaláyim. Mae'r dydd yn dod, Kepha. Mae'r dydd yn agos. Dydd y darfod a dydd y dechrau. Y dechrau newydd. Y Deyrnas ar y ddaear.

Mi lewygist ti. Yn y stryd yn Yericho. Y bore 'ma. Mae angen i ti orffwys.

Gorffwys? Does gen i ddim amser i orffwys. Cer o 'ngolwg i, Ha-Satan. Fy nhwyllo i. Dweud wrtha i am orffwys tra'r ei di i droi'r Yehud'im yn fy erbyn i. Ddaw'r Deyrnas ddim os dwi'n gorffwys. Ddaw'r bywyd newydd ddim os dwi ddim yno. Fi ydi'r . . . fi ydi'r –

Ac mae Yeshua'n ceisio codi o'r gwely. Ond mae o'n methu. Mae ei goesau fel sachau gwag. Dim nerth ynddyn nhw. Dim egni. Mae o'n syrthio'n ôl ar y gwely. Mae Kepha'n edrych arno fo. Amheuaeth ac ofn yn crawni yn stumog Kepha. Ansicrwydd yn sugno'r nerth ohono fo. Yn trwytholchi'r ffydd o'i frest o. Ac yna mae rhywun yn rhoi hwyth iddo fo ac mae o'n troi, yn barod am ddyrnau, ond –

Symud o'r ffordd, y bustach dwl, medda Miriam hamegaddela se'ar nasha.

Be wyt ti'n wneud, wraig?

Mae Miriam hamegaddela se'ar nasha yn ei anwybyddu o ac yn mynd at Yeshua. Yna mae Miriam hamegaddela se'ar nasha yn troi ac yn edrych i fyw llygaid Kepha, a does yna neb erioed wedi edrych i wyneb Kepha fel mae Miriam hamegaddela se'ar nasha yn edrych i'w wyneb o. Mae hi'n dweud –

Mae'r rabboni am fynd i Yerushaláyim heddiw. Mae'n rhaid iddo fo fynd heddiw er mwyn puro ei hun ar gyfer y Pesach yr wythnos nesa. Mae'n rhaid iddo fo fynd ar gownt y ffaith bod y Deyrnas yn dod yn fuan, Kepha. A'r rabboni ydi'r arwydd bod y Deyrnas yn dod. Y rabboni sy'n dwyn y newyddion da. Mae o wedi ei eneinio. Dyma'r Mashiach, Kepha, mi wyddost ti hynny. Lle mae dy ffydd di? Cer i ddod o hyd i dy ddyndod tra bod y gwragedd yn mynd o gwmpas eu gwaith.

Daw Martâ i mewn. Kepha'n cael hwyth arall. Y merched i gyd yn ei hwytho fo. Fydda dyn ddim yn meiddio'i hwytho fo. Mae

Martâ'n cario gwisg Yeshua, wedi ei golchi. Mae Martâ'n gweini. Mae Miriam hamegaddela se'ar nasha yn cymryd pwys o ennaint costfawr, nard drud. Mae hi'n eneinio traed Yeshua. Mae hi'n sychu ei wallt. Mae oglau'r persawr yn llenwi'r stafell. Mae Kepha'n gwylio. Yn gwylio'r gwragedd yn eneinio Yeshua. Yn gwylio'u dwylo drosto fo. Yn gwylio'u cnawdolrwydd. Yn gwylio'u cyrff yn symud wrth eneinio Yeshua. Yn gwylio Yeshua'n noeth a'i noethni o'n cael ei gyffwrdd gan y gwragedd. Mae Kepha'n teimlo gwefr gyfarwydd. Nawr mae'r gwragedd yn gwisgo Yeshua. Mae'r gwragedd yn aileni Yeshua. Mae'r gwragedd yn atgyfodi Yeshua. Gydag ennaint. Gyda nard. Gyda phersawr. Gyda dwylo. Cnawd ar gnawd.

·

Mae Judah yno, tu allan i'r tŷ. Tu allan i'r tŷ yn aros. Yn aros gyda'r lleill. Ac mae Judah'n dweud, Tasa hi wedi gwerthu'r ennaint am dri chan denarii mi fyddan ni wedi medru bwydo'r tlawd.

Ac mae Yeshua'n brasgamu trwy'r drws, ac mae'r disgyblion yn neidio ar eu traed. Ar eu traed o flaen yr Yeshua newydd, yr Yeshua glân. Ac mae'r Yeshua hwn yn dweud –

Paid ti â dweud gair yn erbyn Miriam hamegaddela se'ar nasha. Gad lonydd iddi hi. Mi fydd y tlawd yma trwy'r amser. Dowch, mi awn ni i'r ddinas.

Ac mae o'n cerdded i lawr y lôn. Ac mae o'n mynd yn igam-ogam. Mae Kepha'n edrych ar Miriam hamegaddela se'ar nasha. Ac mae Miriam hamegaddela se'ar nasha yn edrych ar Kepha. Mae ei llygaid yn dweud, *Paid â herio. Paid â chodi twrw.* Ac mae Miriam hamegaddela se'ar nasha yn troi ei chefn ac yn mynd yn ôl i'r tŷ.

Ty'd, Kepha, medda Avram.

Maen nhw i gyd yn mynd. I gyd yn dilyn Yeshua. I gyd yn dilyn y rabboni. I gyd yn mynd i'r ddinas. I gyd yn mynd i Yerushaláyim.

Maen nhw'n mynd ac yn mynd ac yn ara deg bach mae'r dorf yn tyfu ac yn tyfu ac yn tyfu. Llu yn heidio am Yerushaláyim.

Degau'n mynd yn gannoedd, cannoedd yn mynd yn filoedd. Miloedd yn mynd i'r Pesach.

Mae Kepha ar fodiau ei draed. Mae o'n edrych dros y pennau. Mae o'n chwilio am Yeshua. Tydi o ddim am golli Yeshua eto. Tydi o ddim am gario Yeshua eto. Ei gario fo i dŷ Martâ. Ei gario fo i'r gwely. Ei osod o ar y gwely. Hwnnw'n hefru. Hwnnw'n parablu. Hwnnw'n chwysu. Hwnnw'n glafoerio.

Amheuaeth yn cnoi. Ansicrwydd yn crawni –

Ydi'r rabboni o'i go? Wedi colli ei ben? Ydi o wedi drysu?

Na! medda Kepha wrtho fo'i hun. Na! Saf yn gadarn, sgotwr. Saf yn graig. Adfer dy ffydd yn y dyn yma. Adfer dy ffydd yn ei neges o. Paid â llacio. Paid â gadael i Ha-Satan dy drechu di. Dyrna'r diawl fel rwyt ti wedi dyrnu dynion dros y blynyddoedd. Ymrafael â fo. Gorchfyga fo. Rho gweir iddo fo –

Rabboni! Rabboni!

Kepha'n galw ar Yeshua. Kepha'n gwthio trwy'r dyrfa. Kepha'n chwilio. Kepha ddim am golli'r rabboni. Ddim am golli'r Mashiach. Ond am ei amddiffyn o. Am ei amddiffyn hyd at farw.

Rabboni! –

Mae o'n dod o hyd i'r lleill a dod o hyd i Yeshua. Mae Yeshua'n mynd yn igam-ogam o hyd. Baglu mynd. Fel meddwyn. Y dyrfa'n ei gario fo. Môr o gyrff. Yeshua'n gwch. Yn siglo mynd. Fel sgiff Kepha ar y môr yn HaGalil. Kepha'n taflu ei rwyd. Yeshua'n taflu ei rwyd. Rhwydo dynion. Eu rhwydo nhw ar gyfer y Deyrnas.

Yeshua! Yeshua!

Kepha'n galw ar ei arglwydd. Kepha'n cythru ym mraich ei arglwydd. Braich ei arglwydd mor denau. Pennau bysedd Kepha'n cyffwrdd o amgylch y fraich. Yeshua'n troi ac yn edrych ar Kepha. Llygaid Yeshua'n llachar. Yeshua'n lledwenu –

Kepha ... yli ... dacw Yerushaláyim ... dacw'r ddinas ... yli ... dyna lle mae'r Deml ... mae'r Adonai'n y Deml, Kepha ... mae'r Adonai'n aros amdanaf fi ... yn aros amdanaf fi'n y Deml ... mae'r diwrnod yn agos, Kepha ... o Kepha ...

•

Mae Yeshua'n gwthio'n ei flaen. Yn gwthio o'r dwyrain. Yn mynd tua'r gorllewin. Yn gwthio gyda'r llu. Yn siglo gyda'r llu. Yn morio gyda'r llu. Yn cael ei golli yn y llu. Mae chwys ar ei wegil. Mae ei groen o'n cosi. Mae ei galon o'n carlamu. Mae ei stumog o'n corddi. Mae ei ddillad o'n glynu i'w groen o. Mae'r porth yn agor. Y Porth Aur. Y porth dwyreiniol yn y gaer ddwyreiniol. Y llu yn heidio trwy'r porth. Yn dew trwy'r porth. Y llu yn llafarganu. Mil o leisiau. Miloedd o leisiau. Mae Yeshua'n chwil –

Mae o'n clywed, Clod i ti! Clod i ti!

Mae o'n clywed, Hosanna! Hosanna!

Mae o'n clywed, Clod i'r Adonai! Clod i Deyrnas Da'vid!

Mae o'n gweld breichiau'n chwifio.

Mae o'n gweld dilladau'n chwifio.

Mae o'n gweld dail coed palmwydd a mulod a geifr a defaid a ieir a hwyaid.

Mae sŵn ac oglau a chanu, ac mae'r caerau tywodfaen yn codi ac yn ymestyn, ymestyn at y nefoedd, a'r nefoedd yn agor –

TI YDI FY MAB ANNWYL.

Mae Yeshua'n baglu trwy'r dyrfa. Y dyrfa sy'n canu Hosanna iddo fo. Y dyrfa sy'n ysgwyd dail palmwydd. Y dyrfa sy'n ei groesawu o ac mae o'n gweiddi –

Bendigedig ydi'r Deyrnas sy'n dod! Teyrnas ein Brenin Da'vid! Bendigedig ydi'r un sy'n dod yn enw'r Adonai!

Ac mae'r llu o'i gwmpas yn dechrau gweiddi, Bendigedig! Bendigedig!

A chyn bo hir mae'r llu i gyd yn gweiddi, Bendigedig! Hosanna! Bendigedig! Hosanna!

Ac mae ei ben o'n troi. Ac mae o'n ymestyn ei freichiau at y nefoedd ac mae o'n edrych tua'r nefoedd ac mae'r nefoedd eto'n agor –

TI YDI FY MAB ANNWYL.

Mae o'n edrych i fyny. I fyny am y nefoedd. I fyny at lle mae muriau'r ddinas. Ac ar furiau'r ddinas mae o'n gweld milwyr. Ac ar do'r amgaerfa mae o'n gweld milwyr. Milwyr Rhufain. Milwyr yr ymerawdwr. Milwyr o Caesarea Maritima ac o Provincia Syria.

Milwyr gyda'u gladii, eu cleddyfau. Milwyr gyda'u pila, eu gwaywffyn. Milwyr gyda'u pugiones, eu dagerau. Milwyr yn eu lifrai. Milwyr gyda baneri. Baneri Rhufain. Yr Eryr dros y Deml.

Mae rhywun yn cythru ynddo fo ac mae o'n troi ac mae o'n syllu i lygaid Kepha –

Kepha, Kepha, glywist ti?

C-clywed be, rabboni?

Eu clywed nhw'n dathlu fy nyfodiad i.

Mae Kepha'n oedi ac yna –

Do, rabboni. Ty'd, rhaid i ni fynd.

Na, aros. Yli. Yli'r milwyr.

Dwi'n gweld y milwyr. Ac maen nhw'n ein gweld ni.

Milwyr Rhufain.

Mae'r milwyr yma bob blwyddyn, rabboni.

Ydyn . . . ydyn ond eleni . . . eleni, Kepha . . . eleni ydi – yli, yli – Y Deml, rabboni, wn i. Ty'd! Ty'd wir, mae hi'n wallgo yma.

Yr Adonai yn y Deml. Un Deml. Un duw. Un Yisra'el, medda Yeshua.

Mae o'n rhwygo'i hun o afael Kepha ac yn hyrddio trwy'r dorf. Mae Kepha'n ei ddilyn o ac mae Avram yn ei ddilyn o ac mae Yah'kob yn ei ddilyn o ac mae Yokam yn ei ddilyn o ac mae Judah yn ei ddilyn o ac mae Bar-Talmai yn ei ddilyn o ac mae Tau'ma yn ei ddilyn o ac mae Mattiyah yn ei ddilyn o ac mae Taddai yn ei ddilyn o ac mae Ya'kov bar Hilfài yn ei ddilyn o ac mae Levi yn ei ddilyn o ac mae Shimon Kanai yn ei ddilyn o.

Yn ei ddilyn o. Yn ei ddilyn o fel Yisra'el. Yn ei ddilyn o at y Deml. I Gwrt y Deml. I'r cwrt lle mae mynd a dod, lle mae prynu a gwerthu. Mae sŵn yno. Sŵn yr anifeiliaid. Sŵn y clwcian. Sŵn y brefu. Sŵn y blagio. Sŵn yr ocsiwn. Mae drewdod yno. Drewdod yr anifeiliaid. Drewdod yr ieir. Drewdod y defaid. Drewdod y llygredd. Drewdod yr arian. Drewdod y prynu a'r gwerthu. Marchnad yng Nghwrt y Deml. Teml yr Adonai. Y Deml o ble daw'r Deyrnas. Mae hi fel hyn bob Pesach. Fel hyn bob blwyddyn. Ond nid eleni. Nid eleni a'r Deyrnas yn dod. Chaiff hi ddim bod fel hyn eleni.

Mae Yeshua'n mynd o'i go. Ar wythfed dydd mis Nisan. Ar Yom Shishi, chweched dydd yr wythnos. Y dydd cyn Yom Shabbat. Mae Yeshua'n mynd o'i go.

•

Be ddigwyddodd heddiw, Yehoseph bar Qyph'? medda Pilatus. Mae hi bron yn fachlud. Bron yn Yom Shabbat. Yehoseph bar Qyph' ar bigau'r drain. Ar bigau'r drain i fod adra'n paratoi ar gyfer Yom Shabbat. Paratoi gyda'i deulu. Paratoi gyda'r Yehud'im. Nid yma mae o am fod. Nid yma ym Mhalas Hordus Ha-Melekh yn cael ei ddwrdio gan y Praefectus Pontius Pilatus, cynrychiolydd Tiberius Caesar Divi Augusti filius Augustus yn nhalaith Rufeinig Yehuda. Tydi Yehoseph bar Qyph' ddim eisiau hynny ar unrhyw ddydd o'r wythnos. Ond tydi Yehoseph bar Qyph' ddim eisiau hynny a hithau bron yn Yom Shabbat. Mi fydda'n rheitiach i'r archoffeiriad gadw'r Shabbat. Mi fydda'n rheitiach i'r archoffeiriad gadw pob un o mitzvot y Shabbat. Ac mae Yehoseph bar Qyph' yn cnoi ei winedd nawr. Eu cnoi nhw ym Mhalas Hordus Ha-Melekh. Eu cnoi nhw yn y praetorium. Eu cnoi nhw o flaen Pontius Pilatus wrth i Pontius Pilatus ei ddwrdio –

Be ddigwyddodd? Mae gen i restr o gwynion gan fy swyddogion, Yehoseph bar Qyph'. Rhestr o gwynion am fethiant Heddlu'r Deml i gadw trefn, am dy fethiant di i gadw trefn. Be ydw i i fod i'w wneud gyda'r cwynion yma, Yehoseph bar Qyph'?

Praefectus, fe wyddoch chi fod gwaith aruthrol o'n blaenau yn ystod y gwyliau. Y Pesach yn enwedig. Dinas o ddeugain mil yw Yerushaláyim. Ond yn ystod y Pesach mae'r boblogaeth yn chwyddo. Yn chwyddo i gymaint â hanner miliwn. Ry'n ni'n dishgwl o leia tri chan mil o bererinion eleni. O leia, praefectus.

Does yna ddim tri chan mil yma ar hyn o bryd, medda Pilatus. Hanner hynny sydd yma. Ac yn barod, a finnau ond wedi bod yma ychydig oriau, dwi'n gweld helynt o flaen y Deml. Dy bobl di, archoffeiriad, dy gyd-Yehud'im, yn achosi helynt. Tydw i ddim eisiau trafferth. Tydi'r ymerawdwr ddim eisiau trafferth. Eisiau heddwch ydan ni. Heddwch a thawelwch a threfn. Beth oedd ein llwncdestun ychydig oriau'n ôl? Wyt ti'n cofio, Yehoseph bar Qyph'? Pax Romana, gyfaill. Heddwch Rhufain.

A dyna rwyf fi moyn hefyd, praefectus, medda Yehoseph bar Qyph'. Heddwch. Heddwch Rhufain yma yn Yerushaláyim.

Mae Pilatus yn eistedd. Mae o mewn gwisg lac, gyffyrddus. Mae Yehoseph bar Qyph' yn sefyll. Mae o'n ei lifrai trwm. Mae Pilatus yn ogleuo o bersawr. Mae Yehoseph bar Qyph' yn drewi o chwys. Ei ddillad yn glynu i'w gorff o. Mae o am ymolchi cyn y Shabbat. Am drochi yn y miqvah. Trochi er mwyn puro. Puro er mwyn Yom Shabbat. Ond mae Pilatus yn benderfynol o'i gadw fo yma a'i sarhau –

Pwy oedd y rafin gododd dwrw yn y Deml? medda Pilatus.

El'azar oedd ei enw. Ac mewn gwirionedd, mae e'n codi twrw bob blwyddyn.

Ac mae o'n dal yn fyw? Taswn i'n ymwybodol, mi fyddwn i wedi ei ddienyddio fo, neu o leia wedi'i chwipio fo. Be sy haru ti, Yehoseph bar Qyph'?

Dim ond proffwyd dwy a dime yw e.

Wel, dwi ddim eisiau proffwyd dwy a dima'n codi twrw yn ystod fy Mhesach i.

Mae Yehoseph bar Qyph' yn llyncu. Mae ei gorn gwddw'n sych. Mae Pilatus yn greulon. Mae Pilatus yn anhrugarog. Mae ganddo fo enw drwg. Tydi Yehoseph bar Qyph' ddim yn bwriadu mynd dros ben llestri. Tydi Yehoseph bar Qyph' ddim yn bwriadu cynddeiriogi'r boblogaeth. Ond tydi Yehoseph bar Qyph' ddim am bechu Rhufain chwaith.

A'r lleill? medda Pilatus.

Wel, medda Yehoseph bar Qyph', wel, fe gafwyd ambell i ladrad, mân fwrgleriaeth. Ymosodiad neu ddau, dynion yn eu gwin.

Mae Pilatus yn twt-twtian.

Ac fe gafwyd un digwyddiad yn ymwneud â'r ymerawdwr, rhywun yn galw am wrthryfel yn enw llinach frenhinol y Maqabim, medda Yehoseph bar Qyph'. Aelod o fudiad y Kanai'im, mae gen i ofn –

147

Y Kanai'im sydd am ddisodli Rhufain trwy drais? medda Pilatus. Mudiad lleiafrifol y'n nhw, praefectus. Ni ddylent beri pryder. Mae Pilatus yn twt-twtian. Yn cysidro. Yn cysidro'r Kanai'im. Rhyw gast sy'n deillio'n ôl i ddyddiau teulu'r Maqabim tua chanrif ynghynt. Y Maqabim sefydlodd frenhiniaeth y Chashmona'im ar ôl trechu Ymerodraeth y Selwciaid. Y Maqabim. Rhyfelwyr go sownd. Rhyfelwyr cignoeth a brwnt. Dyddiau cignoeth a brwnt. Ond hen hanes. Heddiw roedd y Yehud'im yn heddychlon. Ar y cyfan yn heddychlon. Ar y cyfan dan y fawd. Ac i'w cadw nhw dan y fawd roedd yn rhaid eu gormesu. Eu gormesu er mwyn cadw'r Pax Romana.

Unrhyw beth arall, archoffeiriad?

Un digwyddiad arall o bwys, medda Yehoseph bar Qyph'. Fe aeth yna ryw broffwyd arall o'i go yng Nghwrt y Deml a chwalu pob dim, bygwth y Deml.

Mae Pilatus yn twt-twtian eto. Mae o'n hoff o dwt-twtian yr archoffeiriad. Mae o'n hoff o dwt-twtian y Yehud'im. Pilatus ar ei draed. Yn crafu ei ben ac yn crychu ei dalcen –

Mi wyddost ti, Yehoseph bar Qyph', os na alli di gadw trefn ar y proffwydi yma, mi wna i.

Y'f fi'n deall hynny, praefectus.

Mae Pilatus yn gwenu –

Da iawn, Yehoseph bar Qyph', da iawn. Mwynha dy Shabbat. Mae o wedi cychwyn o be wela i.

Mae Yehoseph bar Qyph' yn troi ac yn edrych dros falconi'r praetorium, ac mae hi'n fachlud ac mae hi'n Shabbat ac mae o'n ochneidio.

•

Y bore canlynol. Bore Yom Shabbat. Nawfed dydd mis Nisan. Yeshua'n rhannu pryd gyda'i gyfeillion mewn tŷ mae ei ddilynwyr wedi ei hurio yn Yerushaláyim. Pryd sy'n cynnwys cholent, stiw fudferwodd am ddeuddeg awr. Stiw gadwodd at y Gyfraith. Stiw goginiwyd cyn machlud y Shabbat neithiwr. A gyda'r stiw, challah. Bara'r Shabbat. Mae'r bwrdd wedi ei osod gyda lliain bwrdd gwyn.

Canhwyllau, gwin, sawl torth challah. Mae o'n bryd bwyd Shabbat perffaith. Pryd perffaith ar ôl bore yn y synagog. Un o'r pedwar can synagog sydd yn Yerushaláyim. A'r pedwar cant yn orlawn y bore 'ma, a hithau'n Shabbat yng nghanol y Pesach. Dylai pob Yehudi fod wrth eu boddau. Ond tydi Yeshua ddim wrth ei fodd. Mae Yeshua'n sgyrnygu. Mae Yeshua'n brathu'r tu mewn i'w foch. Mae'r lleill yn mân sgwrsio, yn edrych arno fo'n brathu'r tu mewn i'w foch. Mae'r gwragedd yn gweini ac mae'r cholent yn boeth ac mae'r disgyblion yn glafoerio. Eu pryd poeth cynta ers wythnos. Pryd sy'n mwydo'r stafell â sawr swynol. Pryd sy'n siŵr o lenwi boliau gwag. Pryd ddaw â phleser. Ond nid i Yeshua –

Lle'r oeddat ti, Abba? medda fo wrtho fo'i hun. Lle'r oeddat ti?

Roedd o wedi aros i'r Deyrnas ddod. Roedd o wedi aros ar ôl dangos iddyn nhw beth roeddan nhw wedi'i wneud i'r Deml. Y Deml lle'r oedd yr Adonai. Yr unig Deml. Roedd o wedi dangos iddyn nhw, ac wedi aros.

Ond ddaeth dim. Dim ond hyn –

Uned o Heddlu'r Deml. Kepha ac Avram yn ei lusgo fo i ffwrdd. Torf yn cau amdano fo. Torf yn herio Heddlu'r Deml. Hithau'n mynd yn llanast ac yn ddyrnau. A mwy o'r Heddlu'n landio. A milwyr Rhufain yn landio. Ac offeiriaid yn llifo o'r Deml ac yn erfyn ar i bawb dawelu a rhoi'r gorau i'r cwffio. A chyn i Rufain ddadweinio'i chleddyfau, roedd y terfysg ar ben. Roedd y dyrnau'n dawel. Dim ond herio nawr. Rhegfeydd, sarhad, melltithio. Ac Yeshua'n cael ei lusgo o'r miri gan Kepha ac Avram, a Kepha'n dweud –

Be wyt ti'n wneud?

Yeshua'n anwybyddu Kepha ac yn gwthio trwy'r dyrfa. Y dyrfa'n swnllyd. Y dyrfa'n boeth. Yeshua'n gwthio'i hun i'r tu blaen. Defnyddio'i benelin. Defnyddio'i sgwyddau. Uned o Heddlu'r Deml yn rhesiad o'i flaen. O flaen y dyrfa. Y dyrfa'n swnllyd. Y dyrfa'n boeth. Tu ôl i Heddlu'r Deml mae milwyr Rhufain. Centuria o filwyr Rhufain. Wyth deg o filwyr Rhufain. Wyth deg a golwg filain ar eu hwynebau nhw. Wyth deg a golwg *Dowch 'laen, 'ta'r rafins, rhowch esgus i ni* ar eu hwynebau nhw. A tu ôl i'r rheini. Tu ôl i'r milwyr. Tu ôl i'r Centuria mae Cwrt y Deml ac mae llanast yng Nghwrt y Deml. Stondinau ben ucha'n isa yng Nghwrt y Deml. Caetsys wedi eu malu yng Nghwrt y Deml. Ieir yn clwc-clwcian yn rhydd yng Nghwrt y Deml, yn cachu ar Gwrt y Deml. Mae'r offeiriad ac mae'r archoffeiriad yng Nghwrt y Deml. Yn trafod y llanast yng Nghwrt y Deml. Yn trafod y twrw yng Nghwrt y Deml. Yr archoffeiriad. Yr archoffeiriad Yehoseph bar Qyph'. Yehoseph bar Qyph' yn ei lordio hi yng Nghwrt y Deml.

Mae Yeshua'n rhythu arno fo ac yn gweiddi –

Mi fydd y Deml yma'n syrthio! Pob carreg yn syrthio! Ac mi fydd Teml newydd. Teml newydd yn Nheyrnas yr Adonai. Gwrandewch ar y newyddion da! Gwrandewch ar fy neges i! Dilynwch fi! Mi fydd y Deml yn newydd! Teml newydd!

Mae rhai yn y dyrfa'n edrych arno fo. Ond yna daw andros o sŵn. Sŵn byddarol. Sŵn cannoedd o leisiau. Sŵn miloedd o leisiau. Rhai'n ceisio lleddfu. Rhai'n ceisio terfysgu. Ac mae hi'n stŵr ac mae hi'n dryblith. Si bod y Deml am gael ei dinistrio'n chwipio trwy'r dorf. Yn tanio'r dorf. Y Deml sanctaidd. Y Deml lle mae'r Adonai.

Mae Yehoseph bar Qyph' yn edrych ar Yeshua. Yn clywed bygythiad Yeshua. Yn sibrwd wrth offeiriaid. Yn sibrwd ac yn pwyntio bys. Ac ar ôl ei gynllwynio, ar ôl ei frad, mae'r archoffeiriad yn sleifio i'r Deml fel sarff. Yn sleifio i'r Deml lle mae'r Adonai. Yeshua'n gynddeiriog –

A nawr. Nawr dros bowlen o cholent. Nawr wrth fwrdd y Shabbat mae Kepha'n gofyn –

Pam ddaru ti fygwth y Deml?

Wnes i ddim o'r ffasiwn beth, medda Yeshua.

Maen nhw i gyd yn edrych arno fo. Maen nhw i gyd yn aros –

Dim ond eu rhybuddio nhw wnes i. Eu rhybuddio nhw y bydda'r Adonai yn dod i ddymchwel y Deml a chodi Teml newydd. Teml ar gyfer Teyrnas newydd. Dyna wnes i. Nid bygwth. Dim ond rhybuddio. Be sy haru chi? Be sy haru *chdi*, Kepha?

Mi fyddan nhw'n cadw llygad arna chdi o hyn ymlaen, medda Kepha.

Siort ora. Mi dwi am iddyn nhw gadw llygad arnaf fi. Mae gofyn iddyn nhw gadw llygad arnaf fi a gwybod fy mod i yma. Mae hi'n dda o beth bod pob pererin yn gwybod fy mod i yma, Kepha. Er eu lles nhw dwi yma. Er mwyn iddyn nhw glywed fy neges i. Er mwyn iddyn nhw glywed y newyddion da. Bois, mae'r amser yn brin. Mae'r dydd bron yma –

Mae o'n edrych o un i'r llall. O Kepha i Avram i Yah'kob i Yokam i Judah i Bar-Talmai i Tau'ma i Mattiyah i Taddai i Ya'kov bar Hilfâi i Levi i Shimon Kanai –

Chi ydi'r deuddeg. Chi fydd yn arwain y deuddeg llwyth newydd. Chi sydd yn mynd yn fy enw i. Ydach chi ddim eisiau'r baich hwnnw?

Rydan ni wedi'n bendithio, medda Kepha. Ond tydan ni ddim eisiau cael ein harestio am ddinistrio'r Deml, am godi twrw. Rydan ni yma i ddathlu'r Pesach ac –

Ac i aros am y Deyrnas! Dwn i'm be sy haru chi weithiau, wir yr. Mae hi fel tasach chi'n dwp ac yn methu deall be sy'n digwydd. Lle mae'ch ffydd chi?

Mae ganddon ni ffydd, medda Kepha. Ond mae ganddon ni ofn hefyd.

Ofn? Ofn be?

Tydan ni ddim am gael ein harestio a'n cyhuddo, medda Tau'ma.

Mae Yeshua'n edrych ar Tau'ma. Mae Yeshua'n ysgwyd ei ben, yn gwyro'i ben –

Dwn i'm wir. Fasa'n rheitiach i mi fod wedi dod â Miriam hamegaddela se'ar nasha a Martâ a'r gwragedd eraill yma. Mae ganddyn nhw fwy o asgwrn cefn na chi, mwy o stumog. Mwy o geilliau. Mwy o ffydd. Bwytwch, wir. Bwytwch a diolchwch i'r Adonai am y Shabbat.

•

Yom Rishon, dydd cynta'r wythnos. Degfed dydd Nisan. Dydd y puro. Y trydydd a'r seithfed dydd yn yr wythnos cyn y Pesach. Heddiw, y trydydd dydd. Dydd y puro gyda dŵr a lludw'r heffar

151

goch. Dydd o ddefod. Mae Yeshua'n golchi ei ddillad. Mae o'n golchi ei gorff. Mae o'n puro ei hun fel y mae'r ysgrythurau'n gorchymyn. Mae o'n puro ei hun gyda dŵr a lludw'r heffar goch. Mae o'n dduwiol trwy gydol hyn. Mae o'n dduwiol ac mewn ymgom gyda'i dad –

TI YDI FY MAB ANNWYL –

Yn ufudd, yn dduwiol, yn bur, yn Yehudi da, yn Yehudi sy'n cadw'r Gyfraith. Pam na all pob Yehudi gadw'r Gyfraith? Tasa pob Yehudi yn cadw'r Gyfraith mi fydda pob Yehudi yn cael lle yn y Deyrnas. Ond bydd rhai yn cael eu colli. Ffodr Gehinnom. Troi'n llwch yn y llyn tân. Rhai o'i deulu o hyd yn oed. Ei fam o. Ei frodyr o. Maen nhw'n ei ben nawr. Yn ei frest o fel pwysau. Pwysau ar ei galon o. Gwasgfa ar ei sgyfaint o. Yn atal ei wynt o. Ac mae dagrau yn ei lygaid o wrth iddo fo wasgu ei ddillad. Wrth i'r dŵr dollti o'r defnydd. Y dŵr ar ei fochau fo. Ond mae'r dydd yn dod. Mae'r dydd yn agos. Ac mae o yn Yerushaláyim. Ac maen nhw, ei fam, ei frodyr, ei chwiorydd, maen nhw yn Natz'rat ac yn Kfar Nahum. Ei deulu –

Na, medda fo. Na! Mae 'nheulu fi yma . . . gyda fi. Fy mrodyr go iawn. Kepha. Avram. Yah'kob. Yokam. Judah. Bar-Talmai. Tau'ma. Mattiyah. Taddai. Ya'kov bar Hilfài. Levi. Shimon Kanai. Y deuddeg. Y deuddeg sydd gyda fi, y deuddeg sydd ddim yn deall. Rhain a Miriam hamegaddela se'ar nasha a Martâ a Salome a'r lleill. Y rhai sy'n rhoi lloches i ni ar y ffordd. Y rhai sy'n rhoi bwyd i ni. Dyma fy nheulu i, a chdi –

Mae Yeshua'n codi ei wyneb. Y dagrau'n llifo i lawr ei wyneb o. Codi ei wyneb ac agor ei lygaid. Ei lygaid o'n llosgi. Ei lygaid o'n syllu at y nefoedd. Dim ond y fo yn y stafell lle mae'r miqvah. Y fo ar ei ben ei hun –

A chdi, fy Abba, medda fo, fy Abba yn y nefoedd . . . a fi, dy fab annwyl.

A does dim diwedd ar ei ddagrau fo.

•

Har HaZeitim. Llethr bryn ar ochr ddwyreiniol y ddinas. Llethr bryn lle mae'r llwyni olewydd yn tyfu. Llethr bryn lle mae cannoedd o bererinion yn torheulo, yn ymlacio, yn diogi. Har HaZeitim ar Yom Rishon, dydd cynta'r wythnos. Degfed dydd Nisan.

Ymysg y pererinion, Yeshua a'i ddisgyblion. Yeshua a'i gefnogwyr. Yeshua'n dweud –

Mae'n rhaid i chi gredu yn yr Adonai. Credwch fi, mi fydd pwy bynnag sy'n dweud wrth y mynydd yma, Bwria dy hun i'r môr, yn gweld hynny'n digwydd dim ond iddo fo gredu. Credu a chael ffydd. Dyna i gyd sydd eisiau, gyfeillion. Ffydd yn yr Adonai. Ffydd yn yr Enw Cudd, yr un duw Yehovah. Gyda ffydd, trwy gredu, mi gewch chi unrhyw beth rydach chi'n gofyn amdano fo trwy weddïo.

Dechreuodd Yeshua gerdded i lawr y mynydd. Yerushaláyim o'i flaen o. Cyffro Yerushaláyim o'i flaen o. Caerau Yerushaláyim o'i flaen o. Ac ar ben caerau Yerushaláyim o'i flaen o, milwyr. Milwyr Rhufain yn cadw llygad, yn pwyso a mesur. Mae Yeshua a'i fintai'n mynd am y porth. Y porth mae'r pererinion yn dal i lifo drwyddo. Yn llifo ers dyddiau. Llifo allan, llifo i mewn. Ac yna mae llais yn galw arno fo –

Yeshua!

Llais yn galw'i enw fo –

Yeshua!

Llais cyfarwydd, llais cysurlon –

Yeshua! –

Llais llwch brics. Yeshua'n stopio ac yn troi ac yn gweld. Yeshua'n gweld Yakov. Ei frawd Yakov. Ei frawd o o Natz'rat. Ei frawd o sy'n ddieithryn iddo fo. Mae ei nerfau fo'n frau. Mae ei wegil o'n cosi. Mae o'n chwys doman. Mae'r fintai sydd gyda fo'n gweld hefyd. Mae hi bron fel tasa pob un o bererinion y Pesach wedi gweld. Bron fel tasa Rhufain wedi gweld. Wedi gweld o ben y caerau. Wedi gweld ac wedi pwyso ac wedi mesur.

Yeshua, medda Yakov, Yeshua, sut wyt ti?

Mae Yakov yn gwenu, yn cydio ym mreichiau Yeshua, yn edrych ar Yeshua – i fyny ac i lawr.

153

Yeshua, Yeshua, fy mrawd bach i, yli arna chdi!

Ac mae Yakov yn ei gofleidio fo ac yna'n llacio'i freichiau, ac mae golwg drist arno fo –

Rwyt ti'n sgerbwd, Yeshua. Wyt ti'n bwyta, dywed? –

Mae Yakov yn edrych ar Kepha –

Ydi o'n bwyta, Kepha?

Rydan ni i gyd yn bwyta, medda Kepha. Mae'r Adonai'n darparu.

Mae Yeshua'n fud. Mae o'n edrych ar Yakov ac mae hi fel tasa fo'n edrych ar ei adlewyrchiad. Ei wyneb o'i hun yng ngwyneb ei frawd. Gwyneb ei dad yng ngwyneb ei frawd. A llygaid ei fam. Llygaid ei fam ydi llygaid ei frawd. Ac mae o'n troi ac yn stagro tua'r porth. Mae hollt yn ei frest. Mae dagrau'n tollti. Mae o'n ddryslyd. Mae o'n ysgwyddo'i ffordd trwy'r dyrfa. Baglu trwy'r porth. Gogian i'r ddinas. Dianc rhag Yakov. Dianc rhag y gorffennol. O Ha-Satan y daw'r gorffennol. Castiau gan Ha-Satan ydi'r gorffennol a Yakov a theulu a Natz'rat. Ond mae'r gorffennol yn ei erlid ac mae Yakov a theulu a Natz'rat yn ei erlid –

Mae Mam ar ei ffordd, medda Yakov.

Mae Yeshua'n troi. Yakov ar ei sawdl. Yakov yn gwisgo wyneb Ha-Satan. Yr wyneb sy'n adlewyrchiad o'i wyneb o.

P-pwy? medda Yeshua.

Mam.

Mae Yeshua'n oedi. Mae'r byd yn troi. Mae o'n sadio'i hun. Mae o'n cau ei lygaid a mynd i'w ben ac yn ei ben mae o'n chwilio am lais. Y llais sydd bob tro'n ei gysuro fo. Y llais sy'n dweud –

TI YDI FY MAB ANNWYL.

Mae o'n agor ei lygaid, mae o'n cythru yn sgrepan Yakov –

Gwranda, frawd, gwranda! Mae'n rhaid i chdi gredu. Rhaid i chdi gredu yn yr Adonai. Creda, ac mi gei unrhyw beth –

Mae Yeshua'n glafoerio. Poer ar ei ên. Poer yn ei farf. Poer yn tollti. Mae Yakov yn sgyrnygu, yn ymrafael â Yeshua –

Rhaid i ti gredu a chael ffydd, Yakov. Dilyn fi. Dilyn fi ac mi gei di le yn y Deyrnas. Dilyn fi a dos â fy neges i'n ôl i Natz'rat. Yn ôl at dy fam. Yn ôl at y cymdogion. Rhaid i ti fynd â'r neges atyn nhw,

154

Yakov. Wnaethon nhw ddim gwrando arnaf fi. Wnaethon nhw fy erlid i, fy ngwrthod i –

Naddo! Naddo'r ffŵl gwirion. Wnaeth neb dy erlid di, Yeshua – Mae Yakov yn hercio'i hun yn rhydd o afael ei frawd. Ei frawd Yeshua. Ei frawd nad oedd o wedi ei weld ers misoedd. Ei frawd sydd yn ddyn gwahanol heddiw. Ei frawd sydd wedi troi ei gefn ar ei deulu, ar ei gyfrifoldebau, ac mae o'n dweud hynny –

Wnaethon nhw dy geryddu di am dy fod ti wedi troi dy gefn.

Troi fy nghefn?

Ar y teulu. Ar y gwaith. Ar fwydo dy fam a phlant dy chwaer.

Bwyd? Pwy sydd angen bwyd?

Mae pawb angen bwyd. Mae pawb angen arian. Shicl fan hyn, shicl fan acw, shicl i fwydo'n teuluoedd. I dalu am nwyddau. Dyna ydi bywyd. Crafu byw. Sut . . . sut wyt ti'n byw, Yeshua? Chdi a dy fêts. Sut ydach chi'n byw?

Mae fy Abba yn darparu –

Ond . . . ond sut wyt ti'n bwyta?

Rydan ni'n aros gyda chefnogwyr. Yn cael lloches ac ymborth. Y rhai sydd â ffydd, Yakov. Y rhai sydd wedi gweld a derbyn bod y Deyrnas yn dod. Y rhai sy'n dilyn.

O'r olwg sydd arnat ti, dwyt ti ddim yn cael fawr o groeso. Rwyt ti fel styllan, Yeshua. Roeddat ti'n arfer bod yn hogyn nobl. Yli, ty'd yn ôl gyda fi. Ty'd adra. Ar ôl y Pesach, ty'd adra. Ac mi awn ni'n ôl ati gyda'r busnes. Mae yna faint fynnir o waith yn Sepphoris. A dwi wedi clywed am jobsys yn Tiberias. Antipater yn ailadeiladu fel dwn i'm be –

Antipater wir! Antipater ydi dy dduw di?

Naci, nid Antipater ydi fy nuw i. Fy nheulu ydi fy nuw i.

Cabledd! Cabledd, Yakov, wyt ti'n clywed? Rho'r Adonai'n gynta. Cofia'r Shema. Dysga'r Shema. Dysga'r geiriau. Adrodd nhw pan fyddi di'n eistedd yn dy dŷ, pan wyt ti'n cerdded ar y ffordd, pan wyt ti ar fin cysgu, a phan wyt ti'n deffro. Rhwyma nhw yn arwydd ar dy law . . .

Mae Yeshua'n troi ei gefn ar ei frawd ac yn taflu ei hun i fysg ei ddisgyblion, yn cael lloches yn eu mysg nhw. Ymysg Kepha ac

155

Avram a Yah'kob a Yokam a Judah a Bar-Talmai a Tau'ma a Mattiyah a Taddai a Ya'kov bar Hilfâi a Levi a Shimon Kanai. Yn eu mysg nhw. Ac maen nhw'n mynd yn un llif trwy'r porth i strydoedd ffyrnig Yerushaláyim.

•

Mae Yeshua'n arwain ei ddisgyblion i Gwrt y Deml. Mae cannoedd wedi cyrchu yno. Cannoedd am holi am wrando am ddysgu am addoli. Cannoedd o bob cwr o'r wlad. Cannoedd Yisra'el. Yn y dyrfa mae proffwydi'n proffwydo. Yn y dyrfa mae dysgwyr yn dysgu. Yn y dyrfa mae consurwyr yn consurio. Yn y dyrfa mae allfwrwyr yn allfwrw. Yn y dyrfa mae iachawyr yn iacháu. Yn y cwrt mae offeiriaid yn mynd a dod, yn pwyso a mesur. Ar golofnfeydd y Deml ac ar furiau'r ddinas, mae Rhufain yn gwylio. Mae Rhufain yn gwrando. Mae Rhufain yn cadw cownt. Mae dwylo Rhufain ar ei chleddyfau. Mae dwylo Rhufain am ei gwaywffyn. Grym o fewn cyrraedd. Mae trafferth yn rhywle. Yn agos at lle mae Yeshua'n sefyll. Mae'r dyrfa'n sgytio. Mae'r dyrfa'n symud. Yn symud fel un. Mae rhegi a gweiddi. Mae ffrwgwd. Mae Heddlu'r Deml yn rhuthro i'r dyrfa. Maen nhw'n mynd i'w chanol hi. I fysg y rafins. I ganol y Resha'im. Maen nhw'n llusgo dau gnaf o'r dyrfa. Y ddau'n strancio. Y ddau'n rhegi. Rhegi ei gilydd. Rhegi ar gownt y ffordd gywir o addoli'r Adonai. Un yn ddilynwr Yohannan Mamdana. Mae Yeshua'n ei adnabod o. Achan ydi ei enw fo. Achan ddaeth â neges iddo fo o'r carchar gan Yohannan Mamdana. Mae'r cnaf arall yn dilyn y Tseduqim. Y Tseduqim sy'n gwadu bod yna fywyd ar ôl marwolaeth. Mwy o wadwyr. Mwy o gableddwyr. Mae Heddlu'r Deml yn llusgo'r ddau i ffwrdd. Eu llusgo nhw i rywle. I gell, bownd o fod. I gell am gweir a rhybudd. Mae cyfeillion y ddau yn cwyno ac yn hefru. Uwchben, mae Rhufain yn gwylio hyn. Mae Rhufain yn pwyso ac yn mesur. Ei dwylo ar ei chleddyfau. Ei dwylo am ei gwaywffyn. Grym o fewn cyrraedd.

Daw offeiriad ymlaen a thawelu'r dyrfa. Mae'r offeiriad yn dweud –

Bihafiwch! Bihafiwch! Bihafiwch neu ni fydd cyfle i holi!

Mae'r dyrfa'n tawelu ond am ambell i wàg sy'n gweiddi. Ambell i ffŵl sy'n rhegi. Ambell i ymgreiniwr sy'n dweud, Gwrandewch ar yr offeiriad! Ambell i lo sy'n brefu. Ambell i grafwr sy'n dweud, Parchwch y Deml!

Mae ciwed o offeiriaid a swyddogion y Deml wedi dod at ei gilydd. Maen nhw'n cynllwynio. Maen nhw'n sibrwd. Maen nhw'n gwyro ac yn pwyntio. Pwyntio i gyfeiriad Yeshua. Yeshua sydd wedi gwthio'i hun i flaen y llu. Mae Yeshua fel rhywbeth gwirion, ymddangosiad ei frawd wedi ei daflu oddi ar ei echel. Ei frawd o'i hun yn codi sawdl yn ei erbyn o. Ei deulu fo'i hun. Ei bentref o'i hun.

Mae'r offeiriaid a'r swyddogion yn dod ymlaen. Mae dau aelod o Heddlu'r Deml yn dod gyda nhw. Mae'r offeiriaid yn pwyntio at Yeshua ac yn dweud –

Ef! Ef falodd y Deml. Ef ymosododd ar y gwerthwyr a'r prynwyr.

Mae Yeshua'n edrych o'i gwmpas. Ei gorn gwddw fo'n sych. Ei wegil o'n chwysu. Mae ei ddisygblion o'n dechrau gweiddi –

Na! Na! Nid y fo! Nid hwn!

Mae'r dyrfa'n gweiddi –

Na! Na! Nid y fo! Nid hwn!

Ef oedd e, medda'r offeiriad.

Mae ambell un o'r swyddogion yn edrych ar Yeshua. Maen nhw'n siarad ymysg ei gilydd. Maen nhw'n crychu eu talcenni. Maen nhw'n crafu eu barfau. Maen nhw'n ysgwyd eu pennau. Ond mae'r un offeiriaid yn dal i bwyntio at Yeshua –

Ef oedd e! Pa hawl oedd gen ti i wneud be wnest ti?

Mae Yeshua'n cynddeiriogi –

Atebwch chi fi ac mi ateba i chi, offeiriaid. Ydach chi'n credu mai'r Adonai anfonodd Yohannan Mamdana i fedyddio?

Yohannan Mamdana? Pwy mae e'n cyfeirio ato? medda'r offeiriaid a'r swyddogion ymysg ei gilydd. Pwy yw'r Yohannan Mamdana hwn?

Ac mae un yn dweud, Y proffwyd laddwyd y llynedd gan Antipater.

Ac mae un arall yn dweud, Y proffwyd o HaGalil.

Atebwch fi, medda Yeshua.

Atebwch o, medda'r rhai sydd agosa ato fo yn y dyrfa.

Mae gweddill y dyrfa yn gweiddi yn holi yn rhegi yn hefru. Yn eu byd eu hunain. Mil o fydoedd ymysg y miloedd. Mae offeiriaid o gwmpas y cwrt yn ymateb i haid o gwestiynau. Ond mae Yeshua'n teimlo bod pawb yn gwrando arno fo.

Y fo ydi'r un . . .

Atebwch o, medda'r dyrfa.

Atebwch o, medda Yisra'el.

Atebwch o, medda'r byd.

Atebwch o.

Mae'r offeiriaid a'r swyddogion yn dod at ei gilydd eto. Yr wynebau'n gwyro. Y dwylo dros y cegau. Y talcenni'n crychu. Crafu barfau. Crafu pennau.

Roedd Yohannan Mamdana'n broffwyd, medda un dan ei wynt.

Oedd? medda un arall.

Oedd, dyna pam y bu i Antipater ei ddienyddio fe.

Nid arferiad Antipater yw dienyddio proffwydi, medda un arall.

Fe ddienyddiodd hwn am iddo alw hŵr ar Herodias, medda swyddog.

Mae'r un offeiriad yn troi at Yeshua ac yn dweud, Dy'n ni ddim yn gwybod, gyfaill. Dy'n ni ddim yn gwybod ai'r Adonai anfonodd Yohannan Mamdana.

Ddim yn gwybod? medda Yeshua.

Mae'r dyrfa'n herio. Mae'r dyrfa'n pryfocio –

Ddim yn gwybod! Ddim yn gwybod!

Mae Yisra'el yn herio. Mae Yisra'el yn pryfocio –

Ddim yn gwybod! Ddim yn gwybod!

Mae'r byd yn herio. Mae'r byd yn pryfocio –

Ddim yn gwybod! Ddim yn gwybod!

Mae Yeshua'n dweud, Os na wnewch chi ddim fy ateb i, wna i ddim eich ateb chi.

Yng Nghwrt y Deml, mae tanwydd yn cynnau . . .

YOM Sheni, yr ail ddydd. Unfed dydd ar ddeg Nisan. Chwilboeth eto. Chwys a phryfed. Y pryfed yn pardduo'r awyr. Ac o dan y cwmwl, Yerushaláyim yn prysuro. Yerushaláyim yn fwrlwm. Yerushaláyim yn grochan. A Heddlu'r Deml yn cadw llygad. A'r offeiriaid yn cadw llygad. A Rhufain yn cadw llygad. Rhufain ar y waliau yn gwylio ac yn gwrando. Yn pwyso a mesur. Rhufain gyda'i dwylo ar ei chleddyfau. Gyda'i dwylo am ei gwaywffyn. Grym o fewn cyrraedd. A'r archoffeiriad yn cnoi ei winedd yn y Deml. Yn chwys doman yn y Deml. Dim chwant bwyd arno fo yn y Deml. Dim chwant caru arno. Dim chwant.

A Yeshua'n arwain ei ddisgyblion i Gwrt y Deml. Fel ddoe, fel Yom Rishon. Ac mae miloedd wedi cyrchu yno i ddysgu i wrando i glywed i bwyso a mesur. Miloedd yno i glywed yr offeiriaid yn pregethu ac yn ateb cwestiynau. Cwestiynau am y Gyfraith. Sut i fyw o dan y Gyfraith. Sut i ddadansoddi'r Gyfraith. Miloedd yng Nghwrt y Deml. Ac ymysg y miloedd mae proffwydi'n proffwydo. Ac ymysg y miloedd mae dysgwyr yn dysgu. Ac ymysg y miloedd mae consurwyr yn consurio. Ac ymysg y miloedd mae allfwrwyr yn allfwrw. Ac ymysg y miloedd mae iachawyr yn iacháu. A heddiw hefyd yng Nghwrt y Deml, y Perushim. Y Perushim gyda'u traddodiadau. Y Perushim sydd yn diystyru'r Gyfraith. Y Perushim oedd am ei waed o'n HaGalil.

Mae un o'r Perushim yn gofyn, Ry'n ni'n glynu at yr hyn sy'n wir, felly ydi hi'n iawn i ni dalu trethi i Rufain?

Mae *Wwwwwww* yn mynd trwy'r dyrfa. Mae'r dyrfa'n pwyntio at y Rhufeiniaid ar y waliau. Rhufeiniaid ar golofnfeydd y Deml. Yr Eryr dros y Deml. Grym o fewn cyrraedd. Y Rhufeiniaid yn gwylio ac yn gwrando. Y Rhufeiniaid yn pwyso ac yn mesur. Mae'r dyrfa'n chwerthin am ben y Rhufeiniaid. Mae'r Rhufeiniaid yn gwylio, yn gwrando, yn cadw cownt.

A ddylen ni dalu neu ddim? medda'r Perushim.

Mae Yeshua'n gwthio i'r tu blaen. Mae offeiriad yn dweud dan ei wynt –

Ef eto.

Mae Yeshua'n dweud –

Dowch â darn o arian i mi.

Mae'r aelod o'r Perushim yn codi ei ddwylo –

Oes gan rywun ddenarii?

Gen ti faint fynnir, medda un geg fawr.

Mae'r dyrfa'n chwerthin. Mae'r Perushim yn gwenu. Mae o'n mynd i'w bwrs ac yn dod o hyd i ddenarius. Mae o'n taflu'r denarius at Yeshua –

Rydw i'n disgwyl ei chael hi'n ôl!

Ac mae'r dyrfa'n chwerthin eto. Ac mae'r Perushim yn gwenu eto. Ond tydi Yeshua ddim yn chwerthin nac yn gwenu. Mae'n gas gan Yeshua'r chwerthin a'r gwenu. Y ffyliad yma'n cymryd pethau'n ysgafn. Yn cymryd y newyddion da'n ysgafn. Yn cymryd yr Adonai a'i Gyfraith yn ysgafn. Mae'r chwerthin yn gwneud iddo fo gorddi. Dim ond fo a'i ddisgyblion sydd ddim yn chwerthin.

Wyneb pwy ydi hwn? medda Yeshua.

Tydi pawb ddim yn gweld ond mae pawb yn gwybod heb weld wyneb pwy sydd ar y darn arian –

Cesar, medda'r rhai sydd agosaf at Yeshua.

Mae ambell un yn y dyrfa'n poeri. Mae ambell un yn y dyrfa'n rhegi. Mae ambell lygad yn troi am i fyny. I gyfeiriad y milwyr. I gyfeiriad Rhufain. Rhufain ar y muriau. Yn gwylio. Yn gwrando. Yn pwyso. Yn mesur. Yn cadw cownt. Dwylo'r milwyr ar eu cleddyfau. Dwylo'r milwyr am eu gwaywffyn.

Mae Yeshua'n taflu'r denarius yn ôl at y Perushim –

Rhowch be sy bia Cesar i Gesar, a be sy bia'r Adonai i'r Adonai.
Mae *Wwwwwww* yn mynd trwy'r dyrfa.
Mae rhai yn gweiddi –
Da iawn chdi!
Mae eraill yn gweiddi –
Hynny'n gwneud synnwyr!
Mae rhywun yn gweiddi –
Cymodwr ydi o!
Mae rhywun arall yn dweud –
Cau dy geg, tydi o ddim!
Mae rhywun arall yn gweiddi –
Mae o'n crafu tin Cesar!
Mae yna helynt eto. Mae yna dwrw. Mae yna derfysg yn y dyrfa.
Mae Heddlu'r Deml yn rhwyfo i'r dyrfa. Mae'r Rhufeiniaid ar y
waliau ac ar y colofnfeydd yn cadw cownt . . .

.

Yom Sh'lishi, y trydydd dydd. Deuddegfed dydd Nisan. Dydd y
Pesach yn agosáu. Gŵyl y Pesach yn tagu Yerushaláyim. Strydoedd
Yerushaláyim yn gorlifo. Miloedd yn byrlymu trwy strydoedd
Yerushaláyim. Y mwyafrif yno i goffáu'r Pesach. Coffáu'r Adonai'n
rhyddhau'r Yehud'im o'u caethiwed yng ngwlad Mitsrayim. Eu
rhyddhau nhw ar ôl iddyn nhw baentio gwaed yr oen ar gapan a
dau bost y drws. Eu rhyddhau nhw ar ôl i'r Adonai fynd heibio i'r
gwaed ar gapan a dau bost y drws. Mynd heibio i'r gwaed ar gapan
a dau bost y drws a mynd i'r tai oedd heb waed ar gapan a dau
bost eu drysau. Ac yn y tai hynny, difa'r cyntaf-anedig. Difa cyntaf-
anedig Mitsrayim. Eu difa nhw, yn blant ac yn anifeiliaid. Eu difa
nhw er mwyn i'r Yehud'im gael bod yn rhydd. Yn rhydd o'u
cadwynau. Yn rhydd i gael eu harwain i'r anialwch. Yn rhydd i gael
eu harwain yno gan Moshe Rabbenu. Yn rhydd i'w sefydlu eu
hunain yn Ha'Aretz HaMuvtahat. Ha'Aretz HaMuvtahat, y wlad
yr oedd yr Adonai wedi ei haddo iddyn nhw. Miloedd yma i goffáu
hynny. Coffáu'r gwaed. Coffáu'r dod allan.

Yeshua a'i ddisgyblion ymhlith y miloedd. Yeshua a'i ddisgyblion yn aros yr awr. Ac mae'r awr yn agos. Mae'r Pesach yn agos. Y Pesach fydd yr awr. Awr y dod allan o'r newydd. Awr y Deyrnas. Y diwrnod mawr.

Heddiw mae Tseduqim yng Nghwrt y Deml. Mae'r Tseduqim yn ateb cwestiynau'r miloedd. Y miloedd sydd wedi ymgynnull. Y miloedd sydd wedi dod o bob cwr o Yisra'el i ddysgu i wrando i addoli. Ac ymysg y miloedd mae proffwydi'n proffwydo. Ac ymysg y miloedd mae dysgwyr yn dysgu. Ac ymysg y miloedd mae consurwyr yn consurio. Ac ymysg y miloedd mae allfwrwyr yn allfwrw. Ac ymysg y miloedd mae iachawyr yn iacháu . . .

Mae un o'r Tseduqim yn gweiddi ar dop ei lais –

Rhoddodd Moshe Rabbenu, ein hathro, ein proffwyd, proffwyd yr Adonai, rhoddodd Moshe Rabbenu y rheol yma i ni: Os yw dyn yn marw a gadael gweddw heb blentyn, rhaid i frawd y dyn anffortunus hwnnw briodi'r weddw a chael plant yn lle'r gŵr.

Mae'r dyrfa'n cytuno.

Mae'r Tseduqim yn dweud –

Nawr, frodyr, gadewch i mi, gadewch i mi gyflwyno problem i chwi. Nawr, os oedd saith brawd, ac fe briododd y brawd hynaf a buodd farw heb adael plant, ac mae'r ail frawd yn priodi'r weddw, ac mae ynte'n marw heb gael plentyn, ac yna mae'r un peth yn digwydd i'r trydydd brawd. Ac yn y blaen. Pob brawd, frodyr, yn priodi'r weddw, pob un yn marw. A'r un ohonynt yn gadael plentyn –

Dowch â hi acw ac mi ro i glec iddi hi! medda gwamalwr o fysg y dyrfa.

Mae'r dyrfa'n chwerthin. Mae'r Tseduqim yn gwenu. Ond tydi Yeshua ddim yn chwerthin nac yn gwenu. Mae'n gas gan Yeshua'r chwerthin a'r gwenu. Y ffyliad yma'n cymryd pethau'n ysgafn. Yn cymryd y newyddion da'n ysgafn. Yn cymryd yr Adonai a'i Gyfraith yn ysgafn. Mae'r chwerthin yn gwneud iddo fo gorddi. Dim ond fo a'i ddisgyblion sydd ddim yn chwerthin.

Mae'r Tseduqim yn edrych ar ei gyd-Tseduqim. Mae'r pedwar Tseduqim yn rowlio eu llygaid ac yn codi eu haeliau ac yn twt-twtio ac yn gwenu ac yn ysgwyd eu pennau.

Mae Yeshua'n crynu. Mae o'n cau ei ddwylo'n ddyrnau. Ac yn agor ei ddwylo. Ac yn eu cau nhw eto. Ac yn eu hagor nhw eto. Yn cau ac yn agor. Yn cau ac yn agor. Ei winedd o fel hoelion yn ei gledrau fo.

Tawelwch, tawelwch, frodyr, medda'r prif Tseduqim.

Mae yna *Shhhhhhh* yn mynd trwy'r dyrfa.

Ac mae'r prif Tseduqim yn dweud –

Felly, frodyr, dyma'r cwestiwn. Pan fydd yr atgyfodiad yn digwydd, gwraig pwy fydd y weddw? Roedd hi'n briod, ar un adeg, i'r saith brawd!

Mae Yeshua'n teimlo'n boeth i gyd. Mae ei ddillad o'n glynu i'w groen o. Chwys ar ei dalcen o. Cosi o dan ei geseiliau fo. Mae o'n gwybod be mae'r Tseduqim yn ceisio ei wneud. Tydi'r Tseduqim ddim yn credu mewn atgyfodiad. Ac i Yeshua, tydi'r Tseduqim ddim yn credu yn nyfodiad y Deyrnas. Ac i Yeshua, fydd yna ddim lle i'r Tseduqim yn y bywyd newydd –

Tydach chi ddim yn deall! Tydach chi heb ddarllen yr ysgrythurau sanctaidd. Tydach chi ddim yn amgyffred gallu'r Adonai! –

Mae poer yn chwistrellu o'i weflau. Mae poer yn diferu i'w farf. Mae o'n pwyntio at y Tseduqim ac yn melltithio. Mae'r dyrfa'n gwrando. Mae'r dyrfa'n gwylio. Mae'r dyrfa'n pwyso ac yn mesur. Mae'r Tseduqim yn sibrwd ymysg ei gilydd. Mae Yeshua'n clywed y gwenwyn yn eu lleisiau nhw. Clywed eu cynllun nhw. Eu cynllun i'w ladd o. Ac mae eu cynllun i'w ladd o'n taranu trwy stafelloedd sanctaidd y Deml ac yn cyrraedd y Cysegr Sancteiddiolaf. Yn cyrraedd yr Adonai. Yn cyrraedd ei dad. Ac mi fydd dial am iddyn nhw gynllunio yn erbyn Mab y Dyn. Mi fydd llid a chorwynt yn disgyn arnyn nhw ac mi ddaw hollti ac mi ddaw tarfu ac mi ddaw difrodi –

Fydd pobl ddim yn priodi ar ôl yr atgyfodiad, medda Yeshua. Maen nhw fel angylion yn y nefoedd. Ac yn y Deyrnas sydd i ddod mi fyddan nhw'n byw eto. Yn byw ar ôl bod yn farw. Darllenwch yr ysgrythurau. Darllenwch be sgwennodd Moshe Rabbenu. Be ddywedodd yr Adonai wrth Moshe Rabbenu? Tydach chi heb ddarllen. Mi ddywedodd yr Adonai wrth Moshe Rabbenu, Fi ydi duw Abraham a duw Yitschak a duw Yakov. Nid duw'r meirw ydi o. Duw'r byw. Rhag cwilydd i chi! Rhag cwilydd i chi'n diystyru! Drwy gamddehongli! Rhag cwilydd!

Ac mae'r dyrfa'n atsain –

Rhag cwilydd!

Ac mae'r dyrfa'n anghytuno ymysg ei gilydd. Ac mae dyrnau a rhegfeydd yn cael eu taflu. Ac mae cicio a brathu. Ac mae cleisio a chreithio a chyllyll. Ac mae pwyso a mesur. Pwyso a mesur ymysg yr offeiriaid sydd wedi bod yn gwrando. Pwyso a mesur ymysg y Rhufeiniaid. Y Rhufeiniaid uwchlaw. Yr Eryr dros y Deml. Grym o fewn cyrraedd.

•

Yom Revi'i, y pedwerydd dydd. Trydydd dydd ar ddeg mis Nisan. Y nos wedi syrthio dros Yerushaláyim. Y nos wedi tawelu'r dyfroedd. Y nos wedi dod â llonyddwch i'r sgwâr. Y nos ar ôl y machlud sydd wedi llusgo Yom Sh'lishi, y trydydd dydd, o'r neilltu.

Be wnei di gyda'r anifeiliaid yma i gyd? medda Pilatus.

Eu haberthu nhw yn y Deml, medda Yehoseph bar Qyph'.

Mae Yehoseph bar Qyph' yn agor ei geg. Mae o wedi blino. Diwrnod hir arall. Diwrnod prysur arall. Diwrnod o ateb cwestiynau. Diwrnod o holi. Diwrnod o wrando a gwylio. Diwrnod o bwyso a mesur. Diwrnod a'i nerfau fo'n frau. Mae Pilatus yng Nghwrt y Deml. Mae o'n cerdded yn ôl a blaen, yn ôl a blaen ar hyd caetsys yr ieir. Mae sgwad o gorffosgordd Pilatus yn y cysgodion. Ac ar gaerau'r ddinas ac ar golofnfeydd y Deml, mae milwyr Rhufeinig. Yn gwylio ac yn gwrando ac yn pwyso ac yn mesur. Yn cadw cownt. Eu dwylo ar eu cleddyfau. Eu dwylo am eu gwaywffyn. Grym o fewn cyrraedd. Ar y sgwâr, mae'r pererinion. Yn eistedd o gwmpas. Yn trafod. Yn holi. Yn cwestiynu. Cwestiynu athrawon. Cwestiynu proffwydi. Cwestiynu iachawyr.

Cwestiynu allfwrwyr. Mae pebyll ar y sgwâr. Pebyll y pererinion. Pebyll lle maen nhw'n trafod ac yn sgwrsio ac yn ffraeo ac yn cysgu am ychydig oriau cyn mynd ati hi eto. Cyn mynd at yr athrawon a'r proffwydi a'r iachawyr a'r allfwrwyr eto. Cyn mynd atyn nhw gyda'u cwestiynau eto. Cyn mynd ati gyda'r defodau eto. Defodau'r Pesach. Defodau'r Yehud'im.

Mae Yehoseph bar Qyph' yn dymuno diwedd ar ei drafferthion. Trafferthion ddaw o fod yn archoffeiriad talaith Rufeinig Yehuda. Mae o am dynnu amdano. Am dynnu'r ketonet a'r avnet a'r mitznefet a'r me'il a'r Ephod a'r hoshen a'r tzitz. Mae o am blicio'i hun yn noeth ac am olchi'r diwrnod i ffwrdd ac yna swatio yn ei wely a chysgu. Ond mae Pilatus yn holi. Yn gofyn cwestiynau mae o wedi eu gofyn ganwaith. Yn eu gofyn nhw er mwyn bod yn bicell yn ystlys Yehoseph bar Qyph'. Yn eu gofyn nhw am fod ganddo'r hawl a'r grym. Yr hawl a'r grym i fod yn bicell yn ystlys Yehoseph bar Qyph' –

Pam na cha i ddod i'r Deml i'ch gweld chi'n aberthu?

Dim ond y Yehud'im sydd yn cael mynediad i'r Deml, praefectus.

Andros o reol ryfedd –

Mae clwcian a brefu'r anifeiliaid yn ymlacio rhywfaint ar Yehoseph bar Qyph' –

Mae croeso i'r Yehud'im ein gwylio *ni'n* aberthu, Yehoseph bar Qyph'.

Pawb at y peth y bo, praefectus.

Beth taswn i'n mynd i mewn i'r Deml y funud yma?

Mae Yehoseph bar Qyph' yn ochneidio. Yr un hen her, yr un hen gêm. Pedair blynedd o chwarae'r gêm –

Praefectus, fe welwch chi'r arwydd acw ar y mur. Y mae e'n gwbl glir. Y mae'r ymerawdwr ei hun yn cadw'r Gyfraith. Mae'r arwydd yn dweud na ddylai neb sydd ddim yn Yehud'im ddod i'r Deml, ac mae gan Heddlu'r Deml yr hawl i'w dienyddio yn y fan a'r lle os yw hynny'n digwydd. Yr unig hawl i ddienyddio sydd gennym ni.

Ia, yr unig hawl i ddienyddio. Fawr o rym, Yehoseph bar Qyph'.

Sut nad ydw i, sydd â grym dros fywyd a marwolaeth yn dy wlad di, ddim yn cael mynd i mewn i'r Deml?

Dywedodd ein proffwyd Moshe Rabbenu wrth ei frawd, A'haron, am beidio dod tu ôl i'r llen o flaen y Cysegr Sancteiddiolaf neu buasai'n cael ei ladd. Mae unrhyw un sy'n dod at y Tabernacl yn cael ei ladd. Dyma yw gorchymyn yr Adonai, praefectus. Mae'ch ymerawdwr yn derbyn hynny.

Taswn i'n dymuno, mi fuaswn i'n danfon fy milwyr i'r Deml ac yn ei malu.

Mae Yehoseph bar Qyph' yn gwrychio. Mae o'n dal ei wynt. Mae'n dynn drwyddo bob tro mae'r Rhufeiniwr yma'n dod i Yerushaláyim. Yn dynn drwyddo bob gŵyl. Yn gwrychio bob gŵyl –

Petaech chi'n gwneud hynny, buasai'r bobl yn cael eu pechu'n arw. Fe fyddai'r bobl yn dod at ei gilydd ac yn dangos eu dicter. Fe fyddai'r ymerawdwr yn anhapus iawn, y'f fi'n sicr o hynny. Praefectus, fe welsoch chi yn y gorffennol fod pechu ffydd y Yehud'im yn annoeth. Fe ddaethoch flynyddoedd yn ôl i'r ddinas hon gyda'ch milwyr a gosod delwau o Gesar. Mae delwau felly, i'r Yehud'im, yn eilunaddolgar, ac fe wyddoch chi hynny. Roeddech chi'n gwybod hynny ar y pryd. Fe ddaeth miloedd ohonom, praefectus, i'ch hafan wrth y môr, i'ch Caesarea Maritima. Fe fygythioch ein lladd, bob un ohonom, miloedd ohonom, ac fe ddangosodd y miloedd ohonom ein gyddfau i chi, praefectus. Dangos ein gyddfau noeth i chi a dweud wrthoch chi, Agorwch ein gyddfau, lladdwch ni. Ac fe ddysgoch pa mor barod y'n ni i farw dros ein duw, praefectus. Mae'r ffyddloniaid sy'n barod i farw dros eu duw yn beryglus hyd yn oed i'r ymerodraeth fwyaf nerthol ar y ddaear, praefectus. Fe wyddoch chi hynny. Ac fe welsoch reswm, yn do fe? Ac fe ddaethoch yma, a mynd â'r delwau cableddus o'r ddinas hon, o ddinas y Yehud'im.

Mae Yehoseph bar Qyph' yn gwylio ac yn gwrando, yn pwyso ac yn mesur. Faint o dân sydd yng ngwythiennau'r praefectus ar ôl yr araith fach honno? Faint o fin sydd ar ei gleddyf? Mae calon yr archoffeiriad yn taranu. Mae o'n chwysu. Mae o'n poeni ei fod o wedi dweud gormod. Mae Yehoseph bar Qyph' yn edrych i fyny. I fyny at y muriau uchel. I fyny at y colofnfeydd. I fyny lle mae Rhufain yn gwylio ac yn gwrando. I fyny at lle mae'r Eryr dros y Deml. Ei milwyr hi. Ei hysbiwyr hi. Ei grym hi. Ond mae Yehoseph bar Qyph' yn gwybod bod grym mwy na Rhufain. Ac mae Yehoseph bar Qyph' yn gwybod y bydd y grym hwnnw'n dod eto ryw ddydd fel y daeth ar y Pesach cynta. Mi fydd o'n dod ac yn ymyrryd ym mywydau dynion. Mi fydd o'n dod ac yn ailsefydlu Yisra'el. Mi fydd o'n dod a gwasgaru gelynion y Yehud'im. Ond nid heno. Nid nawr. Nid am oes. Felly am y tro –

Mae'n well o lawer i ni gyd-fyw, praefectus.

Cyd-fyw? Mi dwi'n cytuno. Ac i gyd-fyw, rhaid cael trefn. Ac nid oes fawr o drefn yr wythnos yma. Llawer o anhrefn, a dweud y gwir. Mae fy swyddogion yn bryderus. Mi dw i'n bryderus. Mi rydan ni o'r farn os na fydd trefn y bydd yna derfysg cyn diwedd yr wythnos. Ac, fy nghyfaill, mi wyddost ti be ddaw os bydd terfysg. Mi fydd yn rhaid i mi ymyrryd. Mi fydd yn rhaid i fy milwyr i ymyrryd. Ac nid oes neb am weld hynny'n digwydd, nac oes?

Nac oes wir, praefectus.

Wyt ti wedi gallu adnabod y drwgweithredwyr?

Y'n ni'n gwybod pwy sydd wedi bod yn creu cynnwrf. A nifer fechan y'n nhw.

A beth wyt ti'n bwriadu ei wneud, fy hen gyfaill, am y nifer fechan yma? Mi fuaswn i'n drist iawn o weld miloedd o Yehud'im diniwed yn dalpiau gwaedlyd ar y strydoedd, eu cymalau a'u perfedd ar allor y Deml.

Mae Yehoseph bar Qyph' yn ochneidio –

Fe gadwaf lygad ar y drwgweithredwyr, ac os oes rhaid fe gânt eu harestio, ac fe ddof atoch chi, praefectus, pan fydd galw am y gosb eithaf.

Gwell hynny na bod miloedd yn marw, Yehoseph bar Qyph'.

Gwell bod un dyn yn marw na bod cenedl yn marw, praefectus.

YOM Revi'i, y pedwerydd dydd. Trydydd dydd ar ddeg mis Nisan.
Y wawr yn waedlyd. Y bore'n brysur. Y Yehud'im yn ymgynnull.
Y dynion a'r merched. Y prynwyr a'r gwerthwyr. Heddlu'r Deml.
Swyddogion y Deml. Offeiriaid y Deml. Yn croesawu, yn sgwrsio,
yn trafod, yn ysgwyd llaw, yn chwerthin, yn crychu talcenni, yn
crafu barfau, yn poeni am hyn, yn poeni am y llall. Rhes o'r
Yehud'im yn mynd a dod, yn mynd a dod heibio i'r blychau casglu.
Y blychau casglu lle'r oedd pererinion yn cyfrannu arian i
drysorfa'r Deml. I gynnal y Deml. I gadw'r Deml. Eu Teml nhw.
Teml yr Adonai. Teml eu duw. Un Deml. Un duw.

Mae Yeshua'n dringo i Gwrt y Deml, ei ddisgyblion ar ei sawdl
o. Mae Yeshua'n gwylio. Mae Yeshua'n gwrando. Mae Yeshua'n
pwyso ac yn mesur. Mae Yeshua'n cadw cownt . . .

Mae hen wraig yn mynd at y blychau. Mae'r hen wraig yn rhoi
ychydig o geiniogau yn y blychau. Mae calon Yeshua'n berwi. Mae
ei lygaid o'n gwlychu. Mae o'n brathu ei wefus. Mae o'n crafu ei
ben. Mae o'n dweud –

Ylwch, welsoch chi?

Mae Kepha'n dweud, Gweld be, rabboni?

Y wraig acw. Yr hen wraig. Y weddw.

Welis i, medda Avram. Mi roddodd hi arian yn y blychau.

Rhoi arian yn y blychau casglu, medda Yeshua.

Beth ydi dy wers di, rabboni? medda Yokam.

Mae dagrau ar wyneb Yeshua –

Y wers ydi, bois, bod y weddw druan acw wedi rhoi mwy nag unrhyw un arall. Mae hi wedi rhoi y cwbl sydd ganddi hi i'r Deml. Ylwch rhain –

Ac mae o'n cyfeirio at yr offeiriaid. At y swyddogion. Yn eu dilladau crand. Yn ei lordio hi. Yn chwerthin. Yn malu awyr. Yn potsian –

Ylwch rhain, tasa rhain yn rhoi yr un faint, mi fydda'r Deml yn llewyrchus. Mi fydda'r Adonai'n cael ei blesio. Y gweddwon a'r tlodion sy'n cynnal y Deml. Y gweddwon a'r tlodion fydd yn uchel yn y Deyrnas. Y nhw fydd ar y blaen, nid y rhain, nid y sgwariwrs acw, y crachach yn eu dillad crand, y pennau bach sydd yn meddwl eu bod nhw'n deall y Gyfraith.

Mae dannedd Yeshua'n rhwbio'n erbyn ei gilydd. Mae'i sgalp o'n cosi. Chwys ar ei gefn fo. Ei ddwylo fo'n ddyrnau. Ei winedd o'n torri i'w gledrau fo. Mae o'n gadael Cwrt y Deml, yn chwythu bygythion. Yn gadael y sgwariwrs a'r crachach, yn gadael y pennau bach. Mae ei waed o'n berwi. Ei waed o fydda'n crasu'r ddaear.

Nawr tu allan i Gwrt y Deml. Nawr mae o'n edrych o'i gwmpas. Nawr ar y pererinion. Nawr ar y Yehud'im. Nawr ar y Resha'im. Ac mae o'n dweud –

Welwch chi'r adeiladau yma i gyd? –

Mae pob llygad yn agored iddo fo. Pob clust ar agor iddo fo –

Mi fydd y cwbl lot yn cael eu chwalu. Y cwbl lot. Pob carreg. Pob carreg yn cael ei chwalu. Dim carreg yn ei lle. Yr un garreg ar ôl.

Ac mae yna dawelwch o gwmpas y Deml. Mae yna bwyso a mesur o gwmpas y Deml. Mae yna wrando'n astud o gwmpas y Deml. Mae yna ochneidio. Mae yna gyhuddiadau yn dod gan rai o blith y pererinion a'r swyddogion. Ac mae Heddlu'r Deml yn edrych o'u cwmpas, eu cegau ar agor, yn erfyn am orchymyn. Ac mae milwyr Rhufain ar y waliau uwchlaw. Ar golofnfeydd y Deml uwchlaw. Ac mae eu dwylo nhw ar eu cleddyfau nhw. Ac mae eu dwylo nhw am eu gwaywffyn. Mae grym yn ystwyrian.

Ac mae swyddog yn cerdded o'r cwrt ac yn rhythu ar Yeshua a dweud –

Ti a fygythiodd y Deml yn gynharach yr wythnos yma! Pam wyt ti'n bygwth y Deml?

Ty'd, Yeshua, ty'd o 'ma, medda Kepha.

Mae Kepha'n ei lusgo fo i ffwrdd. Mae Yeshua'n gyndyn o fynd. Ond nerth Kepha sy'n ennill y dydd. Nerth Kepha'n ei nadu rhag cael ei arestio. Nerth Kepha'n graig lle bydd o'n gosod ei sylfeini. Ond wrth i Kepha ei lusgo fo o'r neilltu mae Yeshua'n gweiddi –

Pob carreg yn cael ei chwalu! Y cwbl lot! Pob carreg!

Ac mae'r offeiriaid yn gwylio ac yn gwrando. Yn pwyso ac yn mesur. Ac mae'r archoffeiriad yn dod o'r Deml. Mae'r archoffeiriad yn gwylio ac yn gwrando. Yn pwyso ac yn mesur. Ac mae'r archoffeiriad yn cadw cownt. Ac mae'r archoffeiriad yn edrych ar draws y ddinas. Yn edrych i gyfeiriad plasty Hordus Ha-Melekh. Yn edrych ar blasty Hordus Ha-Melekh sydd bellach yn blasty i Rufain, y praetorium. Grym o fewn cyrraedd. Ac mae'r archoffeiriad yn ochneidio.

•

Ar lethrau'r mynydd ar ochr ddwyreiniol y ddinas. Ar lethrau'r mynydd a elwir Har HaZeitim. Ar lethrau'r mynydd, ymysg y llwyni olewydd. Mae Yeshua a'i ddilynwyr wedi ymgynnull. Mae pererinion wrth eu cannoedd yn torheulo, yn ymlacio, yn diogi. Mae Yeshua'n edrych ar y ddinas. Mae o'n edrych ar y pererinion. Mae o'n edrych ar y milwyr Rhufeinig ar ben y muriau. Mae Yeshua'n gadael i'r gwylltineb dollti o'i wythiennau fo. Y gwylltineb mae o'n ei brofi bob tro mae o'n herio'r swyddogion a'r offeiriaid a'r Perushim. Y gwylltineb mae o'n ei brofi pan maen nhw'n gwneud geudyb o'r Gyfraith. Mae ei lygaid o'n chwilio. Yn chwilio'r ddinas. Yn chwilio'r muriau. Yn chwilio llethrau Har HaZeitim. Yn chwilio –

Mae Yeshua'n stiffio –

Mae'r tân yn cynnau eto –

Mae Kepha'n synhwyro –

Be sydd, rabboni?

Ac mae Kepha'n cyfeirio at rywun –

At Yakov. At ei frawd o. Ei frawd o eto. Ei frawd o eto o Natz'rat. Ei frawd o eto ar y llethrau. Ar lethrau Har HaZeitim. Ei frawd o'n ei hawntio fo. Ei frawd o'n sefyll ac yn syllu. Ei frawd o'n codi llaw arno fo. Yn cyfarch. Mae Yeshua'n crynu. Mae o'n troi ei gefn. Mae o'n troi rhag iddo fo gael ei aflonyddu. Yn troi rhag iddo fo weld ei hun. Gweld ei hun yng ngwyneb ei frawd. Gweld ei hun mewn dyn. Gweld ei hun mewn saer maen. Gweld ei hun yn y llwch ac yn y brics.

Ond ni all beidio ag edrych. Ni all droi rhag y drych. Ac mae o'n edrych i gyfeiriad Yakov eto. Edrych i weld ei frawd eto. Edrych i weld ei hun eto. Ac mae Yakov yn ei gyfarch o eto. O bell. Yn codi llaw. Yakov ymysg cyfeillion. Yr un hen wynebau o Natz'rat. Yr un hen wynebau sy'n dod i'r Pesach bob blwyddyn. Yr un hen wynebau ddaeth gyda Yeshua i'r Pesach ers ei fod o'n bar mitzvah. Ers ei fod o'n fab y gorchymyn. Ers ei fod o'n ddyn.

Flwyddyn ynghynt roeddan nhw i gyd yma. Flwyddyn ynghynt roedd o yma. Ond ni y fo. Yeshua arall oedd hwnnw. Dyn arall. Byd arall. Mae o'n ddyn newydd erbyn hyn. Ac mae'r byd yn newydd hefyd. Neu mi fydd o cyn bo hir.

Gan syllu ar Yakov, mae Yeshua'n dweud wrth ei gyfeillion –

Gwyliwch rhag i neb eich twyllo chi. Mi ddaw yna lawer o ddynion i hawlio awdurdod a dweud mai nhw ydi'r Mashiach, ac mi fyddan nhw'n twyllo nifer fawr o bobl. Peidiwch chi â chael eich twyllo.

Ac mae Yeshua'n edrych ar Yakov ac mae Yakov yn edrych ar Yeshua. Y ddau o bell. O bell, dau frawd yn edrych ar ei gilydd. Y naill yn gweld y llall yng ngwyneb ei frawd.

Gwyliwch eich hunain, medda Yeshua. Gwyliwch eich hunain. Mi gewch chi eich dwyn o flaen eich gwell, o flaen yr awdurdodau. Mi gewch chi'ch cyhuddo o fy nilyn i. Ond mae'n rhaid i'r newyddion da gael ei gyhoeddi. Mae'n rhaid i Yisra'el glywed. Mae'n rhaid i ddefaid coll Tŷ Yisra'el ddod adra. Ond gwrandewch, bois. Gwrandewch arnaf fi –

Ac mae Yeshua'n edrych ar Yakov ac mae Yakov yn edrych ar

Yeshua. Y ddau o bell. O bell, dau frawd yn edrych ar ei gilydd. Y naill yn gweld y llall yng ngwyneb ei frawd.

Gwrandewch arnaf fi, medda Yeshua. Mi fydd dyn yn bradychu ei frawd. Mi fydd tad yn bradychu ei blentyn. Mi fydd plant yn elynion i'w rhieni ac yn eu lladd nhw. Mi fydd pawb yn eich casáu chi. Eich tadau chi. Eich mamau chi. Eich brodyr –

Ac mae Yeshua'n edrych ar Yakov ac mae Yakov yn edrych ar Yeshua. Y ddau o bell. O bell, dau frawd yn edrych ar ei gilydd. Y naill yn gweld y llall yng ngwyneb ei frawd.

Byddwch yn barod, medda Yeshua. Safwch yn gadarn. Safwch fel craig o flaen eich gelynion, o flaen Ha-Satan, o flaen eich brodyr fydd yn eich casáu chi, safwch yn falch ac yn syth ac mi gewch chi'ch achub –

Ac mae Yeshua'n edrych ar ei ddisgyblion. Yn edrych ar Kepha. Yn edrych ar Avram. Yn edrych ar Yakh'ob. Yn edrych ar Yokam. Yn edrych ar Judah. Yn edrych ar Bar-Talmai. Yn edrych ar Tau'ma. Yn edrych ar Mattiyah. Yn edrych ar Taddai. Yn edrych ar Ya'kov bar Hilfài. Yn edrych ar Levi. Yn edrych ar Shimon Kanai –

Credwch fi pan dwi'n dweud y bydd pobl y genhedlaeth hon yn dal yma pan fydd y pethau yma'n digwydd. Ond gwyliwch, bois. Byddwch yn effro. Byddwch yn wyliadwrus. Da chi, byddwch yn wyliadwrus.

Ac mae Yeshua'n troi eto i weld Yakov. Ond mae Yakov wedi mynd.

•

Mae'ch gerddi chi'n hyfryd, Yehoseph bar Qyph', medda Claudia Procula.

Diolch o galon, foneddiges.

Rwy'n meddwl y byd o Yerushaláyim.

Mae Yerushaláyim yn meddwl y byd ohonoch chithau, foneddiges.

O, Yehoseph bar Qyph', wn i ddim am hynny.

Foneddiges, fe gerddoch chi yma i fy mhalas o'r praetorium y bore yma. Beth oedd ymateb y pererinion?

Mae Claudia Procula'n gwrido. Mae Claudia Procula'n gwenu'n

172

swil. Mae hi'n hardd ac yn ddeniadol. Mae arogl blodau a ffrwythau yn dod o'i chorff hi a'i gwallt hi. Mae'r aroglau yn chwarae mig gyda synhwyrau Yehoseph bar Qyph'. Mae o'n hoff o gwmni Claudia Procula. Yn hoffach o gwmni Claudia Procula na chwmni ei gŵr. A nawr mae Claudia Procula'n rhy swil i ateb ei gwestiwn.

Dyna ni, felly, medda Yehoseph bar Qyph'. Fe gawsoch groeso cynnes, yn do fe? Pawb yn moesymgrymu. Pawb yn eich croesawu. Pawb yn eich bendithio. A chithau'n eu cyfarch hwy gyda'ch duwioldeb, gyda'ch anrhydedd. Foneddiges, ry'ch chi'n Yehud'im.

Ydw. Ond tydw i ddim yn teimlo felly. Merch uchelwr o Rufain ydw i. Tydw i ddim yn teimlo fel taswn i'n haeddu bod yn blentyn i'r Adonai. Tydw i ddim yn perthyn, rhywsut.

Mae Yehoseph bar Qyph' yn ochneidio. Mae o'n sefyll yn stond ar y llwybr sy'n arwain trwy ei lwyni. Trwy'r coed cnau. Trwy'r coed olewydd. Mae o'n syllu i fyny ar wyneb prydferth Claudia Procula. Mae o'n teimlo rhywbeth annuwiol yn rhuthro trwyddo fo wrth syllu arni hi –

Claudia Procula annwyl! Ry'ch chi'n gymaint o blentyn i'r Adonai ag unrhyw Yehudi sydd wedi ei eni yn Yehudi. Ry'ch chi'n cadw'r Gyfraith –

Cystal ag y medra i, Yehoseph bar Qyph'.

Mae o'n codi ei sgwyddau ac yn dweud, Wel, dyna ni, foneddiges. Gwneud ein gorau. Gwneud ein gorau. Dyna'r oll mae'r Adonai'n ei ofyn. I ni fod yn dduwiol. I ni fod yn dda. I ni gynorthwyo'r tlawd. I ni gefnogi'r Deml. I ni gadw'r Shabbat. Dyna i gyd. Gwneud ein gorau.

Mae Claudia Procula'n ysgwyd ei phen, yn crychu ei thalcen –

Rydw i'n drysu weithiau, Yehoseph bar Qyph'.

Drysu, foneddiges?

Drysu, wyddoch chi, wrth glywed y proffwydi yma. Y rabboni amrywiol. Yr Isiyim. Y Tseduqim. Y Perushim. Y Kanai'im.

Wel, y Kanai'im. Peidiwch â sôn wrtha i am y Kanai'im, foneddiges –

Mae Yehoseph bar Qyph' yn cael ias yn ei berfedd wrth feddwl

173

am y Kanai'im a'u bwriadau treisiol. Tasan nhw'n codi terfysg, mae o'n gwybod beth fydda Pilatus a Rhufain yn ei wneud. A tydi Yehoseph bar Qyph' ddim am weld miloedd o Yehud'im diniwed yn diodde byth eto.

Gwell bod un dyn yn marw na bod cenedl yn marw . . .

Mae Claudia Procula'n dweud, Mae'r ddinas yn bair o sectau ac enwadau, Yehoseph bar Qyph'. Maen nhw'n dweud mai fel hyn mae byw, mai fel arall mae byw. Un enwad yn honni mai ganddyn nhw mae'r gwir, yna'r enwadau eraill yn honni mai, na, ganddyn nhw mae'r gwir. Un enwad yn dweud, Dyma'r ffordd at yr Adonai, ac yna'r enwadau eraill yn dweud, Na, dewch y ffordd yma at yr Adonai. Wn i ddim, wir. Rydw i'n drysu. Sut mae rhywun fel fi i fod i amgyffred? Rydw i'n effro trwy'r nos, yn troi a throsi, yn poeni, archoffeiriad.

Mae Yehoseph bar Qyph' yn meddwl am Claudia Procula'n troi a throsi yn ei gwely. Mae Yehoseph bar Qyph' yn rhoi ei law ar ei braich. Ei chroen yn gynnes. Ei chroen fel sidan. Y terfysg a'r fflamau –

Peidiwch ag ofni, foneddiges. Ry'ch chi'n llawn daioni. Fel wêl pawb hynny. Fel wêl yr Adonai hynny. Aberthwch. Addolwch. Ufuddhewch. Ac fe fyddwch chi'n cael eich derbyn i goflaid yr Enw Cudd.

Mae Claudia Procula'n crychu ei thalcen eto. Mae calon Yehoseph bar Qyph' yn sigo. Mae ganddi fwy o bryderon. Mae ganddi fwy o amheuon. Mae ganddi fwy o gwestiynau. A dyma nhw –

Ond beth am y proffwydi yma, Yehoseph bar Qyph', sydd yn pregethu bod y Deyrnas yn dod a bod yn rhaid i ni edifarhau? Ydi hi'n bosib mai'r rhain sy'n gywir? A pha un o'r rheini sy'n gywir? Ni all pob un fod yn iawn ar gownt ei gredo. Sut mae dweud? Rydw i'n cofio'r proffwyd hwnnw yn HaGalil. Y llynedd. Beth oedd ei enw? O . . . Yohannan Mamdana. Hwnnw oedd yn byw yn yr anialwch ac yn bedyddio yn y Nehar haYarden.

Hwnnw, medda Yehoseph bar Qyph'.

Fe laddwyd o gan Antipater.

174

Do, foneddiges, fe laddwyd e a dyna'i ddiwedd e.

Ond mae ganddo fo ddilynwyr o hyd. Rheini yn dweud bod yn rhaid edifarhau i ennill lle yn Nheyrnas yr Adonai neu fe gawn ni'n dinistrio. Ac yna, wel, yna mae'r proffwyd newydd yma o HaGalil. Yeshua? Dyna fo, Yeshua.

Mae Yehoseph bar Qyph' yn nodio. Mae Yehoseph bar Qyph' yn gwybod. Mae Yehoseph bar Qyph' yn gwybod bod yr Yeshua yma o HaGalil wedi bod yn codi twrw. Wedi chwalu'r stondinau yng Nghwrt y Deml wythnos yn ôl. Ac wedi bygwth y Deml oriau ynghynt. Bygwth chwalu pob carreg. Dyn o'i go. Dyn ar dân. Dyn gwyllt fel y dynion gwyllt sydd yn ffynnu draw acw yn HaGalil.

Mae hwn yn dweud, Dilynwch fi, medda Claudia Procula, ac weithiau mae gen i awydd, wyddoch chi –

O, na, na, foneddiges. Na, tacle ydi'r bobl yma. Tacle a therfysgwyr. Tacle ddaw o HaGalil, wyddoch chi. Am godi twrw maen nhw. Am greu trafferth rhwng y Yehud'im a Rhufain. Gelynion Rhufain ydyn nhw, foneddiges, cofiwch chi hynny. A dyn ar herw yw'r cnaf yma, fi'n addo i chi. Dyna y'n nhw i gyd yn HaGalil. Mae'r gogledd yn gwneud i mi grynu, foneddiges.

Mae fy ngŵr –

Mae bol Yehoseph bar Qyph' yn corddi –

Mae fy ngŵr, medda Claudia Procula, yn dweud y dylid dienyddio pob un wan jac ohonyn nhw. Eisiau trefn mae o, 'dach chi'n gweld. Eisiau heddwch. Pax Romana. Neu mi gaiff drafferth gan legat Provincia Syria. Ac yna ei ddwrdio gan Rufain eto fyth. Rhaid cadw trefn, yn does, Yehoseph bar Qyph'. A nawr fy mod i'n Yehudi mi fydda cystal i chi dderbyn fy ngair i ar hyn: Heddwch ydi neges Rhufain.

Mae Yehoseph bar Qyph' yn meddwl, Dyma lwynoges, ac mae Yehoseph bar Qyph' yn meddwl –

Heddwch yw neges pawb ac fe'i darperir ef gyda chleddyf a gwaywffon os bydd rhaid . . .

Ac mae Yehoseph bar Qyph' yn dweud –

Heddwch yw ein neges ni i gyd, foneddiges.

•

175

Yom Chamishi, y pumed dydd. Pedwerydd dydd ar ddeg mis Nisan. Dydd cynta gwyliau'r Pesach. Dydd cynta gŵyl y bara croyw. Dydd ei buro. Ei buro mewn dŵr a gyda lludw'r heffar goch. Y ddefod o buro i'w chwblhau. Yeshua ym Meth'anya. Yeshua wedi aros dros nos yng nghartre Martâ, chwaer Miriam hamegaddela se'ar nasha. Ac roedd Miriam hamegaddela se'ar nasha yno neithiwr. Roedd Miriam hamegaddela se'ar nasha yno'n dweud, Paid ti â bod ofn, rabboni. Paid ti â gwanio. Paid ti â gadael i neb ddweud wrtha chdi dy fod ti'n anghywir. Ti ydi'r un. Mab y Dyn. Ti ydi'r unig obaith sydd gan y Yehud'im.

Mae Yeshua'n meddwl y bydda Miriam hamegaddela se'ar nasha yn gwneud gwell dyn na llawer dyn. Y bydda Miriam hamegaddela se'ar nasha wedi gwneud mam iddo . . .

Dydd y puro gyda dŵr a lludw'r heffar goch. Dydd o ddefod. Mae Yeshua'n golchi ei ddillad. Mae o'n golchi ei gorff. Mae o'n puro ei hun fel y mae'r ysgrythurau'n gorchymyn. Mae o'n puro ei hun gyda dŵr a lludw'r heffar goch.

A hwn ydi'r ail buro. Y puro ar y seithfed dydd ers cyrraedd, ers teithio. Puro ddwywaith yn ôl yr ysgrythurau. Puro ar y trydydd dydd ers cyrraedd, ers teithio. A phuro ar y seithfed dydd ers cyrraedd, ers teithio. Ac ar y seithfed dydd, yr ail ddiwrnod o buro, mae Yeshua fel pob un arall gyrhaeddodd ar yr un diwrnod. Pob Yehudi daionus. Pob Yehudi ufudd. Pob Yehudi duwiol. Mae Yeshua'n noeth ac mae Yeshua'n mynd i'r miqvah yn nhŷ Martâ. Y miqvah lle mae'r dŵr yn bur. Mae o'n mynd o dan y dŵr. Yn cael ei drochi gan y dŵr. Yn cael ei buro gan y dŵr. Trochiad defodol. Fel y trochwyd o gan Yohannan Mamdana. Gan Yohannan Mamdana bron i flwyddyn yn ôl. Blwyddyn sy'n teimlo fel cant. Cael ei drochi. Mae'n cofio'i hun yn cael ei drochi yn yr afon ond nid y fo oedd yn yr afon yr adeg honno. Rhywun arall. Dyn arall. Dyn sydd ddim fel fo. Dyn heb ei eneinio. Dyn heb weld. Dyn heb glywed. Dyn heb bwyso. Dyn heb fesur. Dyn sydd heb gadw cownt. Mab saer maen o Natz'rat. Nid Mab y Dyn. Mae o nawr yn trochi ei hun yn ddefodol eto. Fel y trochwyd o gan Yohannan Mamdana yn nyfroedd y Nehar haYarden. Dŵr clir y Nehar haYarden. Dŵr pur y Nehar haYarden. Y dŵr yn golchi'r drwg o'i galon o. Yn golchi'r pechodau. Y dŵr yma'n gwneud yr un peth. Mae o'n dal ei wynt. Mae o dan y dŵr. Mae'r byd uwch y dŵr yn ymdonni. Mae'i sgyfaint o'n blwm. Ei sgyfaint o wedi chwyddo. Ei sgyfaint o am ffrwydro. Mae o'n gweld sêr. Mae o'n gwanio. Mae o'n teimlo'n chwil. Mae o'n gweld delweddau. Mae o'n boddi. Boddi o dan y dŵr. Dŵr y Nehar haYarden. Y darfod dan y dŵr. Y darfod wedi dod. Ei nerfau fo ar dân. Ei gorff o'n crynu. Mae synau'n plethu. Mae delweddau'n gweu. Ac o'r diwedd mae o'n codi o'r dŵr. Dŵr y miqvah. Ac mae o'n sugno aer i'w sgyfaint. Ac mae pendro arno fo. Ac mae'r nefoedd yn agor. Ac mae o'n clywed llais Abba. Mae'r Adonai yn siarad gyda fo. Mae'r Adonai o'r diwedd yn sylwi. Ac mae'r Adonai yn dweud –

TI YDI FY MAB ANNWYL, TI YDI FY MAB ANNWYL AC MI WYT TI WEDI FY MHLESIO I'N LLWYR.

•

Dim ond y dechrau ydi heddiw, medda Pilatus. Pam mae eu gwyliau nhw'n para mor hir?

Oherwydd eu bod nhw'n ufudd ac yn dduwiol, medda Claudia Procula. Oherwydd bod eu Cyfraith nhw, y Gyfraith ddaeth o'r Adonai, yn chwarae rhan ym mhob elfen o'u bywydau nhw. Yn hytrach, ein bywydau ni. Ni'r Yehud'im.

Pilatus yn tuchan.

Claudia Procula –

Mae'r Gyfraith yn dangos i ni sut i fyw, sut i gysgu, sut i fwyta, sut i garu hyd yn oed.

Pilatus yn tuchan eto ac yn dweud, Hen dduw busneslyd ar y naw sydd ganddyn nhw . . . sydd ganddoch *chi*, aur fy myd.

Mae Claudia Procula yn codi o'r gwely yn noeth. Mae hi'n croesi at ei gŵr sydd yn eistedd wrth y bwrdd. Wrth y bwrdd yn craffu ar ddogfennau. Wrth y bwrdd yn cyfri niferoedd y milwyr. Wrth y bwrdd yn arwyddo gwarantau marwolaeth. Mae hi'n lapio'i breichiau am ei sgwyddau fo –

177

Wyddost ti fod yna broffwyd yma a chanddo fo neges newydd? Poen yn din ydi proffwydi.

Mae'r proffwyd yma'n dweud bod y darfod yn dod.

Beth wyt ti'n feddwl, y darfod?

Y darfod.

Darfod yr ymerodraeth? Be ydi o, un o'r Kanai'im yma? Be mae'r Groegwyr yn eu galw nhw? Zelotes? Gwrthryfelwyr? Wel, mae gen i ffordd effeithiol dros ben o ymdrin â gwrthryfelwyr –

Mae o'n codi darn papur a'i ddangos o iddi. Gwarant farwolaeth.

Nid Zelotes ydi hwn, medda Claudia Procula. Ac mae dy weithredoedd di yn rhoi enw drwg i Rufain, Pilatus.

Mae o'n neidio ar ei draed. Yn gafael yn ei breichiau hi. Yn edrych arni hi'n noeth –

Paid ti â dweud wrtha i sut i reoli'r gnawes. Clustan eto gei di. Cadw di at dy le. A dy le di, Claudia, ydi ar dy gefn. Ar dy gefn yn esgor ar fab i mi. Esgor ar etifedd. Tydw i ddim yn gadael y wlad yma nes bod babi yn dy fol di.

Addewidion, addewidion.

Mae o'n rhoi hwyth iddi ar y gwely. Mae ei bronnau hi'n rhwyfo. Mae Pilatus yn troi oddi wrth ei bronnau sy'n rhwyfo –

Pwy ydi'r proffwyd yma? Ai hwn achosodd helynt yn y Deml ar Dies Veneris?

Wn i ddim.

Os na all Yehoseph bar Qyph' gadw trefn, mi gadwa i drefn, ar f'enaid i.

Gwnei mwn.

Gwnaf mwn, Claudia. Mi fygythiwyd eu Teml nhw ddoe. Y rafin yma'n honni y bydd hi'n cael ei chwalu. Ar fy llw, taswn i'n dod o hyd iddo fo, mi faswn i'n ysgwyd ei law o. Ei longyfarch o ar ei weledigaeth. Po leia o demlau sydd, lleia'n y byd o drafferth fydd.

Mae hynny'n wir, cariad. Mae Cyfraith Moshe Rabbenu yn glir. Un Deml, un duw.

Mae Pilatus yn troi i wynebu ei wraig noeth –

Ond pwy sydd i benderfynu pa deml a pha dduw ydi'r rhai cywir, Claudia?

Mae Claudia Procula'n codi ei sgwyddau'n chwareus. Mae Claudia Procula'n lledu ei choesau'n ara deg. Mae Claudia Procula'n llyfu ei gwefus yn awchus.

Rhufain sydd yn penderfynu, medda Pilatus –

Mae'n dechrau tynnu amdano.

Rhufain sydd yn dweud, Claudia –

Mae o'n noeth. Mae o arni hi. Mae hi'n giglan ac yn agor ei hun ar ei gyfer o ac mae o'n galed ar ei chyfer hi –

Wyt ti am fymryn o rym Rhufain, Claudia?

Mymryn, medda hi –

Ac mae hi'n gafael yn y grym.

•

Mae Tau'ma a Bar-Talmai wedi prynu'r oen. Wedi prynu'r oen yn y farchnad yn y Deml. Y Deml lle'r oedd y prynu a'r gwerthu. Lle'r oedd y brefu a'r udo. Lle'r oedd drewdod piso a drewdod cachu a drewdod pres. Mae Tau'ma a Bar-Talmai'n aros eu tro. Aros eu tro gyda'r oen. Yr oen yn brefu. Bar-Talmai'n ei fwytho. Rhesiad o ddynion gydag ŵyn. Ŵyn sy'n mynd i'r lladdfa. Mae Tau'ma'n edrych o'i gwmpas. Yn edrych ar yr offeiriaid. Yn edrych ar y swyddogion. Yn edrych ar y prynu ac ar y gwerthu. Yn edrych ar filwyr Rhufain ar y waliau. Y milwyr yn gwylio ac yn gwrando. Yn pwyso ac yn mesur. Eu dwylo ar eu cleddyfau. Eu dwylo am eu gwaywffyn.

Wyt ti'n meddwl bod Yeshua'n iawn, Bar-Talmai? medda Tau'ma.

Mae Yeshua'n iawn bob tro, Tau'ma. Mae o wedi bod yn iawn ers y cychwyn cynta.

Ond wyt ti'n meddwl ei fod o'n iawn ar gownt y Deyrnas? Ei bod hi'n dod yn fuan? Yn dod ella fory?

Mae gen i ffydd yn Yeshua. Dyna pam ydw i'n ei ddilyn o, Tau'ma. Pam wyt ti'n ei ddilyn o?

Wel, am yr un rheswm, siŵr iawn, ond fedra i ddim peidio amau.

179

Paid ag amau. Ha-Satan sydd yn gwneud i ti amau. Ceisio dy wenwyno di. Rhaid credu, nid amau.

Wn i, wn i, ac mi dwi yn credu. Dyna pam dwi'n ei ddilyn o hefyd. Dyna pam dwi wedi gadael fy nheulu ar ôl. Gadael fy swydd. Dyna pam dwi'n llwgu am ddyddiau ac wedi colli pwysau.

Mi ddaw'r Deyrnas, Tau'ma. Ac mae lle i ni i gyd ynddi hi. Mae gen i godiad wrth feddwl am y peth. Dychmyga'r cyffro yma fory. Dychmyga sut y bydd hi pan gaiff Yeshua ei godi a'i osod ar yr orsedd. A ninnau, Tau'ma, ninnau gyda fo. Ni'r deuddeg yn dywysogion dros Dŷ Yisra'el.

Mae Tau'ma'n dychmygu ac mae gan Tau'ma ofn. Ofn be sy'n dod. Ofn ei amheuaeth. Mae swyddog o'r Deml yn eu galw nhw ymlaen. Mae tro Tau'ma a Bar-Talmai wedi cyrraedd. Tro'r oen. Aberth yr oen. Gwaed yr oen. Yr oen yn brefu. Mae Tau'ma a Bar-Talmai'n dod â'r oen ymlaen. Mae rhesiad o offeiriaid yno gyda chwpanau aur a chwpanau arian yn eu dwylo. Mae swyddog yn cymryd yr oen gan Tau'ma a Bar-Talmai. Mae ffedog y swyddog yn waedlyd. Mae brest y swyddog yn waedlyd. Mae oglau gwaed ar yr awyr. Mae rhesi o ŵyn marw yn crogi ar fachau o'r to. Mae Tau'ma a Bar-Talmai'n sefyll yn ôl. Mae'r oen yn brefu. Mae cyllell y swyddog yn agor gwddw'r oen. Mae'r oen yn strancio. Mae'r gwaed yn tollti. Mae un offeiriad yn gwyro ac yn dal y gwaed yn ei gwpan. Mae'r oen yn cicio. Mae'r offeiriad yn sefyll ac yn rhoi'r gwpan o waed i'r offeiriad nesa ato fo. Mae'r offeiriad nesa ato fo'n ffeirio ac yn rhoi cwpan wag i'r offeiriad cynta. Mae'r oen yn llonydd. Mae'r gwpan lawn gwaed yn cael ei phasio i lawr y rhesiad o offeiriaid. Pob offeiriad yn ffeirio ei gwpan wag am y gwpan o waed. Mae'r oen wedi marw. Mae'r offeiriad ola yn y rhes yn ysgeintio'r gwaed ar yr allor. Fel yr ysgeintiodd y Yehud'im waed yr oen ar gapan a dau bost eu drysau ganrifoedd ynghynt yng ngwlad Mitsrayim. Ganrifoedd ynghynt er mwyn i'r Adonai wybod pwy i'w achub a phwy i'w ladd. Lladd yr oen. Aberth yr oen. Gwaed yr oen. A'r oen yn cael ei fachu o'r to wrth ochr yr ŵyn eraill. A'r oen yn cael ei flingo gan swyddog arall. Mae'r swyddog yn diberfeddu'r oen. Mae perfedd yr oen yn cael ei ddal mewn powlen. Mae offeiriad yn rhoi halen ar y perfedd yn y bowlen. Mae'r offeiriad hwnnw'n cyflwyno'r perfedd yn y bowlen sydd wedi ei halltu i offeiriad yr allor. Mae offeiriad yr allor yn ei gynnig ar yr allor. Aberth ar yr allor. Cnawd yr oen. Mae gweddill y coluddion yn cael eu cario allan a'u glanhau. Eu puro. Puro'r oen. Mae Tau'ma a Bar-Talmai'n gadael Cwrt y Deml. Mi ddôn i nôl yr oen yn hwyrach ond nawr mae'r nesa'n y rhes yn dod ymlaen gyda'i oen. Ei oen yn brefu. Ei aberth i'r Deml. Ei aberth i'r Adonai. Gwaed i'r Adonai. Y ddefod i'w hailchwarae.

•

Mae Yehoseph bar Qyph' wedi dod i'r praetorium i weld Pilatus ac mae gan Yehoseph bar Qyph' restr o enwau.

Mae Pilatus yn astudio'r rhestr enwau. Mae Pilatus yn agor ei geg, wedi blino. Mae Pilatus yn cyfri'r enwau. Enwau'r rhai mae Yehoseph bar Qyph' yn bwriadu eu harestio. Eu harestio nhw i sicrhau bod y Pesach yn heddychlon. I gadw Pilatus yn hapus. I gadw cleddyfau Rhufain yn eu gweiniau. I gadw'r Pax Romana.

Dim ond deg ar hugain, medda Pilatus.

Mae Yehoseph bar Qyph' yn ochneidio ac yn dweud –

Y rhai sydd wedi codi twrw fwy nag unwaith, a'r rhai sydd wedi creu y drafferth fwya. Y rhai sydd â chysylltiadau posib â'r Kanai'im.

Mae Pilatus yn codi ei sgwyddau. Mae Pilatus yn taflu'r rhestr enwau ar y bwrdd. Mae Yehoseph bar Qyph' yn codi'r rhestr enwau oddi ar y bwrdd. Mae o'n rowlio'r rhestr enwau yn sgrôl. Mae o'n rhoi'r sgrôl mewn bag.

Mae Pilatus wedi troi ei gefn. Mae o'n edrych allan drwy'r ffenest. Edrych ar draws y ddinas –

Rwyt ti'n meddwl fy mod i'n mwynhau creu ofn a dychryn, achosi poen, yn dwyt, Yehoseph bar Qyph'?

Dim o gwbl, praefectus.

Tydi croeshoelio dyn ddim yn rhoi pleser i mi.

Nag yw e?

181

Ond rhaid dangos pwy yw'r grym, weithiau.

Dyna fe, praefectus.

Mae Pilatus yn troi. Ei lygaid glas yn disgleirio –

Mae fy ngwraig i'n caru dy dduw di, Yehoseph bar Qyph'.

Mae'ch gwraig chi'n dduwiol.

Fyddat ti'n hoffi taswn i'n addoli dy dduw di?

Nid rhywbeth i mi yw hynny. Rhwng y praefectus a'r Adonai mae hynny, medda Yehoseph bar Qyph'.

Ia, ond be fasat ti'n ddymuno, archoffeiriad?

Heddwch y'f fi moyn, praefectus. Ac os yw hynny'n golygu eich bod chi'n addoli duwiau Rhufain, y'f fi'n fodlon. Ond buasai gweld Rhufeiniwr mor amlwg yn dod i'r Deml i addoli ac i aberthu yn wefreiddiol. Ac yn ddylanwadol. Fe ddaw'r dydd hwnnw ryw dro. Un duw sydd, praefectus. Un Deml. Prynhawn da. Hen gyfaill.

Mae Yehoseph bar Qyph' yn gadael gyda'r rhestr o enwau. Enwau'r rhai mae Yehoseph bar Qyph' yn bwriadu eu harestio i gadw heddwch y Pesach. Enwau'r rhai mae Yehoseph bar Qyph' yn bwriadu eu harestio i gadw'r Pax Romana.

•

Mae'r tŷ'n un sydd wedi ei hurio gan Kepha a Yokam. Mae'r stafell i fyny'r grisiau yn y tŷ. Mae bwrdd hir yn y stafell. Mae Tau'ma a Bar-Talmai wedi bod yn nôl yr oen ac wedi ei ddychwelyd i'r tŷ. Yr oen wedi ei rostio nawr. Yr oglau'n llenwi'r stafell. Oglau'r aberth. Oglau'r Pesach. Oglau'r gwaed. Y gwaed ar gapan a dau bost y drws. A'r Adonai'n difa.

Ar y bwrdd hir yn y stafell yn y tŷ –

Mae cwpanau a jygiau o win a dŵr. Mae bara croyw. Mae ffrwythau a llysiau.

Mae Yeshua'n sefyll ar riniog y stafell yn y tŷ. Yn sefyll ar y rhiniog o dan y capan a dau bost y drws. Yn sefyll ac yn syllu ar yr oen ar y bwrdd. Yr aberth ar y bwrdd. Y Pesach ar y bwrdd. Mae disgyblion Yeshua yno. Rhai'n eistedd. Rhai'n sefyll. Pawb yn darparu. Darparu ar gyfer y Pesach. Darparu ar gyfer yr aberth.

182

Mae Yeshua'n troi. Mae o'n cerdded i lawr y grisiau. Mae ei frest o'n dynn. Mae ei stumog o'n griddfan. Ond nid oes awydd bwyd arno fo. Mae ei wegil o'n chwysu a'i sgalp o'n cosi. Mae o'n mynd allan o'r tŷ. Allan i'r stryd. Y stryd yn dawel. Oglau ŵyn yn rhostio ar yr awyr. Awyr y Pesach. Awyr yr aberth. Y nos wedi cau. Wedi cau am Yerushaláyim. Wedi cau amdanyn nhw i gyd. A'r dydd wedi cyrraedd. Y machlud wedi dod â'r dydd. Y dydd ydi Yom Shishi. Y chweched dydd. Pymthegfed dydd mis Nisan.

Allan yn y stryd –

Mae Yeshua'n crynu. Mae ias yn mynd trwyddo fo. O'i fodiau i'w gorun.

Allan yn y stryd –

Mae o'n edrych tua'r nefoedd. Mae o'n cau ei lygaid. Mae o'n siarad gyda'i Abba. Mae o'n clywed ei Abba –

TI YDI FY MAB ANNWYL.

Y llais yn ei ben o. Y llais yn ei swyno fo. Y llais yn lleddfu. Y llais yn cysuro.

Yeshua, medda'r llais.

Ond nid yn ei ben o. Nid tu mewn ond tu allan. Nid yn ei benglog o ond yn y byd. Mae Yeshua'n agor ei lygaid. Yno, Yakov. Yakov ei frawd o. Yakov ei ddrych o. Yakov eto –

Noswaith dda, frawd, medda Yeshua. Wyt ti'n bwyta pryd y Pesach yn rhywle?

Ar fy ffordd. Rydan ni'n aros i lawr y lôn. Fi a'r hogia. Fi a'r bois o'r pentre. Hei, mae dy frodyr wedi cyrraedd heddiw, Yeshua.

Mae Yeshua'n gwingo.

Maen nhw i gyd wedi landio, medda Yakov. Mae Ye'hudah yma. Mae Yôsep yma. Shim'on hefyd. Mi roedd o'n bar mitzvah eleni. Mae o'n ddyn. Mi fydda fo wrth ei fodd yn dy weld di, Yeshua. Tydi o na'r lleill heb dy weld di ers i chdi adael.

Wnes i ddim gadael.

Wel, do, mi wnest ti. Blwyddyn bron iawn. Ychydig ar ôl y Pesach y llynedd. Blwyddyn wedi mynd a dim smic.

Mae Yeshua'n plygu ei freichiau ar draws ei frest. Ei wegil o'n chwysu. Ei groen o'n cosi.

Mae Yakov yn dweud, Ar ôl hyn, ar ôl y Pesach yma, rhaid i chdi ddod adra i'n gweld ni.

Mae Yeshua'n edrych i fyw llygaid ei frawd –

Rhaid?

I weld Mam, o leia. A Shlomi . Mae'n rhaid i chdi ddod i weld dy chwaer. Mae hi wedi ei rhoi mewn priodas –

Priodas?

Ia. Mi fydd hi'n priodi, Yeshua. Yn o fuan.

Pwy? Pwy mae hi'n briodi? Pwy mae Shlomi yn mynd i'w briodi?

Ei enw fo ydi Maadai?

Maadai? Ydw i'n adnabod y Maadai yma?

Sut mae disgwyl i ti adnabod neb a chdithau byth o gwmpas? Wel, pwy ydi o?

Milwr.

Milwr?

Un o filwyr Antipater.

Antipater?

Ia, Yeshua. Un o filwyr Antipater, reit.

Mae Yeshua'n mynd yn boeth i gyd. Y chwys yn glynu ei ddillad o i'w groen o. Y chwys yn cosi ei sgalp o. Y chwys yn drewi o dan ei geseiliau fo. Mae ei dafod o'n sych ac mae o'n llyfu ei wefus. Mae o'n brathu'r tu mewn i'w foch. Mae ei gorn gwddw fo'n gras ac mae o'n ceisio llyncu ond ni all lyncu, does ganddo fo ddim poer. Does ganddo fo ddim.

Mi ydw i o dan ddedfryd marwolaeth, medda fo.

Mae Yakov yn gegagored ac yn dweud dim.

Glywist ti, Yakov?

Do, mi glywis i. Wyt ti mewn trafferth?

Mae Yeshua'n sgyrnygu. Mae Yeshua'n neidio am ei frawd. Mae o'n gafael yn sgrepan Yakov. Mae o yng ngwyneb Yakov –

Fi ydi'r un! Fi ydi'r Mashiach! Wyt ti'n gweld? Dwi wedi clywed llais yr Adonai'n dweud wrtha i mai fi ydi'r un, Yakov, yn dweud mai fi ydi ei annwyl fab.

Mae Yakov yn ei wthio fo i ffwrdd –

184

Be sy haru ti, Yeshua?

Dim byd. Dim byd o gwbl. Mi arestiwyd Yohannan Mamdana er mwyn i mi ddechrau pregethu. Mi laddwyd Yohannan Mamdana er mwyn i mi ddechrau iacháu'r aflan, atgyfodi'r meirw, allfwrw Ha-Satan. Mae'r Adonai wedi dweud wrtha i bod y Deyrnas yn dod, ac yli, yli, ar ddydd y Pesach y daw hi. Ac mi fydd yna arwydd. Mi ddaw'r offeiriaid a'r Tseduqim a'r Perushim, mi ddôn nhw i fy lladd i, Yakov. A dyna fydd yr arwydd. Dyna pryd y daw y Deyrnas. Ni cha i fy lladd. Mi fydd fy Abba yn fy achub i ac yn fy ngosod i ar orsedd yn y Deyrnas. Wyt ti'n deall? Wyt ti'n gweld? Dwed dy fod ti, Yakov. Rydw i angen i ti ddweud dy fod ti . . .

Wnawn nhw ddim dy ladd di, Yeshua. I be wnawn nhw dy ladd di?

Na . . . dwyt ti . . . dwyt ti ddim yn gwrando . . . na . . . mi drian nhw . . . mi drian nhw . . . ond mi fydd fy nhad yn y nefoedd yn ymyrryd . . . mi ddaw fy nhad i ymyrryd . . . yr Adonai yn ymyrryd . . . yn fy nghadw i rhag eu cyllyll nhw . . . rhag eu gwenwyn nhw . . . mi ga i fy achub ac mi fydda i'n arwain Yisra'el newydd, Yakov . . . arwain Yisra'el newydd . . . Yisra'el newydd ar ôl y Pesach . . . fel yr Yisra'el newydd a ddaeth ar ôl y Pesach cynta . . . fi ydi ei annwyl fab, Yakov . . . fi ydi'r un –

Mae Yeshua'n gweld sêr –

Dilyn fi, Yakov. Dilyn fi ac mi gei di dy achub. Mi gei di le yn y Deyrnas –

Mae Yeshua'n syrthio ar ei liniau o flaen Yakov ei frawd. Mae Yeshua'n cythru yn nwylo Yakov ei frawd –

Yakov, yli arnaf fi. Yli arnaf fi, achub fi, achub fi, dilyn, achub –

Ac mae Yeshua'n beichio crio. Ac mae Yakov yn ei gofleidio fo. Ac mae Yeshua'n ysgwyd. Ei ddagrau fo'n llifo. Ei ddagrau fo'n hallt. Ei ddagrau fo'n puro. Ei frawd o'n ei fwytho fo. Ei frawd o'n ei siglo fo. Ei frawd o'n ei garu o.

•

Ar ôl y pryd. Ar ôl yr oen. Ar ôl yr aberth. Gat-Šmânim wrth droed y mynydd. Wrth droed Har HaZeitim. Ar ochr ddwyreiniol y ddinas. Gat-Šmânim, gardd ymysg y coed. A hithau'n nos. Y nos o'r diwedd. Y nos wedi cyrraedd. Y darfod yn agos. Mae Yeshua'n crynu. Mae ei wegil o'n cosi. Mae o'n crafu ei sgalp. Mae o'n teimlo bod y darfod yn dod. Mae o'n blasu'r darfod. Yn felys ar ei dafod. Yn ffrwyth yn ei geg. Mae'r Deyrnas yn agos. Mae o'n aros, mae o'n gwrando. O'r ddinas, sŵn. Sŵn myrrath. Sŵn dathlu. Dathlu dechrau'r Pesach. Dathlu bod yr Adonai wedi ymyrryd ac wedi achub Yisra'el o'i chadwynau. Wedi arwain Yisra'el trwy'r anialwch. Wedi difa gelynion Yisra'el. Wedi rhoi tir i Yisra'el. Wedi rhoi Ha'Aretz HaMuvtahat i Yisra'el. A heno mi fydd yr Adonai'n dychwelyd. Mi fydd yr Adonai'n ymyrryd. Mi fydd yr Adonai'n dod â'i Deyrnas i Yerushaláyim. Ac mi fydd Yeshua ar yr orsedd. Brenin y Yehud'im. A'i ddisgyblion o'n farnwyr ar y deuddeg llwyth. Y deuddeg llwyth o'r newydd. Y deuddeg llwyth yn un. Yisra'el yn un. Mae calon Yeshua'n carlamu. Gre o geffylau yn ei frest. Mae o'n baglu trwy'r coed olewydd. Baglu trwy'r coed olewydd yn Gat-Šmânim. Mae o'n gadael ei gyfeillion. Gadael iddyn nhw orffwys yn Gat-Šmânim. Ar ôl y pryd. Ar ôl yr oen. Ar ôl yr aberth. Eu boliau nhw'n llawn. Eu baich nhw i ddod. Mae o'n mynd i lannerch. Llannerch mae'r lleuad yn ei goleuo. Llewyrch y lleuad arni hi. Llewyrch yr Adonai arni hi. Llewyrch ei dad.

TI YDI FY MAB ANNWYL.

Mae o'n syrthio ar ei liniau. Mae dagrau'n tollti. Mae o'n crynu ac yn chwysu. Ni all feistroli ei hun. Meistroli ei gyffro. Meistroli ei ofn.

Beth tasan nhw'n llwyddo i'w ladd o? Ei ladd o cyn i'r Deyrnas ddod? Ei ladd o cyn i'r Adonai ymyrryd?

Amheuaeth. Ansicrwydd. Anffyddiaeth.

Ffrwythau gwenwynig Ha-Satan.

Abba, medda Yeshua, Abba, gwranda arnaf fi, dy fab annwyl. Gwranda. Dos â'r gwpan chwerw yma oddi arnaf fi, wir. Dos â hi. Paid â gadael iddyn nhw ennill. Dwi'n gwybod beth wyt ti'n wneud. Dwi'n gwybod be sy'n digwydd. O, mae dynion yn llawn

Ha-Satan. Achub fi rhagddyn nhw er mwyn i mi gael cwblhau fy mhwrpas, fy nhad.

Mae o'n codi. Mae o'n siglo. Mae o'n sychedu. Mae ei wefus o'n grin. Mae ei ben o'n curo. Mae o'n edrych tua'r nefoedd.

TI YDI FY MAB ANNWYL.

Mae o'n baglu'n ôl at ei gyfeillion. Baglu trwy'r coed olewydd. Baglu trwy'r coed olewydd yn Gat-Šmânim. Mae o'n teimlo bod llygaid yn ei wylio fo. Mae o'n teimlo bod ei elynion o'n cynllunio'n fwy dygn. Bod y ddinas am ei waed o. Bod y byd am ei waed o. Fel yr oeddan nhw am waed Yohannan Mamdana. Fel yr oeddan nhw am waed y proffwydi i gyd. Mae ei gyfeillion o'n chwyrnu cysgu. Cwsg y Pesach. Ar ôl y pryd. Ar ôl yr oen. Ar ôl yr aberth. Mae o'n rhoi cic i Kepha. Mae Kepha'n effro –

Be ydach chi'n wneud yn cysgu? Mae'r foment wedi dod. Codwch! Dowch! –

Mae'r gweddill yn effro, yn ddiog, yn ystwytho –

Rhaid i ni fynd! Mynd rhag iddyn nhw ddod! Rhag i'r bradychwyr ddod. Dowch! Dowch 'laen!

Mae Kepha'n edrych i fyw ei lygaid o. Mae Kepha'n gofyn, Ydi'r Adonai'n dod heno?

Dyma'r foment, Kepha. Mi ddaw arwydd unrhyw funud.

Mae'r lleill yn gwrando. Mae'r lleill yn gwylio. Mae'r lleill yn pwyso ac yn mesur. Mae'r lleill yn edrych ar ei gilydd. Yn siarad yn dawel –

Dyma'r foment –

Yr Adonai'n dod –

Dydd y Deyrnas –

Mi ddaw arwydd –

Maen nhw'n dod! medda Yeshua ar dop ei lais.

Ac mae sŵn wrth droed y llethrau. Sŵn rhywun yn dod i mewn i Gat-Šmânim. Yn dod trwy'r coed. Sŵn lleisiau. Sŵn traed. Hanner dwsin. Fel un.

Mae Yeshua'n sâl yn ei stumog –

Dowch o 'ma, medda fo. Dowch o 'ma cyn iddyn nhw –

Safwch lle rydach chi! medda llais –

Llais o'r tywyllwch. Llais o'r nos. Llais o'r darfod –
Safwch lle rydach chi!

YEHOSEPH bar Qyph' ar ei liniau. Ar ei liniau yn ei stafell yn ei balas. Ar ei liniau'n gweddïo. Yn gweddïo ar ei dduw. Gweddïo ar yr Adonai. Gweddïo ar yr Enw Cudd. Yr Enw Cudd sy'n tarddu o YODH-HE-WAW-HE. Yr Enw Cudd, YHWH. Yr Ha Shem. Yr Adonai . . . Gweddïo arno fo i gadw'r pererinion rhag llid Pilatus. Gweddïo y buasai'r cyrch heno'n erbyn lladron a therfysgwyr yn lleddfu ychydig ar Pilatus. Pilatus oedd wedi pechu'r bobl a'r Deml a'r Adonai sawl gwaith. Pilatus oedd yn giaidd. Yn fwy ciaidd o beth coblyn na Valerius Gratus, ei ragflaenydd. Bob blwyddyn, bob gŵyl, roedd Yehoseph bar Qyph' yn byw ar ei nerfau. Ar bigau'r drain. Yn pwyso a mesur tymer y praefectus. Yn plesio Rhufain ar y naill law, yn plesio'r Yehud'im ar y llall. Ac yn ei chael hi'n anodd plesio pawb. Mae o'n gweddïo ar i'r Adonai roi arweiniad iddo fo.

Gwell bod un dyn yn marw na bod cenedl yn marw . . . Gwell bod –

Mae o'n sefyll. Mae hi'n hwyr. Mae hi'n dywyll. Mi fydd o ar ei draed trwy'r nos. Yn ymdrin â'r drwgweithredwyr. Yn barnu'r drwgweithredwyr. Yn cadw'r heddwch dros gyfnod y Pesach. Yn cadw'r Pax Romana. Mae o'n sgyrnygu ac mae ei ddiffygion o'n cael eu llewyrchu.

Daw Yo'natan i mewn –

Feistr, mae pennaeth Heddlu'r Deml wrth y drws. Maen nhw wedi arestio pawb oedd ar y rhestr.

Unrhyw drafferthion, Yo'natan?

Dau heddwas wedi eu hanafu.

Yn ddifrifol?

Un wedi colli ei glust mewn ymosodiad.

Colli ei glust? Nefoedd fawr. Sut ar wyneb y ddaear y digwyddodd hynny?

Feistr, fe ddywedodd pennaeth Heddlu'r Deml eu bod nhw wedi cael helbul wrth arestio'r Kanai'im.

Mae'r Kanai'im yn caru trais, Yo'natan. Maen nhw'n caru eu cyllyll a'u cleddyfau.

Ac yn barod i'w dadweinio, feistr.

Yo'natan?

Feistr?

Gwna di'n siŵr bod yr heddweision sydd wedi eu hanafu yn cael iawndal. Iawndal o goffrau'r Deml. Wyt ti'n deall?

Ydw, feistr.

Gad i mi fod. Fe fyddaf yno ymhen ychydig.

Mae Yo'natan yn gadael. Mae Yehoseph bar Qyph' yn ochneidio. Mae'n cau ei lygaid. Mae'n dymuno gweld diwedd ar y dyddiau yma. Mae'n dymuno gweld yr ŵyl ar ben. Mae'n dymuno gweld Pilatus yn ôl yng Nghaesarea Maritima, ei ddinas wrth y môr. Mae'n dymuno i'r miloedd o filwyr Rhufain fynd o Yerushaláyim er mwyn iddo fo gael heddwch eto. Heddwch yn y Deml. Heddwch i reoli. Heddwch i bwyso ac i fesur ac i wylio ac i wrando. Heddwch i gadw cownt. Mae'n agor ei lygaid. Ond does yna'r un o'r pethau mae'n eu dymuno wedi eu gwireddu. Mae'r dyddiau yma o hyd. Tydi'r ŵyl ond megis dechrau. Mae Pilatus yn y praetorium. Mae'r milwyr ar y muriau ac ar golofnfeydd y Deml. Mae o'n chwythu anadl o'i fochau ac yn troi ac yn gadael ei stafell ac yn mynd i farnu'r lladron a'r terfysgwyr.

•

A nawr mae gen ti gyfle i amddiffyn dy hun yn erbyn y cyhuddiadau, medda Yehoseph bar Qyph' wrth y cyhuddiedig.

Tydi'r cyhuddiedig ddim yn ateb. Mae o'n sefyll o flaen Yehoseph bar Qyph' gyda'i ben i lawr. Brigyn o ddyn. Drewi fel

190

ffoes. Lliain a elwir 'ezor am ei ganol o. 'Ezor a dim dilledyn arall. Noeth ond am yr 'ezor. A'i groen o'n fudur. A'i geg o heb ddant ynddi. A'i farf o'n glawdd drain. A llyfiad y chwip yn lliwio'i groen o. Cleisiau'r pastwn. Tolciau'r dyrnau. Heddlu'r Deml wedi mynd ati'n ddygn. Mae o'n sefyll yn siglo yn sisial siarad gyda fo'i hun. Yn gweddïo, falla. Yn bygwth, falla. Yn melltithio, falla.

Mae Yehoseph bar Qyph' yn eistedd ar ei gadair yn y stafell yn ei balas. Palas yr Archoffeiriad. Ac mae o'n ochneidio. Yn rhwbio'i lygaid. Yn crafu ei farf. Yn agor ei geg. Mae o wedi blino. Dyma'r trydydd iddo fo'i farnu. Mae dau wedi eu condemnio. Mae un wedi ei ryddhau. Ond nawr mae hwn. Hwn sy'n honni bod yn broffwyd. Proffwyd sydd wedi bygwth y Deml. Un arall wedi bygwth y Deml. Ond mae hwn yn bygwth y Deml bob blwyddyn.

Mae Yehoseph bar Qyph' yn dweud, El'azar, wyt ti'n gwrando arna i?

Mae El'azar y proffwyd yn codi ei ben. Mae ei lygaid o'n llydan. Mae clais ar ei ên. Dwrn heddwas.

Mae Yehoseph bar Qyph' yn dweud, Glywaist ti'r cyhuddiad, El'azar?

El'azar o Yericho. El'azar o flaen Yehoseph bar Qyph'. El'azar o flaen Yehoseph bar Qyph' nid am y tro cynta. Ond falla mai dyma'r tro ola. I blesio Pilatus. I gadw'r Pax Romana.

Mae'r cyhuddiad yn dy erbyn di'n un difrifol, medda Yehoseph bar Qyph'. Mae llygad-dystion yn dweud dy fod ti wedi mynd i Gwrt y Deml ar Yom Sheni, yr ail ddydd, a dy fod ti wedi dweud y geiriau canlynol –

Mae Yo'natan yn rhoi sgrôl i Yehoseph bar Qyph'. Mae Yehoseph bar Qyph' yn tagu. Mae Yehoseph bar Qyph' yn darllen –

Llais o'r dwyrain, llais o'r gorllewin, llais o'r pedwar gwynt, a llais yn erbyn Yerushaláyim a'r gysegrfa, llais yn erbyn y gwas priodas, llais yn erbyn y forwyn, llais yn erbyn yr holl bobl –

Mae Yehoseph bar Qyph' yn rowlio'r sgrôl. Yn rhoi'r sgrôl i Yo'natan. Yn gwrando ar yr offeiriaid a'r swyddogion sydd yn twt-twtian. Yn gwrando ar El'azar sy'n griddfan. Ac yna mae Yehoseph bar Qyph' yn siarad –

El'azar, rhain oedd dy eiriau. Rwyt ti wedi bygwth y Deml. Sut wyt ti'n amddiffyn dy hun?

Tydi El'azar ddim yn amddiffyn ei hun. Mae El'azar yn siglo. Mae El'azar yn griddfan. Mae El'azar yn glafoerio. Dyn o'i go.

Mae Yehoseph bar Qyph' yn ochneidio –

Euog. Nesa.

Mae Yehoseph bar Qyph' yn ysgwyd ei ben. Mi fydd hi'n chwith ar ôl yr hen El'azar. Roedd o'n boen bob Pesach. Roedd o'n ddiniwed. Un diniwed fydd yn marw ar un o drawstiau Pilatus. Un diniwed gyda hoelion Pilatus trwy ei fferau fo. Mae Heddlu'r Deml yn llusgo El'azar allan ac mae El'azar yn gweiddi –

Llais o'r dwyrain, llais o'r gorllewin, llais o'r pedwar gwynt, a llais yn erbyn Yerushaláyim a'r gysegrfa, llais yn erbyn y gwas priodas, llais yn erbyn y forwyn, llais yn erbyn yr holl bobl –

Pwy sydd nesaf, medda Yehoseph bar Qyph'.

Mae'n ochneidio. Yn rhwbio'i lygaid. Yn crafu ei farf. Yn agor ei geg.

Mae dau aelod o Heddlu'r Deml yn dod â dyn i mewn. Brigyn o ddyn. Drewi fel ffoes. Lliain a elwir 'ezor am ei ganol o. 'Ezor a dim dilledyn arall. Noeth ond am yr 'ezor. A'i groen o'n fudur. A'i geg o heb ddant ynddi. A'i farf o'n glawdd drain. A llyfiad y chwip yn lliwio'i groen o. Cleisiau'r pastwn. Tolciau'r dyrnau. Heddlu'r Deml wedi mynd ati'n ddygn. Mae o'n sefyll yn siglo yn sisial siarad gyda fo'i hun. Yn gweddïo, falla. Yn bygwth, falla. Yn melltithio, falla.

Mae Yehoseph bar Qyph' yn syllu ar y dyn yma. Y dyn yma ddinistriodd y stondinau. Y dyn yma fygythiodd y Deml. Mae Yehoseph bar Qyph' yn brathu ei wefus. Mae Yehoseph bar Qyph' yn yfed o'r gwpan o win a dŵr sydd ar y bwrdd wrth ei ymyl. Mae Yehoseph bar Qyph' yn llyfu ei wefus.

●

Disgwyliodd Yeshua i'r Adonai ymyrryd. Disgwyliodd yn Gat-Šmânim wrth droed y mynydd. Wrth droed Har HaZeitim. Ar ochr ddwyreiniol y ddinas. Gat-Šmânim ymysg y coed olewydd. A hithau'n nos. Y nos o'r diwedd. Y nos wedi cyrraedd. Y darfod yn agos. Disgwyliodd y darfod. Disgwyliodd ei Abba. Ond ni ddaeth ei Abba. Daeth Heddlu'r Deml. Hanner dwsin ohonyn nhw. Dod ar orchymyn yr archoffeiriad. Dod gyda gwarant i'w arestio. Dod a dweud –

Yeshua bar-Yôsep o Natz'rat yn HaGalil, rydw i'n dy arestio di ar awdurdod Yehoseph bar Qyph', Archoffeiriad talaith Yehuda.

Ac yna, hyn –

Kepha'n dweud, Na, rabboni.

Avram yn dweud, Gadewch lonydd iddo fo.

Shimon Kanai'n dadweinio'i gleddyf –

Na, medda Yeshua. Na, gadewch iddyn nhw fod.

A dyma fo'n aros. Dyma fo'n aros wrth i Heddlu'r Deml raffu ei ddwylo fo. Dyma fo'n aros wrth i Heddlu'r Deml ei arwain i lawr o Gat-Šmânim. Dyma fo'n aros wrth iddyn nhw ei arwain o trwy'r porth i Yerushaláyim. Dyma fo'n aros ac yn aros ac yn aros. Mae ei anadl o'n fyr. Ac mae o'n aros. Mae ei nerfau fo'n dynn. Ac mae o'n aros. Mae ei goesau fo'n brifo. Ac mae o'n aros. Mae ei sgwyddau fo'n boenus. Ac mae o'n aros. Mae chwys ar ei gefn o. Ac mae o'n aros. Ac mae'n dweud –

Abba, Abba, ble rwyt ti?

Mae Heddlu'r Deml yn chwerthin. Mae Heddlu'r Deml yn mynd â fo i Balas yr Archoffeiriad gyferbyn â'r praetorium. Mae o'n gweld gwraig yn sefyll ar falconi'r praetorium. Eiliad ohoni hi. Eiliad. Eiliad i weld ei dagrau hi. Eiliad i weld ei ffydd hi. Eiliad i weld ei fflamau a'i therfysg.

Ac mae o'n aros. Yn aros wrth i Heddlu'r Deml rwygo ei ddillad i ffwrdd. Eu rhwygo nhw i lawr at yr 'ezor, y cadach am ei lwynau o. Ac mae o'n aros. Ac maen nhw'n ei osod o i eistedd ar fainc yn y stafell oer. Ac mae o'n aros. Ac mae nifer o ddynion eraill mewn cadachau ar y meinciau. Dynion oer. Dynion sy'n aros. Dynion sy'n udo ac yn crynu. Eu dwylo nhw wedi eu rhaffu. Briwiau ar eu cyrff nhw. Cleisiau ar eu hwynebau nhw. Mae un yn parablu –

Llais o'r dwyrain, llais o'r gorllewin, llais o'r pedwar gwynt, a llais yn erbyn Yerusháláyim a'r gysegrfa, llais yn erbyn y gwas priodas, llais yn erbyn y forwyn, llais yn erbyn yr holl bobl –

Mae un arall mewn cadwynau. Golwg ffyrnig arno fo. Kanai'im fel Shimon. Shimon ei ddilynwr. Lle mae ei ddilynwyr o? Mae ei galon o'n crynu. Mae ei stumog o'n ddolurus. Mae o'n cyfogi. Dŵr poeth yn ei gorn gwddw fo. Mae o'n plygu i chwydu. Mae'n cael swadan ar ei wegil. Y boen fel mellten. Mae'n codi ei ben. Aelod o Heddlu'r Deml yn rhythu arno fo –

Paid ti â meiddio chwydu ym Mhalas yr Archoffeiriad, neu mi a' i â ti allan a dy chwipio di heb i ti gael dy ddedfrydu.

Mae ofn yn mynd trwyddo fel lli. Mae o'n rhynnu. Ofn yn oeri ei waed o. Ofn ei fod o'n amddifad. Ond mae o'n aros. Yn aros ei dad. Yn aros yr Adonai. Yn aros yr ymyrraeth. Dyma oedd yr arwydd. Ei arestio fo gan rymoedd dyn. Ei gadwyno fo fel Yohannan Mamdana. Dyma'r arwydd. Yr arwydd o'r Adonai. Ond lle mae'r –

TI YDI FY MAB ANNWYL.

Mae o'n edrych i fyny. Mae o'n chwilio am ei dad. Ond nid oes dim ond cerrig a diodde o'i gwmpas o. Poen a llefain.

Ac mae o'n aros. Mae o'n aros ei Abba. Mae o'n aros ymyrraeth ei Abba. Ond tydi Abba ddim yn dod.

•

Beth yw'r cyhuddiad? medda Yehoseph bar Qyph'.

Mae swyddog yn camu ymlaen, yn gwyro, yn moesymgrymu. Yn cario ei sgrôl. Yn darllen –

Ar wythfed dydd mis Nisan. Ar Yom Shishi, chweched dydd yr wythnos, mae cyhuddiad yn erbyn Yeshua bar-Yôsep o Natz'rat, HaGalil, iddo achosi cynnwrf a difrod i stondinau'r gwerthwyr yng Nghwrt y Deml. Ar wythfed dydd mis Nisan. Ar Yom Shishi, chweched dydd yr wythnos, mae cyhuddiad yn erbyn Yeshua bar-Yôsep o Natz'rat, HaGalil, iddo fygwth y Deml. Ar drydydd dydd ar ddeg mis Nisan. Ar Yom Revi'i, y pedwerydd dydd, mae

194

cyhuddiad yn erbyn Yeshua bar-Yôsep o Natz'rat, HaGalil, iddo fygwth y Deml.

Mae Yehoseph bar Qyph' yn edrych ar y dyn. Mae'r dyn yn edrych ar Yehoseph bar Qyph'. Mae Yehoseph bar Qyph' yn ochneidio. Tydi'r dyn ddim yn anadlu. Mae o fel pe bai mewn llesmair. Ei lygaid o wedi eu glynu ar Yehoseph bar Qyph' –

Sut wyt ti'n pledio, Yeshua bar-Yôsep?

Tydi'r dyn ddim yn dweud gair.

Mae Yehoseph bar Qyph' yn gofyn iddo fo eto, Sut wyt ti'n pledio?

Tydi'r dyn ddim yn dweud gair.

Mae Yehoseph bar Qyph' yn tagu. Mae Yehoseph bar Qyph' yn dweud, Wyt ti'n galw dy hun yn Mashiach? Yw hynny'n wir? Wyt ti'n galw dy hunan yn Fab i'r Adonai? Yw hynny'n wir, Yeshua bar-Yôsep o Natz'rat?

Chdi sy'n dweud hynny, medda Yeshua bar-Yôsep o Natz'rat.

Nage wir. Llygad-dystion sydd yn dweud hynny. Ond nid hynny yw'r drosedd. Nid yw'n gabledd galw dy hunan yn Mashiach. Nid yw'n gabledd galw dy hunan yn Fab i'r Adonai. Y'n ni i gyd yn feibion i'r Adonai. Yr hyn sydd o'n blaenau heddi yw: a wyt ti'n euog o achosi cynnwrf yn y Deml ar Yom Shishi, ac a wyt ti wedi bygwth y Deml ar Yom Shishi ac ar Yom Revi'i? Bygwth ei ddinistrio. Pob carreg, meddet ti. Mae'r rhain yn gyhuddiadau difrifol. Sut wyt ti'n pledio, Yeshua bar-Yôsep o Natz'rat?

Tydi'r dyn ddim yn dweud gair.

Mae yna gyhuddiad yn dy wynebu o achosi gwrthryfel, o godi cynnwrf, medda Yehoseph bar Qyph'. O dan y Gyfraith, mae gen ti hawl i amddiffyn dy hunan. Wyt ti am amddiffyn dy hunan, Yeshua bar-Yôsep o Natz'rat?

Tydi'r dyn ddim yn dweud gair.

Mae Yehoseph bar Qyph' yn edrych ar y dyn. Mae'r dyn yn edrych ar Yehoseph bar Qyph'.

Mae Yehoseph bar Qyph' yn meddwl, Gwell bod un dyn yn marw na bod cenedl yn marw.

Mae Yehoseph bar Qyph' yn meddwl am Pilatus.

Mae Yehoseph bar Qyph' yn meddwl am dri chan mil o bererinion sydd wedi dod i ddathlu'r Pesach.

Mae'n dychmygu cynnwrf. Cynnwrf rhwng y tri chan mil a milwyr Pilatus. Rhwng y Yehud'im a Rhufain. Mae'n dychmygu arfau. Mae'n dychmygu gwaed. Ac nid gwaed yr oen. Nid gwaed ar gapan a dau bost y drws. Nid gwaed yr aberth. Ond gwaed y Yehud'im. Gwaed miloedd o'r Yehud'im. Gwaed Yisra'el. Gwaed ei bobl. Yn trochi muriau'r ddinas. Yn crasu'r ddaear. Yn boddi'r allor.

. . . un dyn . . . un dyn . . . un dyn . . .

Rwyt ti wedi dy gyhuddo o greu cynnwrf, medda Yehoseph bar Qyph' wrth yr un dyn. Ac rwyt ti'n gwrthod pledio? Rwyt ti'n gwrthod amddiffyn dy hunan? Beth y'f fi i fod i'w wneud am hynny, Yeshua bar-Yôsep? Beth mae'r archoffeiriad i fod i'w wneud? Amddiffyn dy hun, da ti. Wyddost ti beth yw'r gosb am achosi gwrthryfel? Wyddost ti?

Tydi'r dyn ddim yn dweud gair.

Mae Yehoseph bar Qyph' yn ochneidio. Mi fydd yn rhaid iddo fo fynd at Pilatus. Mi fydd yn rhaid iddo fo gyflwyno'r cyhuddiadau. Mi fydd yn rhaid iddo fo blygu glin i Rufain eto. Rhufain gyda'i dwylo ar ei chleddyfau. Rhufain gyda'i dwylo am ei gwaywffyn. Yr Eryr dros y Deml. Grym o fewn cyrraedd.

Mae Yehoseph bar Qyph' yn chwythu gwynt o'i geg. Mae o'n rhwbio'i lygaid. Mae o'n anystwyth ar ôl eistedd fel hyn am oriau. Mae o'n edrych ar y dyn, ac mae'r dyn yn llyfu ei wefus.

Rho hwn iddo fe, medda Yehoseph bar Qyph'.

Ac mae Yo'natan yn cymryd y gwpan o ddwylo Yehoseph bar Qyph' ac yn mynd â'r gwpan at y dyn. Ac yn codi'r gwpan at wefus y dyn. Ac mae Yehoseph bar Qyph' yn dweud, Yfa.

Ac mae'r dyn yn yfed. Ac mae'r gwin yn diferu dros ei farf a'i frest. Ac mae'r dyn yn cau ei lygaid ac yn ochneidio ac yn llyfu ei wefusau.

Dwed wrtha i, Yeshua bar-Yôsep o Natz'rat, pwy wyt ti? medda Yehoseph bar Qyph'. Dwed wrtha i os wyt ti wedi achosi cynnwrf. Os wyt ti'n berygl. Dwed wrtha i, frawd.

Tydi'r dyn ddim yn dweud gair.

Yr un dyn.

•

Tydi Yeshua ddim yn dweud gair oherwydd bod Yeshua'n aros.
Mae o'n aros ei Abba. Mae o'n gweddïo ar ei Abba. Mae o'n galw
ar ei Abba. Dyma'r dydd. Dyma'r awr. Dyma'r foment. Dyma'r
darfod.

Ac mae o'n aros.

Mae gwin yr archoffeiriad wedi gwlychu ei gorn gwddw fo.
Mae'r archoffeiriad yn gofyn eto, Dwed wrtha i, Yeshua bar-Yôsep
o Natz'rat, pwy wyt ti? Wyt ti wedi achosi cynnwrf?

Mae Yeshua'n cadw'n dawel. Mae o'n aros. Mae o'n aros
oherwydd mai dyma'r arwydd. Nid ei arestio fo oedd yr arwydd.
Ei achos o ydi'r arwydd. Ac mae o'n aros. Aros ymyrraeth yr
Adonai. Mae o'n gweddïo ar yr Adonai. Mae o'n galw ar yr Adonai.
Dyma'r dydd. Dyma'r awr. Dyma'r foment. Dyma'r darfod. Mi
fydd yr Adonai yma unrhyw funud. Mi fydd yr Adonai'n llacio'i
raffau fo. Mi fydd yr Adonai'n ei godi o ac yn ei osod o ar ei orsedd.
Yeshua, Brenin y Yehud'im. Yeshua, yn uno Yisra'el a'r deuddeg
llwyth. Y dadeni'n dod. Dadeni Teyrnas Dav'id. Dadeni Teyrnas yr
Adonai. Yr Enw Cudd. Yr Enw Cudd sy'n tarddu o YODH-HE-
WAW-HE. Yr Enw Cudd, YHWH. Yr Ha Shem. Yr Adonai. Ei dad.
Ei Abba . . .

Mae o'n crynu. Mae ei ben o'n llawn o un llais –
TI YDI FY MAB ANNWYL –
Ond yna sawl llais –
Llais Ha-Satan. Llais Kepha. Llais Yakov. Llais Miriam
hamegaddela se'ar nasha. Llais ei fam o. Llais yr archoffeiriad –
– yn dweud mai ti yw Brenin y Yehud'im?
Mae Yeshua'n dod ato fo'i hun. Eiliad o eglurder. Eiliad o weld
pob dim. Ac nid oes dim i'w weld. Nid oes dim i aros amdano fo.
Nid oes –
Ond yna Abba eto. Llais yr Adonai. Yn ôl yn ei ben. Yn ei gadw
rhag rheswm –

197

A Yohannan Mamdana –

Nid rheswm, nid synnwyr. Mae rheswm a synnwyr yn difa'r enaid. Dechrau doethineb ydi ofn yr Adonai, medda llyfr y Tehillim. Nid rheswm, nid synnwyr. Rheswm ydi gelyn ffydd, wyt ti'n deall hynny? Wyt ti?

Ydw! Ydw! Ydw!

Llais ei Abba –

TI YDI FY MAB ANNWYL.

Llais yr archoffeiriad –

Unwaith eto, Yeshua bar-Yôsep o Natz'rat, wyt ti'n dweud mai ti yw Brenin y Yehud'im?

Yeshua wedi drysu. Ei geg yn agor. Ei geg yn cau. Ei geg yn agor –

Chdi sy'n dweud hynny.

Nage, medda'r archoffeiriad. Llygad-dystion sy'n dweud hynny. Maen nhw'n honni dy fod ti'n dweud hynny amdanat ti dy hun. Mae hynny'n achosi cynnwrf, Yeshua bar-Yôsep o Natz'rat. Mae hynny'n fygythiad i'r ddinas ac i'r Deml. Gall hynny achosi gwrthryfel a therfysg. Beth fyddai'r praefectus yn ei wneud i'r Yehud'im, i dy bobl di, petai e'n clywed bod rhywun yn galw ei hun yn frenin droson ni?

Tydi Yeshua ddim yn hidio am farn praefectus Rhufain. Tydi Yeshua ddim yn hidio am Rufain. Mi fydd Rhufain yn mynd. Mi fydd Rhufain yn cael ei herlid o dir Yisra'el. Mae Rhufain fel pob ymerodraeth. Mae Rhufain fel pob ymerodraeth sydd wedi esgyn a dymchwel. Ymerodraethau dynion. Ymerodraethau'r cnawd. Ond mae un ymerodraeth i ddod na fydd byth yn darnio. Ac mae Yeshua'n aros amdani hi . . . yn aros . . . yn aros . . .

Mae'r archoffeiriad yn ochneidio. Mae'r archoffeiriad yn rhwbio'i lygaid. Mae o'n crafu ei farf. Mae o'n dweud dau air –

Euog. Nesa.

•

Mae Yehoseph bar Qyph' yn gweld pethau. Mae Yehoseph bar Qyph' eisiau mynd i gysgu. Mi fydd hi'n gwawrio cyn bo hir.

Gwawr Yom Shishi. Yr awr gynta ar y chweched dydd. Pymthegfed dydd mis Nisan. Mis y Pesach. Mis yr aberth. Mis y gwaed. Gwaed yr oen. Y gwaed ar gapan a dau bost y drws. Mae o'n brasgamu o'i balas draw i'r praetorium. Palas Hordus Ha-Melekh. Palas Rhufain. Mae o wedi anfon neges at Pilatus. Neges i ddeffro'r praefectus. Neges ei fod o'n dod draw gyda manylion yr achosion. Noson hir o achosion. Noson hir o'r euog yn aros eu cosb. Noson hir a nawr dedfryd Pilatus. Llid Pilatus. Anhrugarogrwydd Pilatus. Hoelion Pilatus. Hoelion Pilatus yn difa'r euog. Eu difa nhw heddiw. Heddiw cyn y machlud. Heddiw cyn Yom Shabbat, y seithfed dydd.

Mae swyddog Pilatus yn ei gyfarch wrth y fynedfa. Mae'r swyddog yn moesymgrymu. Mae llygaid y swyddog yn llawn cwsg. Mae'r swyddog yn ei arwain o i fyny'r grisiau. I stafell Pilatus. I swyddfa Pilatus. Lle mae Pilatus mewn toga wen yn aros. Lle mae Pilatus yn yfed o gwpan aur. Lle mae Pilatus yn dweud, Oes rhaid i ni wneud hyn yn yr oriau mân, archoffeiriad?

Mae'n ddrwg gen i, praefectus, ond os y'n ni'n bwriadu cadw'r Shabbat, ac ry'n ni wedi ei gadw ers creu'r byd, ni ellir trin y meirw ar y dydd sanctaidd hwnnw. Rhaid mynd ati os mai dienyddio yw eich dedfryd.

Beth arall fydd fy nedfryd, ddyn? medda Pilatus. Ac mae Pilatus yn ochneidio ac yn dweud, Felly, Yehoseph bar Qyph', mae gen ti derfysgwyr i mi eu croeshoelio.

Daw swyddog Pilatus i'r stafell. Mae swyddog Pilatus yn rhoi twmpath o ddogfennau ar y bwrdd. Mae'n rhoi pin ysgrifennu ar y bwrdd wrth ymyl y dogfennau. Mae Yehoseph bar Qyph' yn llyncu. Mae Yehoseph bar Qyph' yn gwybod beth ydi'r dogfennau. Mae Yehoseph bar Qyph' yn siarad –

Mae gen i gyhuddiadau yn erbyn sawl unigolyn. Cyhuddiadau sy'n ymestyn o godi cynnwrf i lofruddiaeth.

Llofruddiaeth?

Dau ŵr yn ymladd dros oen y Pesach, medda Yehoseph bar Qyph', ac un yn lladd y llall gyda chyllell.

Mae Pilatus yn chwerthin –

Chi a'ch Pesach.

Mae Yehoseph bar Qyph' yn gwingo. Mae Yehoseph bar Qyph' yn dechrau darllen yr enwau. Mae Yehoseph bar Qyph' yn eu rhestru nhw ac yn rhestru eu troseddau nhw ac yn rhestru ei argymhellion o. Ond dim ond Pilatus sydd â'r hawl i ddienyddio. Dim ond Pilatus sydd â grym dros fywyd a marwolaeth. Dim ond Rhufain. Felly mae'n rhaid i Yehoseph bar Qyph' ddod at Rufain. At Pilatus. At Pilatus i ddifa Yehud'im.

Ac, medda Yehoseph bar Qyph', dyma ni Yeshua bar-Yôsep o Natz'rat. Proffwyd –

Un arall? medda Pilatus.

Un arall, ie, medda Yehoseph bar Qyph'.

A beth ydi'r cyhuddiad yn erbyn hwn?

Achosi gwrthryfel a chynnwrf trwy hawlio mai ef yw Brenin y Yehud'im.

Mae Pilatus yn codi ei aeliau –

Rydach chi am i mi ladd eich brenin chi, felly?

Nid ein brenin ni yw'r dyn hwn. Dy'n ni ddim yn hoff o frenhinoedd yn Yehuda, praefectus.

A tydi'r Yeshua bar-Yôsep o Natz'rat yma ddim yn frenin.

Dim o gwbl, praefectus.

Daw llais arall o gyrion y stafell –

Oes rhaid ei ladd?

Mae Yehoseph bar Qyph' yn troi at y llais ac yn gweld Claudia Procula yn gwisgo prin ddim. Ac mae prin ddim Claudia Procula yn peri cyffro yng ngwaed Yehoseph bar Qyph'. Ac mae'n gwyro ei ên –

Foneddiges, mae'n ddrwg gen i eich deffro.

Cer yn ôl i'r gwely, Claudia, medda Pilatus.

Pilatus, medda Claudia Procula –

Mae hi'n sïo i'r stafell fel atgof. Ei gŵn llac yn rhwyfo o'i chwmpas. Yn rhoi awgrym o'i chnawd. O'i chnawd llyfn, ei chnawd perffaith.

Chwipia nhw, Pilatus, medda hi. Paid â'u croeshoelio nhw. Mi fydd croeshoelio'n creu helynt.

Tydi Pilatus ddim yn gwrando. Mae Pilatus wedi dechrau arwyddo'r dogfennau. Arwyddo'r gwarantau marwolaeth.

F'anwylyd, medda Claudia Procula.

Foneddiges, medda Yehoseph bar Qyph'.

Mae Claudia Procula yn edrych dros ysgwydd ei gŵr. Yn edrych ar y gwarantau marwolaeth. Yn rhoi ei bys ar un warant. Ei bys ar enw'r dyn –

Yehoseph bar Qyph', pam ydach chi am ladd y dyn Yeshua 'ma? medda Claudia Procula. Pam croeshoelio dyn sy'n dweud Dilynwch fi?

Mae'n hi'n gamp peidio syllu ar ei bronnau –

Foneddiges, m-mae e wedi torri'r G-Gyfraith. C-Cyfraith Moshe Rabbenu. Y G-Gyfraith sydd wedi ei har-hargraffu ar ein calonnau ni, fon-fon-foneddiges. Fe wyddoch chi o bawb pa mor bwysig yw'r Gyfraith.

Chwipiwch o, medda Claudia Procula. Rydach chi'n chwipio rhai ohonyn nhw, Yehoseph bar Qyph'. Oes angen croeshoelio? Meddyliwch am yr helynt, ac am y gwaed. Yn enwedig os oes gan yr Yeshua yma ddilynwr ymysg y Kanai'im.

Mae Pilatus yn arwyddo'r gwarantau. Mae o'n ochneidio. Mae o'n ddifynadd.

Mae Yehoseph bar Qyph' yn tuchan ac yn dweud, Dyna'r gosb am godi cynnwrf a gwrthryfel.

Ddaru o godi gwrthryfel?

Fe fygythiodd e'r Deml, foneddiges. Ac fe alwodd ei hunan yn Frenin y Yehud'im. Mae hynny'n wrthryfelgar. Ac mae'r gosb am hynny'n . . . wel, dyna fe . . . dyna'r Gyfraith.

Cyfraith Rhufain, medda Pilatus

Mae Claudia Procula'n rhoi llaw ar ysgwydd ei gŵr wrth iddo fo arwyddo'r gwarantau marwolaeth –

Dim ond am gadw'r heddwch ydw i, medda hi.

Mae Pilatus yn arwyddo'r warant farwolaeth ola. Y warant farwolaeth sydd â'r enw Yeshua bar-Yôsep arni hi. Y warant farwolaeth sydd â'r cyhuddiadau yn erbyn Yeshua bar-Yôsep arni hi. Mae Pilatus yn dweud –

Dyna'n union dwi'n ei wneud, fy nghariad i. Dyma ti, Yehoseph bar Qyph'. Y gwarantau. Mi fydd timau croeshoelio ar gael trwy'r dydd. Croeshoelia nhw ar y drydedd awr. Claudia, ty'd i ti gael blas ar fy ngrym i eto. Dydd da, Yehoseph bar Qyph'.

Mae Pilatus yn gadael. Mae Claudia Procula'n oedi. Mae hi'n edrych ar Yehoseph bar Qyph'. Mae Yehoseph bar Qyph' yn edrych ar Claudia Procula. Ei hwyneb hi. Ei llygaid hi. Ei bronnau hi. Ei choesau hi. Yr awgrym ohoni. A'r noethni o dan yr awgrym.

Mae ysgrifennydd Pilatus yn stampio sêl yr ymerawdwr ar y gwarantau marwolaeth ac yn rhubanu'r gwarantau marwolaeth gyda'i gilydd yn dwt. Mae ysgrifennydd Pilatus yn cynnig y gwarantau marwolaeth i Yehoseph bar Qyph'. Mae Yehoseph bar Qyph' yn rhoi'r gwarantau marwolaeth mewn bag.

Nid hyn fydd diwedd gwaed, Yehoseph bar Qyph', medda Claudia Procula. Dydd da, archoffeiriad.

Mae Yehoseph bar Qyph' yn moesymgrymu i'r hudoles ac yn troi ei gefn ac yn gadael gyda'r enwau. Enwau'r meirw.

AROS ei Abba. Aros yr Adonai. Aros yr Enw Cudd. Yr Enw Cudd sy'n tarddu o YODH-HE-WAW-HE. Yr Enw Cudd, YHWH. Yr Ha Shem. Yr Adonai. Ei dad o. Ei Abba fo. Ei aros o. A'i aros o. A'i aros o. Aros y darfod. Aros y Deyrnas. Aros yn y gell o dan strydoedd Yerushaláyim. Aros ymysg y Resha'im. Aros ymysg y lladron a'r llofruddion. Aros ymysg y llygod a'r llau. Aros yn y drewdod. Aros yn y diodde. Aros yn y fall. Aros wrth i'r wawr dorri. Aros wrth i'r contubernium ymdeithio i lawr i'r celloedd. Y contubernium, wyth milwr Rhufeinig. Wyth milwr i arwain y lladron a'r llofruddion. Wyth milwr i'w arwain o at ei groes. At ei ddarfod.

A dyma dri ar ddeg o ddynion. Tri ar ddeg o styllod. Tri ar ddeg wedi eu condemnio i farwolaeth. Tri ar ddeg yn noeth ond am eu cadwynau a'u creithiau. Tri ar ddeg yn dolciau ac yn gleisiau. Tri ar ddeg wedi eu llyfu gan chwip. Tri ar ddeg wedi eu mathru dan droed. Tri ar ddeg yn troedio trwy strydoedd y ddinas. Contubernium yn eu gorymdeithio nhw. Yn eu herio nhw. Ac yn gwylio'r orymdaith, pererinion. Y Yehud'im. Yn tollti o'u tai ac o'u pebyll. Yn tollti at y Deml. Yn tollti i wrando ac i ddysgu ac i bwyso ac i fesur. Yn tollti ar gyfer y defodau.

Mae Yeshua'n crio. Mae ei frest o'n dynn. Mae ei goludd o'n llac. Mae o'n gwingo wrth hercian trwy'r strydoedd. Hercian ar ei ben ei hun. Wedi ei adael yn amddifad ymysg y Resha'im. Ymysg y lladron a'r llofruddion. Mae o'n meddwl –

Lle mae Kepha? Lle mae fy nghyfeillion i? Lle mae fy mhobl i? Lle mae fy nhad i?

Mae o'n aros. Yn aros o hyd. Nawr bownd o fod. Nawr ydi diwedd ei aros o. Nawr ydi'r foment. Mae o'n edrych ar y Deml. Yn disgwyl digwydd mawr – nawr. Nawr! NAWR!

Yn eich blaenau, medda'r decanus, y swyddog sy'n arwain y contubernium.

Mae contubernalis, un o'r wyth, yn rhoi hwyth i Yeshua. Mae Yeshua'n baglu. Mae ei ddwylo fo wedi eu clymu. Mae o'n syrthio. Mae o'n anystwyth. Ei esgyrn o'n frau. Ei groen o'n darnio. Llyfiad y chwip. Tolciau'r dyrnau. Stryffaglio ar ei draed. Stryffaglio i sefyll. Stryffaglio i sythu. Ergyd arall gan y contubernalis. Ergyd ar draws ei sgwyddau fo. Chwip ar draws ei sgwyddau fo. Hylif tanllyd ar ei friwiau fo. Gwaedd o'i enau fo. Sgrech o boen. Poen yn ei ddallu o. Fflach o olau gwyn. A'r nefoedd yn agor. A'r Adonai yma. Ei Abba yma. Diwedd yr aros. Y dechrau nawr –

TI YDI FY MAB ANNWYL.

Ac yn y boen mae'r arwydd. Ac yn y boen mae'r Deyrnas. Ac yn y boen mae ei goron o. Ac yn y boen mae'r darfod. Y darfod ar y boen. Y dechrau'n dechrau. O'r diwedd, o'r –

Ar dy draed, Yehudi, medda'r contubernalis. Ar dy draed!

Mae Yeshua'n crio. Mae'r nefoedd yn cau. Mae o'n stryffaglio ar ei draed eto. Mae'r gobaith yn gorlifo ohono fo eto. Mae ei sgwyddau fo ar dân ar ôl llyfiad y chwip. Mae syched arno fo. Mae ei wefus o'n graciau gwaedlyd. Mae'n gweiddi eto. Gweiddi ar y nefoedd. Gweiddi ar yr Adonai.

Lle'r wyt ti? Lle'r wyt ti?

Nawr: iard. Yn yr iard, seiri. Yn yr iard, milwyr. Yn yr iard, chwys a llafur. Ella mai'n fan hyn y daw'r Deyrnas. Ella mai yn yr iard o chwys a llafur y daw'r darfod. Fan hyn ydi man yr aros. Aros am achubiaeth. Aros am ei dad. Ond ni ddaw achubiaeth. Ni ddaw Abba. Be ddaw ydi'r patibulum. Y trawst. Trawst eu hartaith. Mae'r cynta o blith y condemniedig ar ei liniau. Mae milwr gyda chyllell yn llifio trwy'r rhaff sydd am ei arddyrnau fo. Mae dau filwr yn gosod y trawst ar ei ysgwydd o. Maen nhw'n rhaffu ei freichiau fo i'r trawst. Rhaffau yng nghamedd ei benelin o. Rhaffau am ei arddwrn o. Mae'r creadur yn udo mewn poen. Mae o'n gweiddi am ei fam. Mae o'n erfyn ar ei dduw.

Ar dy draed, medda'r milwr. Ar dy draed.

Mae'r creadur yn griddfan ac yn codi ar ei draed. Ei goesau fo'n gwegian o dan bwysau'r patibulum. Trawst ei artaith. Pwysau'r trawst yn tolcio ei sgwyddau fo. Mae o'n baglu ymlaen, yn gweiddi ar ei fam, yn erfyn ar ei dduw. Mae Yeshua'n cael hwyth. Maen nhw'n ei wthio fo ar ei liniau. Mae milwr gyda chyllell yn llifio trwy'r rhaff sydd am ei arddyrnau fo. Mae o'n crynu. Mae o'n oer. Mae o'n amddifad. Mae ofn arno fo. Mae o ar ei ben ei hun. Maen nhw'n gosod y trawst ar ei sgwyddau fo ac mae o'n gwingo dan y baich.

Mae Yeshua'n ochneidio. Y pwysau yn ei sigo fo. Y pren yn tolcio ei sgwyddau fo. Ei wegil o ar dân.

Cod dy freichiau, Yehudi, medda'r milwr.

All Yeshua ddim. Does dim nerth ynddo fo. Does dim grym.

Gweiddi ar ei fam. Erfyn ar ei dduw . . .

Cod dy ffycin freichiau!

Mae Yeshua'n plycio.

Ty'd 'laen, y cont! medda'r milwr.

Mae dau filwr yn codi ei freichiau fo. Yn eu gosod nhw yn erbyn y trawst. Ond pan maen nhw'n gollwng gafael ar ei freichiau fo er mwyn eu rhaffu nhw i'r trawst, mae ei freichiau fo'n syrthio. Dim nerth. Dim grym. Dyn llipa.

Ffycin Yehudi diog! medda'r milwr.

Mae o'n rhoi cic i Yeshua yn ei frest. Mae Yeshua'n syrthio ar ei gefn. Mae cefn ei ben o'n taro'r trawst –

Ar ei gefn. Ei freichiau fo ar led. Yn syllu tua'r nefoedd. Yn agos at farw . . .

Mae o'n gweld sêr. Yn y sêr mae'r nefoedd yn agor. Yn y sêr mae llais yr Adonai –

TI YDI FY MAB ANNWYL –

Yn y sêr daw'r Deyrnas. Yn y sêr daw ei goroni. Yn y sêr daw'r darfod. Y darfod ar y boen. Y dechrau'n dechrau. O'r diwedd, o'r –

Hoeliwch ei ddwylo fo i'r pren os na fedar o ddal ei freichiau i fyny, medda'r decanus. Dowch 'laen, y ffycars diog, sgynnon ni'm trwy'r ffycin dydd!

Maen nhw'n cael hoelion saith modfedd a morthwl. Mae Yeshua'n dal ei wynt. Mae ei goludd o'n llacio. Mae ei gorff o'n hercian. Mae arswyd yn ffrwd trwyddo fo. Ofn yn ei oeri o.

Gweiddi ar ei fam. Erfyn ar ei dduw . . .

Nawr ydi'r amser . . . nawr heb amheuaeth . . . nawr heb oedi, medda fo wrth ei Abba. Nawr! Nawr! Nawr! Na –

Mae'r Adonai am fynd â fo at ymylon arswyd ac yna bydd yr Adonai yn ymyrryd. Fel yr ymyrrodd o i achub y Yehud'im o Mitsrayim. Mynd â'r Yehud'im at ymylon arswyd. Cyn mynd â nhw i ffiniau Paradwys. Cyn mynd â nhw i Ha'Aretz HaMuvtahat.

Nawr, Abba! Nawr, mae Yeshua'n feddwl, ac yna mae o'n sgrechian –

NAAAAAAWWWWWR!

Mae'r milwr yn rhoi ei ben-glin ar fraich Yeshua. Mae'r milwr yn rhoi min hoelan ar arddwrn Yeshua. Mae Yeshua'n agor a chau ei law. Mae Yeshua'n griddfan –

Nawr, Abba! Nawr –

Mae'r morthwl yn codi –

Nawr, Abba! Nawr –

Mae'r morthwl yn plymio –

Nawr, Abba! Nawr –

Mae'r morthwl yn taro'r hoelan –

NA –

Mae'r hoelan yn rhwygo trwy groen a gewynnau a nerfau garddwrn Yeshua –

NAAAAAAAAAAAAAAAAA –

Daw'r sgrech o'i grombil. Mae ei gorff o'n fwa ar y llawr, ar y trawst. Mae'r artaith yn llosgfynyddaidd –

At ymylon arswyd – at ymylon arswyd – at –

Mae'r milwr yn taro'r hoelan eto –

NAAAAAAAAAAAAAAAA –

Ac mae'r milwr yn hoelio'r hoelan nes bod yr hoelan wedi mynd trwy arddwrn Yeshua ac wedi mynd yn ddyfn i'r trawst.

At ymylon arswyd – at ymylon arswyd – at –

Mae'r milwr yn mynd i'r ochr arall. Yn rhoi ei ben-glin ar fraich chwith Yeshua. Yn rhoi hoelan ar arddwrn chwith Yeshua. Yn codi'r morthwl. Y morthwl yn plymio. Y morthwl yn taro'r hoelan –

NAAAAAAAAAAAAAAAA –

Ac mae'r milwr yn hoelio'r hoelan nes bod yr hoelan wedi mynd trwy arddwrn Yeshua ac wedi mynd yn ddyfn i'r trawst.

At ymylon arswyd – at ymylon arswyd – at –

Mae Yeshua'n crio gwaed. Ei waed o'n crasu'r ddaear. Mae Yeshua'n sgrechian –

Gweiddi ar ei fam. Erfyn ar ei dduw . . .

Mae'r milwyr yn codi Yeshua ar ei bengliniau. Maen nhw'n rhaffu ei freichiau fo i'r trawst. Mae'r boen yn cynnau yn ei wddw fo a'i sgwyddau fo wrth iddyn nhw ei lusgo fo ar ei draed. Maen nhw'n rhoi hwyth i Yeshua. Yeshua sydd wedi cael ei hoelio i'r trawst.

Mae Yeshua'n gweiddi ar ei fam, yn erfyn ar ei dduw –

Abba . . . Abba . . . Nawr . . . Nawr . . . ymylon arswyd . . . y llyn tân . . . ffodr Gehinnom . . . Nawr . . . Nawr . . .

Ac mae ei ben o'n chwil a'r byd yn rhwyfo ac yn y dryswch, llais –

TI YDI FY MAB ANNWYL.

At ymylon arswyd – at ymylon arswyd – at –

Nawr . . . Nawr . . . Abba . . . Abba . . .

Ac mae o'n erfyn ar ei dduw.

•

Mae Shimon Kanai yn dweud, Cachwrs ydach chi i gyd. Rhoswch yma i gwffio. Rhoswch a thaniwch wrthryfel gyda fi. Mi ddo i â'r Kanai'im at ei gilydd. Mae yna ddwsinau yn y ddinas. Dwsinau wedi dod i greu terfysg yn erbyn Rhufain.

Nid Rhufain ydi'r gelyn, medda Yokam.

Rhufain oedd y gelyn o'r cychwyn, medda Shimon Kanai.

Mae Kepha'n dweud, Mae'r Kanai'im wedi cael eu herlid, Shimon. Mae dau ohonyn nhw wedi cael eu condemnio gyda Yeshua. Tydi'r Kanai'im yn da i ddim neu mi fyddat ti wedi aros yn aelod.

Pwy wyt ti'n feddwl wyt ti, Kepha? medda Shimon Kanai.

Dwn i'm pwy ydw i, medda Kepha.

Mae o'n edrych ar y wawr. Mae'r wawr yn waedlyd. Mae o'n edrych ar gysgodluniau Rhufeiniaid yn gosod y stipes ar Gûlgaltâ. Gosod y polion ar Gûlgaltâ. Gûlgaltâ'r bryn ar ffurf penglog tu allan i wal orllewinol y ddinas. Y bryn lle maen nhw'n croeshoelio. Heddiw, croeshoelio tri ar ddeg. Croeshoelio Yeshua. Croeshoelio'r Mashiach.

Be ydan ni i fod i'w wneud? medda Avram.

Cwffio'n ôl, medda Shimon Kanai.

Na, medda Kepha. Nid cwffio'n ôl. Nid dyna oedd neges Yeshua. Heddwch oedd neges Yeshua. Heddwch y Deyrnas. Ac mi ddaw'r Deyrnas.

Pryd? medda Tau'ma. Ar ôl iddo fo farw? Sut mae posib iddo fo farw? Os mai fo ydi'r Mashiach, tydi o ddim i fod i farw. Arwain mae'r Mashiach i fod i'w wneud. Arwain Yisra'el i'r Deyrnas. Nid marw ydi'i ffawd o. Dynion sy'n marw, nid y Mashiach!

Wnaiff o ddim marw, medda Kepha. Mi fydd yr Adonai yn ei achub o. Dyma'r arwydd ola. Y weithred dyngedfennol cyn i'r Deyrnas ddod. Tydach chi ddim yn credu hynny?

Maen nhw'n edrych ar ei gilydd. Yn edrych o un i'r llall. Yn edrych o Avram i Yah'kob. O Yah'kob i Yokam. O Yokam i Judah. O Judah i Bar-Talmai. O Bar-Talmai i Tau'ma. O Tau'ma i Mattiyah. O Mattiyah i Taddai. O Taddai i Ya'kov bar Hilfâi. O Ya'kov bar Hilfâi i Levi. O Levi i Shimon Kanai. Ac mae Shimon Kanai yn dweud wrth Kepha, Ond os ydi o'n marw, be wedyn?

Wnaiff o ddim marw, medda Kepha.

Mae torf wedi dod at ei gilydd. Torf wedi dod i weld y dienyddio. Dim byd gwell i ysgogi torf na gwylio dynion yn diodde. Gwylio dynion yn sgrechian. Gwylio dynion yn marw. Mae llu o bererinion yn tollti trwy Borth Gennath yn y wal orllewinol.

Fydda'n well i ni fynd, medda Taddai. Mi ddôn nhw ar ein holau ninnau hefyd.

Ddôn nhw ddim, medda Mattiyah. Pam dod ar ein hôl ni?

Am ein bod ni'n ei ddilyn o, raca, medda Shimon Kanai'n flin – Mattiyah'n sgwario. Shimon Kanai'n sgwario. Kepha ac Avram a Yokam yn sefyll rhyngddyn nhw. Kepha'n dweud –

Be sy haru chi? Ylwch . . . ylwch, os oes yna rywun yn dod i holi . . . g-g-gwadwch . . . am y tro . . .

Gwadu? medda Tau'ma.

Gwadu er mwyn achub ein crwyn, medda Kepha. Mae'n rhaid i ni achub ein crwyn. Ni ydi'r unig rai fedar fynd â'r neges i'r byd, i'r Yehud'im. Rhaid i ni achub ein hunain.

Mae Tau'ma'n crychu ei dalcen –

Ond wnaiff o ddim marw, medda chdi, Kepha.

Mae Kepha'n sgyrnygu –

Wnaiff o ddim. Fedar o ddim. Fo ydi'r addewid. Fo ydi'r Mashiach. Fo ydi'r –

Well iddo fo'i siapio hi, felly, medda Bar-Talmai –

Ac maen nhw'n dilyn edrychiad Bar-Talmai. Ac mae Kepha'n dal ei wynt wrth ddilyn edrychiad Bar-Talmai. Ac mae edrychiad Bar-Talmai wedi dod â nhw at resiad o ddynion noeth gyda thrawstiau ar eu sgwyddau. Rhesiad o ddynion noeth gyda thrawstiau ar eu sgwyddau yn gogrwn mynd trwy Borth Gennath i gyfeiriad Gûlgaltâ.

•

Gûlgaltâ. Lle'r benglog. Lle'r lladd. Y lle tu allan i'r ddinas. Y lle i gosbi. Y lle i groeshoelio. Y lle er mwyn i bawb weld. Er mwyn i bawb ogleuo. Er mwyn i bawb glywed. Ac mae pawb yn gweld. Mae pawb yn ogleuo. Mae pawb yn clywed. Ac mae Yeshua'n gweld y tyrfaoedd. Cannoedd wedi cyrchu. Cannoedd yn dyst i'r darfod. Mae o'n gwegian o dan bwysau'r trawst. Mae o'n benysgafn gyda'r hoelion trwy ei arddyrnau. Mae syched arno fo. Pryfed yn chwipio o'i gwmpas o. Pryfed ar drywydd y chwys, ar drywydd y gwaed. Pryfed yn ei friwiau fo. Pryfed o gwmpas y tri ar ddeg. Y tri ar ddeg gyda thrawstiau ar eu sgwyddau. Y tri ar ddeg sy'n igam-ogamu am Gûlgaltâ. At y benglog. Y bryn tu allan i'r ddinas. Y bryn a pholion arno fo. A'r Mashiach yn eu mysg. A'r Mashiach yn griddfan . . .

Gweiddi ar ei fam. Erfyn ar ei dduw . . .

Nawr, mae o'n feddwl, nawr, nawr, nawr . . .

At ymylon arswyd – tu hwnt i ymylon arswyd – tu hwnt i ffiniau Gehinnom –

Achub fi, Abba! Achub fi!

Nawr. Nawr. Nawr. Nawr ydi awr yr ymyrryd. Ymyrryd fel yr ymyrraeth ganrifoedd ynghynt ym Mitsrayim. Ymyrryd i arwain y Yehud'im o'u caethiwed. Fyntau mewn caethiwed. Fyntau'n aros ymyrraeth. Ymyrraeth yr Adonai. Ymyrraeth ei dad. Dyma'r awr. Ei awr o. Awr ei ryddhau. Mae o'n edrych ar y dyrfa. Y dyrfa'n edrych yn ôl. Rhai yn chwerthin. Rhai yn ddifrifol. Mae Yeshua'n chwilio am ei gyfeillion yn y môr o wynebau. Ei unig obaith yn yr eiliadau ola. Ei unig gysur. Kepha. Avram. Yah'kob. Yokam. Judah. Bar-Talmai. Tau'ma. Mattiyah. Taddai. Ya'kov bar Hilfâi. Levi. Shimon Kanai. Ond mae yna ormod o wynebau. Gormod o'r Yehud'im. Ac mae hiraeth am ei gyfeillion yn rhwygo drwyddo fel dannedd llew. Mae o'n gwegian ac yn griddfan. Mae o'n gweddïo. Mae o'n aros, yn aros, yn aros . . . Nawr, nawr, nawr. Mae o ar lethrau Gûlgaltâ. Mae'r polion ar Gûlgaltâ. Mae'r darfod ar y polion. Ei ddarfod o. Ond nid darfod ei gnawd oedd diwedd y stori. Diwedd y stori oedd dechrau'r Deyrnas. Ond lle mae'r Deyrnas? Yn y polion? Yn yr hoelion? Yn y trawst? Yn y pryfed sy'n dodwy yn ei friwiau fo? Does yna ddim byd i'w weld yma. Dim byd ond polion. Dim byd ond Gûlgaltâ. Dim byd ond artaith ac arswyd. Dim byd o'r nefoedd. Dim byd ond am fwlturiaid a brain yn crawcian. Dim byd ond pryfed yn suo. Dim byd ond cŵn yn cyfarth. Mae ei goesau fo fel brigau. Yn wan dan bwysau'r trawst. Yn wan dan faich ei farwolaeth. Carcas ar goeden. Mae o'n ogleuo ei biso. Ei biso fo ar ei goesau fo. Mae o'n ogleuo'r pydru. Pydru briwiau'r condemniedig o'i gwmpas o. Y condemniedig fydd ar y

210

croesau. Y condemniedig fydd yn marw gyda fo. Y deuddeg arall.
Y deuddeg llwyth . . . ac y fo'n frenin . . . y fo . . . y fo . . . ni all farw
. . . ni all farw . . . nid os mai fo ydi'r Mashiach . . . tydi'r Mashiach
ddim yn marw . . . tydi'r Mab ddim yn colli ei fywyd –
    TI YDI FY MAB ANNWYL –
    TI YDI FY –
Ti ydi neb. Ti ydi'r llwch. Ti ydi'r gwynt. Ti ydi'r darfod.
    Mae milwyr Rhufain yn ei osod yn erbyn polyn. Mae milwyr
Rhufain yn gosod y deuddeg arall yn erbyn y polion. Deuddeg
llwyth Yisra'el. A fyntau'n frenin. Mae milwyr Rhufain yn rhaffu'r
trawstiau i'r polion. Mae'r boen ym mreichiau a sgwyddau
Yeshua'n ddigon, bron, iddo fo lewygu. Ond tydi o ddim yn
llewygu. Er iddo fo erfyn ar yr Adonai am y fagddu. Ond ni ddaw'r
fagddu. Mae ei ymwybyddiaeth o'n llachar. Mae ei
ymwybyddiaeth o fel min bwyell. Ac mae'r ymwybyddiaeth yn
annioddefol. Mae milwyr Rhufain yn gosod traed Yeshua a thraed
y deuddeg arall ar naill ochr y polion. Y droed chwith ar ochr
chwith y polyn. Y droed dde ar ochr dde'r polyn. Mae milwyr
Rhufain yn rhaffu coesau Yeshua a'r deuddeg arall. Maen nhw'n
clymu'r rhaffau'n dynn am y polion. Mae Yeshua a'r deuddeg arall
yn gwingo. Mae Yeshua a'r deuddeg arall yn griddfan. Mae milwyr
Rhufain yn codi traed Yeshua a'r deuddeg arall oddi ar y llawr. Y
rhaffau a'r trawstiau sydd yn eu dal nhw. Eu breichiau yn cymryd
y pwysau. Mae milwyr Rhufain yn mynd i'w sachau ac yn estyn
hoelion a morthwylion o'u sachau. Mae Yeshua a'r deuddeg arall
yn sgrechian ac yn erfyn. Mae milwyr Rhufain yn gosod hoelan
uwch ffêr chwith Yeshua ac uwch ffêr chwith pob un o'r deuddeg
arall. Ac mae milwyr Rhufain yn taro'r hoelan gyda morthwl ac
mae'r hoelan yn mynd trwy ffêr Yeshua ac yn malu esgyrn a
gewynnau a nerfau yn ffêr Yeshua. Ac mae'r hoelion yn mynd trwy
fferau'r deuddeg arall ac yn malu esgyrn a gewynnau a nerfau yn
eu fferau nhw hefyd. Ac mae sgrechian Yeshua a'r deuddeg arall
yn sgytio sylfeini Yerushaláyim. Ac mae'r cŵn yn cyfarth. Ac mae'r
adar yn codi ac yn chwyrlïo yn yr awyr. Ac mae milwyr Rhufain
yn gosod hoelan uwch ffêr dde Yeshua ac uwch fferau de y

deuddeg arall. Ac mae milwyr Rhufain yn taro'r hoelan gyda morthwl ac mae'r hoelan yn mynd trwy ffêr Yeshua ac yn malu esgyrn a gewynnau a nerfau yn ffêr Yeshua. Ac mae'r hoelion yn mynd trwy fferau'r deuddeg arall ac yn malu esgyrn a gewynnau a nerfau yn eu fferau nhw hefyd. Ac mae sgrechian Yeshua a'r deuddeg arall yn sgytio sylfeini Yerushaláyim eto. Ac mae'r cŵn yn cyfarth eto. Ac mae'r adar yn codi ac yn chwyrlïo eto. Ac mae Yeshua'n udo ac yn crynu. Ei gorff o dan straen. Ei sgwyddau fo'n hollti dan bwysau ei gorff o. Yr hoelion trwy ei arddyrnau fo a'i fferau fo. Ei ddagrau fo'n powlio. Ei waedd o'n atseinio –

Abba! Abba!

Ond nid oes ateb. Nid oes Teyrnas. Nid oes darfod ond am ei ddarfod o. Yr unig ddarfod. Ac mae ei boen o fel fflamau Gehinnom. Ac mae'r awyr yn barddu. Yn barddu o bryfed. Ac mae'r haul yn ferwedig. Yn rhostio cnawd noeth. Ac mae pryfed yn bwydo ar friwiau. Ac mae ei esgyrn o'n cracio. Ac mae ei groen o'n rhostio. Ac mae ei arswyd o'n ddiderfyn. A lle mae'i dad o? –

TI YDI FY MAB ANNWYL.

Lle mae'i dad o a Theyrnas ei dad o? Dyma'r awr, siŵr o fod. Dyma'r foment. Ac mae o'n chwydu. Chwydu dŵr. Tagu. Tagu nes bod ei gorn gwddw fel tir dan sychdwr. Ac mae o'n piso drosto'i hun eto. Ac mae udo'r condemniedig o'i gwmpas o'n swyngan erchyll. Ac mae'r dyrfa'n gwylio'r condemniedig. Ac mae'r milwyr yn gwylio'r condemniedig. Yn eu gwylio nhw'n marw. Yn eu gwylio nhw'n marw am oriau maith. Ac mae'r cŵn yn cyfarth. Eu cyfarth nhw'n agos nawr. Yn agosach wrth i bob awr basio.

Yeshua, Yeshua, medda llais –

Llais gwan. Llais tawel. Llais ei Abba?

Mae o'n agor ei lygaid. Mae o'n amrantu. Mae o'n chwilio'r nefoedd am ei dad. Am ddyfodiad ei dad –

Yeshua, Yeshua, medda'r llais o'r llawr.

Nid o'r nefoedd ond o'r ddaear.

Mae Yeshua'n gwyro'i ben yn ara deg, ac mae'i esgyrn o'n clecian, ac mae'r boen yn ddaeargryn. Ac mae ffigwr o'i flaen. Anodd gweld y ffigwr. Yr haul yn ei ddallu –

Yeshua, fy ngwas bach i, medda'r llais.

Ac mae Yeshua'n gweld. Yn gweld pwy sydd yma ar y diwedd. Yn gweld y wraig fach a'i chroen hi fel lledr a'i llygaid hi'n goch. A gyda hi, dyn. Dyn fel fo. Dyn sy'n ddrych ohono fo.

Gweiddi am ei fam . . .

Mam, medda Yeshua –

Ei lais o'n grebachlyd. Ond sŵn y gair yn fêl. Sŵn y gair yn eli – Mam . . . Mam . . . Mam a . . . a Yakov . . . Mam . . .

Hon ydi fy mam. Hwn ydi fy mrawd.

Mam, medda Yeshua eto –

Ac mae o'n crio, yn gweiddi, yn chwipio'i ben o'r naill ochr i'r llall.

Fy ngwas bach annwyl i, medda'i fam o –

Ac mae hi'n cyffwrdd ei frest o ac mae'i llaw hi'n wan ac yn dila ac yn fach ac yn llifeirio bywyd drwyddo fo. Y bywyd roddodd hi iddo fo pan ddaeth o o'i chroth hi'n sgrech. Dim ond am eiliad mae o'n teimlo'r bywyd hwnnw ond roedd hi'n eiliad barodd am oes a honno oedd yr eiliad orau erioed. Ac mae o'n credu mai mewn eiliad felly y bydda'r Deyrnas wedi dod tasa'r Deyrnas wedi dod, ac mi fydda oes y Deyrnas yn teimlo fel yr eiliad honno am byth. Yr eiliad orau erioed. Yr eiliad fel cyffyrddiad ei fam. Y Deyrnas oedd cyffyrddiad ei fam. A nawr mae o'n teimlo'r bywyd yn tonni ohono fo ac mae o'n gweld goleuni ac mae ei lygaid o'n cau. A tydi'i lygaid o ddim yn agor eto. Ac mae ei ddarfod o wedi cyrraedd. Ac ar ôl ei ddarfod o –

. . . dim . . .

DAETH y cŵn. Daeth y cŵn i fwydo. I fwydo ar y cyrff ar y croesau. Y cyrff ar y trawstiau ac ar y polion. Y tri ar ddeg o garcasau. Y tri ar ddeg yn pydru wrth i'r machlud agosáu. Wrth i Yom Shabbat agosáu. Yom Shabbat, y seithfed dydd. Dydd o orffwys. Dydd o ddefodau. Camu o'r nawr, o'r byd. Camu i'r freuddwyd o'r Baradwys a grëwyd gan yr Adonai. Camu i'r perffeithrwydd. Cael blas arno fo. Dyma ydi Yom Shabbat. Dyma sydd wedi ei ddeddfu.

Yom Shabbat ydi –

Diwedd gwaith. Diwedd amddifadedd. Diwedd pryderon. Diwedd diflastod. Diwedd llafur a diwedd chwys.

Yom Shabbat –

Unfed dydd ar bymtheg mis Nisan. Mis y Pesach. Mis yr aberth. Yr oen yn aberth. Gwaed yr oen. Y gwaed ar gapan a dau bost y drws. Y gwaed sy'n dynodi'r aberth. Y gwaed yn cronni wrth droed y groes. Y pryfed yn bwydo ar y gwaed. Y cŵn yn yfed y gwaed ac yn cnoi ac yn rhwygo'r cnawd. Y brain a'r fwlturiaid yn rhes ar y trawstiau. Y brain a'r fwlturiaid yn bwydo ar y llygaid. Yn pigo'r esgyrn. Mae'r awr yn dod. Awr Yom Shabbat. Mae'r cŵn yn bwydo. Mae'r pryfed yn bwydo. Mae'r brain a'r fwlturiaid yn bwydo. Mae drewdod y meirw'n mwydo'r awyr.

Mae Kepha'n gwylio. Mae Yakov yn gwylio. Mae Kepha'n dweud, Sut y gall o farw?

214

Mae Yakov yn dweud, Rhaid lledaenu'i neges o.

Ond sut y gall y Mashiach farw?

Mae o wedi marw.

Mae hi'n amhosib.

Mae o wedi marw, Kepha. Fy mrawd . . .

Doeddat ti ddim gyda fo. Fo ydi'r Mashiach. Fo ydi'r un sydd wedi ei eneinio. Glywist ti neges y Deyrnas?

Do, mi glywis i. Glywis i ers iddo fo ddechrau dilyn Yohannan Mamdana. Glywis i o'r cychwyn cynta. A dyma'r darfod, yli. Ar groes yn cael ei fwyta gan y cŵn. Dyma be ddaeth ohono fo. O, fy mrawd bach i. Fy mrawd bach annwyl i, a'i ben o yn y Torah, fy mrawd bach oedd am fod yn Yehudi da. Dyna i gyd. Dim byd mwy. Dim byd mwy na Yehudi da. Yehudi oedd am gadw'r Gyfraith. Yehudi oedd am fynd yn rabboni. Nid yn saer maen. Fy mrawd bach, y Yehudi.

Nid fel hyn roedd y darfod i fod i ddod, medda Kepha –

Mae o'n edrych ar y bryn. Edrych ar Gûlgaltâ. Mae milwyr Rhufain yn gwarchod Gûlgaltâ. Eu dwylo nhw ar eu cleddyfau. Eu dwylo nhw am eu gwaywffyn. Grym o fewn cyrraedd. Grym yn gwylio'r cyrff. Y cyrff sy'n pydru. Y cyrff sy'n fwyd i gŵn ac adar a phryfed. Mae milwyr Rhufain yn haglo ac yn gamblo dros eiddo'r cyrff. Eu dillad, eu da. Yn haglo a gamblo a rhegi a chwerthin.

Mae Yakov yn dweud, Rhaid i ti ddod â nhw at ei gilydd, Kepha. Ei ddilynwyr o. Rhaid i'w neges o gyrraedd Yisra'el i gyd. Dwi ddim am i'r byd anghofio fy mrawd. Dwi ddim am iddo fo gael ei gofio fel hyn, ar groes, yn pydru, yn fwyd i fwystfilod. Nid fel hyn . . .

Mae Kepha'n ysgwyd ei ben. Tydi Kepha ddim yn amgyffred. Tydi Kepha ddim yn deall pam. Pam nad ydi'r Deyrnas wedi dod. Mae o'n edrych tua'r nefoedd. Mae hi bron yn nos ddu. Y ffin â'r fagddu. Yom Shabbat yn cyrraedd. Dydd y gorffwys. Shabbat y Pesach. Aberth yr oen. Gwaed yr oen.

Yli'n fan acw, medda Yakov.

Mae Kepha'n edrych. Daw criw gwaith trwy Borth Gennath.

Criw gwaith yn tynnu troliau. Criw gwaith o gaethweision, milwyr yn eu gwarchod.

Be maen nhw'n wneud? medda Kepha.

Tynnu'r cyrff i lawr a'u claddu nhw cyn Yom Shabbat, medda Yakov.

Ac mae Kepha a Yakov yn gwylio wrth i'r criw gwaith blicio gweddillion y carcasau o'r polion. Maen nhw'n gwylio wrth i'r criw gwaith bentyrru'r carcasau ar y troliau. Maen nhw'n dilyn y troliau i'r dwyrain. I chwarel. Chwarel lle mae caethweision wedi cael eu chwipio i dyrchio'n ddyfn i'r ddaear. Tyrchu bedd. Bedd di-nod. Bedd i'r Resha'im. Bedd i ladron a bedd i lofruddion. Ac maen nhw'n gwylio wrth i'r criw gwaith daflu'r carcasau i'r bedd. Gweddillion y meirw. Gweddillion Yeshua. Gweddillion ffydd. Gweddillion gobaith. Mae Kepha yn ei ddagrau wrth i'w ffydd a'i obaith gael eu claddu. Ac mae Kepha a Yakov yn gwylio wrth i'r criw gwaith rawio pridd dros y carcasau. Llenwi'r twll. Claddu gobaith. Claddu ffydd. Ac mae'r cŵn yn udo ar y cyrion, yn y fagddu. Ac ar ôl i'r criw gwaith fynd gyda'u troliau, mae'r cŵn yn dod. Y cŵn yn ogleuo. Ac mae'r cŵn yn tyllu. Mae'r cŵn yn sgyrnygu. Mae'r cŵn yn llusgo esgyrn a chnawd o'r ddaear. Mae'r cŵn yn chwyrnu dros esgyrn a chnawd. Mae'r cŵn yn ymrafael am esgyrn a chnawd. Am esgyrn a chnawd Yeshua. Ei weddillion yn dod o'r pridd. Yn codi o'r ddaear. Yn atgyfodi o'i fedd. Y pridd a'r gwaed a'r esgyrn. Y cŵn. Y brain. Y pryfed. Ac mae Kepha'n syrthio ar ei liniau ac yn crio ac yn hefru ac mae Yakov yn dweud, Ty'd o 'ma, ty'd, Kepha . . . ty'd.

Ac ar ôl marwolaeth, defodau marwolaeth. Traddodiadau marwolaeth. Traddodiadau'r Yehud'im. Traddodiadau dy bobl. Defodau dy grefydd. Yn gynta, cau'r llygaid. Ond ni chaewyd dy rai di. Ti ar bren. Ti'n pydru. Yna, gosod y corff ar y llawr. Ond ni'th osodwyd di. Dy blicio o'r pren. Dy daflu ar drol. Ar dwmpath o gyrff. Cyrff cnafon. Yna, goleuo cannwyll wrth ymyl y corff. Ond nid oedd cannwyll i ti. Dim ond tywyllwch. Y ffin â'r fagddu. Dim parch i ti ar ôl dy farw. Dim shomerim i eistedd gyda dy gorff, i wylio dy gorff, i ofalu am dy gorff. Ni fyddi di'n cael dy olchi ar ôl marw. Ni fyddi di'n cael dy lapio mewn lliain glân. Ni fyddi di. Ni fyddi di'n ddim ond cwestiwn. Yn ddim ond cwestiynau – Beth oeddat ti? Dyn? Brenin? Duw? Beth oeddat ti? Gwallgofddyn? Celwyddgi? Arglwydd? Beth oeddat ti? Breuddwyd? Chwedl? Si? Beth oeddat ti? Terfysgwr? Gwrth-ryfelwr? Ymladdwr dros ryddid? Beth oeddat ti? Proffwyd? Allfwriwr? Consuriwr? Beth oeddat ti? Rhyfelwr? Heddychwr? Wyt ti'n dod â chleddyf? Wyt ti'n dod â heddwch? Beth wyt ti? Esgus i goncro? Esgus i waredu? Beth wyt ti? Esgus i gaethiwo? Esgus i ryddfreinio? Beth wyt ti? Wyt ti'n ffaith? Wyt ti'n ffug? Beth wyt ti? Marcsydd? Ffasgydd? Rhyddfrydwr? Beth wyt ti? Rheswm i fyw? Rheswm i farw? Wyt ti o blaid cyfartaledd? Wyt ti'n erbyn cyfartaledd? Beth wyt ti? Wyt ti o flaen dy amser? Wyt ti yn dy amser? Wyt ti ar ôl dy amser? Wyt ti'n cefnogi crwsâd? Wyt ti'n cefnogi cyd-fyw? Wyt ti'n *Gadewch i blant bychain*? Wyt ti'n *Gadewch eich teuluoedd*? Wyt ti'n bob dim i bob dyn? Wyt ti'n bob dim i bob dynes? Wyt ti o blaid y peth a'r peth? Wyt ti'n erbyn y peth a'r peth? Beth oeddat ti? Beth wyt ti? Hyn oeddat ti. Hyn wyt ti – IDDEW.

YERUSHALÁYIM, *chwe mlynedd ar ôl marwolaeth Yeshua. Chwe mlynedd ar ôl ei groeshoelio. Chwe mlynedd ar ôl ei gladdu o. Chwe mlynedd ers yr hoelion a'r morthwylion. Chwe mlynedd ers yr aberth. Y gwaed. Y groes. Chwe mlynedd ers y darfod a disgwyl y Deyrnas. Ac mae'r disgwyl yn dal i fynd yn ei flaen. Mae'r darfod yn dal heb gyrraedd. Ac mae Kepha a'r lleill yn aros am y darfod o hyd. Yn aros ac yn pregethu ac yn datgan y newyddion da.*

Nawr –

Tŷ yn Yerushaláyim. Tŷ yn yr Uwch-ddinas. Trigfan yr uchelwyr. Trigfan y cyfoethog. Trigfan y barus. Yn bell o'r tlodi. Yn bell o'r llwgu. Ac yn bell o'r cŵn. Tŷ addolwr. Kepha'n westai. Kepha a thri arall. Un o'r tri gyda'r enw Shau'l. A dywedodd yr un gyda'r enw Shau'l –

Cefais fy aileni yng ngwaed Yeshua Mashiach. Fy aileni yn y gwaed fydd yn crasu'r ddaear. Gwaed ei aberth o, Kepha.

Mae'i lygaid o'n llachar. Mae'i ffydd o'n dymestl. Unwaith o'r blaen y gwelodd Kepha'r ffasiwn dân. Unwaith o'r blaen y gwelodd Kepha'r ffasiwn eiddgarwch. A'r unwaith o'r blaen oedd Yeshua.

Mae'r Shau'l yma'n Yehudi sydd wedi erlid dilynwyr Yeshua. Ond nawr mae o'n un o'r Yehud'im mwya brwd dros y newyddion da. Mae o'n un o'r Yehud'im sydd wedi ceisio gwneud synnwyr o farwolaeth Yeshua. Wedi ceisio esbonio difa'r Mashiach. Mae Shau'l yn dweud –

Rhaid i ni fynd â'r neges ledled y byd, Kepha. Trwy'r ymerodraeth gyfan. O Iberia i Arabia.

Mae Kepha'n nodio, ddim yn rhy siŵr.

Mae'n anrhydedd mawr cyfarfod â rhywun oedd wedi cerdded gyda'r Mashiach, medda Shau'l.

Mae Kepha'n nodio, ddim yn rhy siŵr.

Rydan ni am ddod â chwyldro i'r holl ddaear, Kepha.

Mae Kepha'n nodio, ddim yn rhy siŵr.

Mae Kepha'n dweud –

I'r Yehud'im rydan ni'n pregethu, Shau'l. Dyna oedd neges Yeshua. Dyna oedd ei ddymuniad. Yehudi oedd o. Yehudi fel chdi a fi.

Na, na. Dwyt ti ddim yn deall, Kepha. Mae'r byd i gyd yn disgwyl y neges yma. Nid dyn oedd o. Duw oedd o. Mae o wedi dweud wrtha i –

Mi gerddais i gyda fo, medda Kepha. Mi roddais i eli ar ei friwiau fo. Mi gofleidiais i o. Mi rannais i fara gyda fo. Mi weles i o'n marw ar groes. Mi weles i nhw'n taflu ei gorff o i fedd cyhoeddus, a'r cŵn –

Na! medda Shau'l. Mae yna frodyr wedi ei weld o ar ôl ei farw fo. Welest ti? Welest ti, Kepha? Mae'n rhaid dy fod ti wedi gweld, dyna pam rwyt ti'n dal i bregethu.

Mae Kepha'n nodio, ddim yn rhy siŵr.

Mi sgrifenna i amdano fo, Kepha. Mi sgrifenna i, dwi'n gallu, mae gen i addysg. Mi sgrifenna i er mwyn i'r cenhedloedd glywed ei neges o. Mi sgrifenna i mewn Koine. Iaith y byd, iaith addysg. Mi fydd pawb yn clywed enw Yeshua Mashiach, Kepha. Mi fydd pawb yn gwyro gerbron mawredd Iesous Christós.

Mae Kepha'n nodio, ddim yn rhy siŵr.

Ac mae Shau'l yn dweud, Wyddost ti beth ydi hyn, Kepha?

Mae Kepha'n ysgwyd ei ben. Ac mae Shau'l yn cythru ynddo fo. Ac mae Shau'l yn edrych i fyw ei lygaid o. Ac mae Shau'l yn dweud –

Y dechrau ydi hyn, Kepha. Dyma'r dechrau.

•

DIOLCH

Diolch i Wasg y Bwthyn, ac yn enwedig Marred Glynn Jones, fu'n frwdfrydig am *Iddew* ers y cychwyn cyntaf.

Diolch i Gareth Evans-Jones a gynorthwyodd gyda'r Hebraeg yn y nofel. Fy mai i yw unrhyw gamgymeriadau ieithyddol gan i mi, ambell waith, anwybyddu ei gyngor gwych.

Diolch i Mariam Keen, fy asiant, am fy amddiffyn rhag y print mân.

Diolch i Dewi Prysor, sydd wedi bod yn gefnogwr i'r nofel hon ers iddo'i darllen pan oedd o'n feirniad yng Ngwobr Goffa Daniel Owen 2015.

Diolch i Llwyd Owen am ei eiriau caredig a cherddoriaeth wych.

Diolch i Cyngor Llyfrau Cymru am eu cefnogaeth.

Diolch i Sion Ilar, Pennaeth Adran Ddylunio Cyngor Llyfrau Cymru a Huw Meirion Edwards, Pennaeth yr Adran Olygu, am eu gwaith gwerthfawr a chydwybodol ar y gyfrol hon.

Diolch i Wojtek Godzisz am sgyrsiau difyr a dwys am grefydd, anffyddiaeth, Iesu, duwiau, athroniaeth.

Diolch i Mam a Dad, a'm brodyr Rhys a Llifon.

Diolch i Marnie Summerfield Smith, fy ngwraig ryfeddol, sydd yn graig. Hebddi hi ni fyddai hyn yn bod.

LLYFRYDDIAETH

Dyma restr o gyfrolau oedd o ddefnydd i'r awdur tra'n ymchwilio ac ysgrifennu *Iddew*:

Evolution Of The Word: The New Testament in the Order the Books were Written, Marcus J Borg (HarperOne, 2013)

The Last Week: What the Gospels Really Teach About Jesus's Final Days in Jerusalem, John Dominic Crossan & Marcus J Borg (SPCK Publishing, 2008)

Jesus: A Revolutionary Biography, John Dominic Crossan (HarperSanFrancisco, 1994)

Jesus: Apocalyptic Prophet of the New Millennium, Bart Ehrmann (Oxford University Press, USA, 2001)

Jesus And His World, Craig A. Evans (Westminster John Knox Press, 2013)

From Jesus To Christ: The Origins of the New Testament Images of Jesus, Paula Fredriksen (Yale University Press, 2000)

Efengyl Marc – beibl.net, cyf. Arfon Jones (Cymdeithas y Beibl, 2011)

The Resurrection of Jesus, Gerd Ludemann (SCM Press, 1994)

The Historical Figure of Jesus, EP Sanders (Penguin, 1995)

Jesus And Judaism, EP Sanders (SCM Press, 2000)

Jesus for the Non-Religious, John Shelby Spong (HarperOne, 2009)

Who Do People Say I Am? Vernon K Robbins (Wm. B. Eerdmans Publishing Company, 2013)

Gospel Parallels, Burton H Throckmorton Jr (Thomas Nelson Publishers, 1992)

Jesus The Jew, Geza Vermes (SCM Press, 2001)